あのポプラの上が空

〈新装版〉

三浦綾子

講談社

目次

あのポプラの上が空

新装版

雪解水

青森行特急はつかりは、間もなく上野駅を出ようとしていた。

佐川惇一《さがわじゆんいち》は二、三日前に買ったばかりの真新らしいスーツケースを、荷物棚に押し上げて腰をおろした。列車の入ってくる地響き、言語不明瞭な駅員のアナウンス、人々のざわめきなどが一つの音となって聞えてくる。

三月は転任のシーズンで、見送りの人々がプラットホームのあちらにひとかたまり、こちらにひとかたまりと、群れていた。その一つのかたまりから、今、「万歳」の声が上がった。そんな一団とは関わりなしに、惇一の窓のすぐ近くに、二人の若い女性が手をふっていた。どうやら、惇一の前の青年を見送りに来ているらしい。

白いハーフ・コートを羽織った断髪の女性は、絶えず激しく手をふっている。が、もう一人の、二つ三つ歳上らしい和服の女性は、ふっていた手をすぐにおろし、情のこもったまなざしを、まっすぐに青年の顔に向けた。

佐川惇一は、何となく自分が見つめられたような、胸の疼《うず》きを覚えた。十九歳の惇一は、そんな目で若い女性から見つめられたことは、まだなかった。惇一のこれから移り住もうとしている北海道には、知人が一人もいない。いや、これから北大医学部を目指して札幌の予備校に学ぼうとする惇一の学資と、生活費のいっさいを見てくれる筈の薬剤師、谷野井《たにのい》陶吉《とうきち》とその一家はいる。が、それは親たちの知人であって、惇一にとっては気安く知人友人と呼べる存在ではなかった。

惇一が物心ついた頃には、既に「札幌の谷野井の小父さん」と呼ぶ谷野井陶吉がいて、正月のお年玉だの、盆《ぼん》の供物《くもつ》に添えての金一封だのが送られて来ていた。母の加《か》枝《え》の話では、

「谷野井の小父さんと、死んだお父さんが、齢は十二も離れているのに、親友だったのよね。戦争中、北千島で知り合ったの。お父さんは衛生兵だったのよ。谷野井の小父さんは陸軍中尉だったけど、寒い北千島で風邪を引き、重い急性肺炎に罹《かか》り、死ぬ一歩手前だったんだって。その時ね、衛生准尉が隣りの部屋で『谷野井中尉は、明日いっぱい持つか持たんかだな』と言っていたのを、お父さんも小父さんも聞いていたんですって。でもね、お父さんが夜も寝ないで、必死になって看病したんだって。奇跡的に助かった谷野井の小父さんが、それをとても恩に着て下さったのね」

と、言うことだった。

惇一が六歳の時、父の佐川庄造《しょうぞう》は肺結核で死んだ。惇一の下には四歳の弟律男《りつお》がい

た。父の三年間の療養中、「谷野井の小父さん」は、経済的にも精神的にも、少からぬ面倒を見てくれたようであった。庄造は、谷野井陶吉から手紙や荷物が届く度に、「当然なことをしてやっただけなのに」と、涙ぐんでいたという。

庄造の死後も、谷野井陶吉の友情は変らなかった。惇一が小学五年生の夏休みに、母と弟共々招かれて札幌に十日間滞在したことがあった。

谷野井薬局のすぐ隣りに、谷野井外科病院が植物園に面して建っていた。陶吉の長男浜雄《はまお》が経営する病院だった。三階建の白い壁に、朝も昼も真夏の陽が反射していたのを、惇一は妙にはっきりと覚えている。

覚えていると言えば、ある土曜日の夕方、院長の浜雄がゴルフの道具を車のトランクに入れ、傍に立っている惇一には一瞥《べつ》も与えず、ドアを音高く閉め、走り去ったことを覚えている。この院長の存在が、九年後の今も、惇一には気重だった。

が、あの頃確か六歳だった院長の次女の景子《けいこ》のつぶらな目が、九年の間惇一の心の中にあった。夏休みの十日間、惇一と律男は、景子と、その二つ年上の初美《はつみ》の四人で、かくれんぼをしたり、縄飛びをしたり、トランプをしたり、大浜の海岸に出かけたりして、毎日を他愛ない遊びに明け暮れた。

景子は勝気な子供だった。トランプに負けると、目に涙を浮かべたり、口惜しさを体いっぱいに漲《みなぎ》らせて、

「ようし、こんどはまけない！　ぜったいにまけない！」

と宣言する。勝ち負けにはこだわらぬ姉の初美にはないその利かん気が、惇一には何とも愛らしく思われてならなかった。

この景子が、ある雨上りの午後、庭に出ていたが、ベランダから「ママ！　ママ！」と、けたたましく呼び立てた。母親の那千子《なちこ》は、鏡台の前に坐って、アイシャドーを瞼《まぶた》に青くぬりながら、

「なあに？　景子ちゃん」

と、やさしい語調で答えたが、ふり返ろうともしなかった。景子は焦《じ》れて、

「ママ！　ね、ママったら！　へんなものがいるの。あれ、なあに？」

「あれって？」

那千子はぐいと顔を鏡に寄せて、気のなさそうにいう。

「ささのはっぱのうえに、へんなものがいるの。ねえ、ママきてみて！」

「景子のおどろくことにいちいちつきあっていたら、ママの体いくつあっても足りないわ。ママはね、これからお出かけなの。だからお化粧しなければいけないの。女にとってお化粧はね、とても大事なことなのよ。ああそうそう、惇一兄ちゃんに見てもらったら？　惇ちゃんおねがいね」

那千子は鏡に写った惇一に、にっこり笑って見せた。

「ハーイ」

惇一はサンダルを突っかけて庭に降りた。庭と言っても街なかのことで、三十坪程の、さして広くはない庭だった。惇一は、景子の小さな手が指さす笹の葉を見た。そこには、絵でしか見たことのないカタツムリがいた。惇一は思わず、

「あっ！　カタツムリだ！」

と、うわずった声を上げた。その声に、那千子がようやくテラスに出てきて言った。

「まあ！　この庭にカタツムリがいるの？　あらほんと！　珍らしいわねえ。景子、カタツムリはね、エスカルゴといってね、フランス料理のごちそうなのよ」

そう言うと、何がおかしいのか、那千子は声を上げて笑った。その母親の顔を見つめた景子の、不思議そうなつぶらな瞳を、惇一は忘れていない。

（大きくなったろうな）

この四月から中学三年になる筈だと、惇一は移り行く景色に目をやった。

やわらかい三月の陽ざしの中に、谷野井外科病院の縦看板がきわだっていた。

（こんなに大きな看板だったかなあ）

九年前は横看板だったような気もしながら、惇一はスーツケースを持ち替えて病院

れていた。

を見上げた。五階建の病院に並び立つ「谷野井薬局」は二階建が三階建に建て替えられていた。

惇一は何となく入りそびれて、薬局の前をうろうろしていると、中から黄色のセーターを着た若い女性が飛び出して来た。十七、八とも二十とも見えた。

「惇一さんでしょう？」

声が弾《はず》んでいる。塗った口紅が濃過ぎる。眉は前髪に隠れて、前髪のすぐ下に細い目が笑っていた。その目で、姉娘の初美と知れた。

「やあ！　しばらく」

惇一は照れてうしろ首に手をやりながら、

「初美ちゃんも大きくなったねえ」

と、眩《まぶ》しげに見た。初美は、

「そりゃあそうよ。子供が九年経っても大きくならなかったら、一大事じゃないの。そういう惇一さんだって……一七〇センチはあるわね」

と惇一を見上げた。その初美も一六〇センチはある。セーターの胸が、少しふくらみ過ぎているように惇一には思われた。店の前の車道には雪はなかったが、歩道の両側には雪がいくらか残っていて、雪解水が陽に光りながら浅い流れをつくっている。その流れをひとまたぎして、二十坪程の小ぎれいな店に入ると、漂っている薬の匂いが、九年前をありありと思い起こさせた。

「おお！　惇一君か。よく来た、よく来た」

片隅の調剤室から、白衣姿の谷野井陶吉が現れた。惇一はちょっと固くなった。

「あの……しばらくでした。ずっと……いろいろと、おせわになって……母からもくれぐれもよろしくと……」

と、ていねいに頭を下げた。人の前にこんなにていねいに頭を下げたことは、しばらくなかったような気がした。陶吉は大きく手を横にふって、

「いやいや、それより惇一君、この正月に送って来た写真より、ずっと男前じゃないか。眉毛の濃いところなんか死んだお父っつぁんにそっくりだ」

と、惇一の肩を叩いた。顔の色つやが七十近いとは見えなかった。調剤室の前の椅子に腰をおろしながら、

「ま、そこにかけなさい。初美、コーヒーでもいれてきなさい」

と、声も元気がよい。惇一も膝をすぼめてソファに腰をおろした。陶吉は機嫌よく、

「惇一君、先ず言っておくけどな、谷野井家の者たちは、みな出来損ないばかりだ。息子の院長は天下の藪医者で、右足と左足を間違えて切断しかねない男だ。その嫁は、これまた見事な悪妻で、二人の孫娘は手のつけられないじゃじゃ馬。しかもわし

は、この上ない因業爺《いんごうじじい》ときている。おまけにわしの家内ときたら、あの世に片足を突っこんだようなもうろく婆だ。ま、昼飯の時にでも紹介するが、いちいち驚かんことだな」

と、愉快そうに笑った。思わず惇一も笑った。多分みんな気のいい明るい家族なのだろうと思った。陶吉はひょいと真顔になって惇一を見据えた。鋭い眼光だ。

「ところで君は、どんな人物かね？」

「どんなって……」

不意に聞かれて口ごもると、

「年は幾つかね」

「十九です。あと二月《ふた》程で二十です」

「ああそうだったな。初美、鬼も十八、番茶も出花というのは、女にしか使わんのかな」

陶吉はおしぼりを持ってきた初美に目を向けた。

「なあにそれ、鬼も十八番茶も何とかって？」

怪訝《けげん》そうな初美にはかまわず、陶吉は惇一に言った。

「酒は飲むのかね」

「ぼく……未成年ですから。でも、コップに一杯位、友だちの家でビールを飲んだことがあります」

「未成年か。未成年とはまたお固いことだ。わしはね、惇一君、七つ八つの頃から酒の味を覚えた。まあ、君も二、三年したら、ビールの一ダース位飲むように仕込んでやろう。じゃ、タバコは？」

と、白衣のポケットからタバコを出した。

「一度だけ練習してみましたが、むせて駄目でした」

「そうか、練習してみたか。練習なあ」

コーヒーをテーブルに置いた初美が奥に消えるのを見送ると、陶吉は声をひそめて、

「じゃ女は好きな方かね」

惇一は顔を赤らめながら、

「ぼく、まだ、よくわかりません。……多分ふつうだと思います」

と、生真面目に答えた。

「ふつうか。ふつうということは、つまり女は嫌いではないということだな。わしはもうすぐ六十九だが、そっちも立派な現役だよ」

陶吉は声を上げて笑った。総入歯と見えて、歯並がそろっていた。惇一は緊張が解けたような気がした。これからの数年間、学資も生活費も援助してくれる陶吉が、変

に堅物でないところが、惇一にはありがたかった。

「何かおもしろいことがあったの?」

不意に店先で声がした。ふり返った惇一の目に、陶吉と同じ白衣姿の女性が、自動ドアの内側に立っているのが見えた。その丸顔が、三十前後に見えた。

「ああ、今、君の悪口を言っていたところだ。惇一君が来たところだよ。惇一君、わしの店を手伝ってくれている薬剤師の比田原《ひだはら》テル子さんだ」

「ぼく、佐川惇一です」

立ち上がった惇一は頭を下げながら、

(ヒダハラテルコ? 桧田原? 飛驒原? 肥田原? ……)

幾つかの文字が同時に目に浮かんだ。

「ようこそ! 仲よくしましょうね」

惇一の手に名刺が差し出された。名刺には比田原テル子と刷りこまれてあった。比田原テル子が店に帰るのを待っていたように、客が二人三人と、つづけざまに入って来た。その中に、足を引き引き杖をついている老人がいた。

「おや、この前より歩き方がよくなりましたな」

陶吉は喜ばしそうに立って老人の傍に寄り、肩を抱くようにして、ソファに坐らせた。その陶吉の表情が言い様もなくやさしかった。コーヒーカップを下げに来た初美

が、

「惇一さん、お部屋にご案内するわ」

と声をかけた。惇一は陶吉と比田原テル子に会釈《えしやく》をしたが、もはや二人は、それぞれ客への応対で、惇一を気にもとめなかった。店の鳩時計が十時を報《し》らせて鳴るのを背に、惇一は初美のあとに従った。そして、病院と共用のエレベーターに乗って、三階の洋室に案内された。八畳程もあろうか、ベッドの入ったその部屋の片隅には洗面所もあって、惇一は何か病室にでも入れられたような気がした。

「きれいな部屋ですねえ」

惇一は薄いグリーンの壁、同色のジュータンとカーテンを見た。ベッドの下には、予《あらかじ》め東京から出した荷物が置かれてあった。

「病室みたいでしょう」

惇一の思いを見透かすように初美は言って、

「でも、ここに来てごらんなさい。すぐ向いが植物園で眺めはいいわ」

と窓ぎわに寄った。手招きされて惇一も窓の傍に立った。三月下旬の植物園は、まだ残雪が少なくなかった。それでもエルムや桂の大樹の根元は雪がまるく融けていて、黒々と深い穴を見せていた。

「雪って、木の根っこのところから融けるんですね」

「あら、ほんと。わたし、知らなかったわ。ここに長いこと住んでいて」

「とにかく素敵だな、こんな木立の見える部屋なんて」

「でしょう？」

言ったかと思うと、不意に初美がすり寄って惇一を見上げた。初美の黄色いセーターの胸が、惇一の服にふれた。あわてて一歩退き下った惇一は、

「あの……初美さん、ドストエフスキーと、モーリヤックと、どちらが好きですか」

と唐突に聞いた。その惇一を初美はじっと見つめたが、

「わたしね、ソビエットよりフランスが好きよ。何と言ってもフランスはおしゃれの国ですもの。でも、モーリヤックはあまり好きじゃないわ。嫌いよ」

と、かん高く笑った。白いのどだった。

「はあ」

惇一は何かからかわれたような気がした。初美の濃い口紅が惇一を妙に不安にさせた。笑いをおさめた初美が、窓に目をやったまま言った。

「一階はグランドパアと、グランドマアの館。二階はパパとママ、三階には惇一さんと、お手伝いの余里子《よりこ》さん、そしてわたしと妹の景子の四人の部屋があるの。トイレは各階にあるわ」

「はあ」

惇一は素早く八人と計算し、まだ院長夫妻にも、陶吉の妻にも、お手伝いの余里子にも、そして誰よりも会いたいと思っていた景子にも、顔を合わせていないのだと、落ちつかぬ思いがした。初美はその気持を知ってか知らずか、

「パパは診察中だし、ママは謡曲の先生を千歳空港まで送りに行ったの。余里子さんは買物に行ってるし、グランドマアはパチンコなの」

「え!?　パチンコ？」

惇一は思わず大きな声を上げた。先程陶吉は確か、「あの世に片足を突っこんでいるもうろく婆だ」と言った。

「そうよ、パチンコ。グランドマアが六十四年生きてきた結論として、パチンコ程おもしろいものは、この世にないということらしいの。でもね、午前中だけよ、たいてい。じゃね、十二時半には一階の食堂に降りて来てちょうだい、ね」

派手な投げキッスをして、初美は部屋を出て行った。

（景子ちゃんは？）

一番問いたかった言葉を、惇一はなぜか口に出せなかった。景子も学校は春休みの筈だった。

初美が部屋を出て行くと、さすがにどっと疲れが出て、すぐに荷物を解く気にはな

れなかった。惇一はベッドの上に大の字に寝た。

惇一は去年高校を卒業した。が、母を一人働かせての進学がためらわれて、玩具問屋に勤めた。それを伝え聞いた谷野井陶吉が、すぐに加枝に電話をかけてきて、

「大学だけは出しておきなさい。そのための費用はわたしが出す。札幌にも予備校はあるから、わたしの薬局でも手伝いながら、じっくりと勉強してはどうかね。そして、もしよかったら、北大の医学部でも受けさせたらいい。なあに金は出世払いでけっこう」

と熱心に勧《すす》めた。初めは加枝も惇一も、感謝しながらも固辞しつづけた。が、幾度も手紙や電話で勧めてくれる陶吉の好意を、拒《こば》み通すことはできなかった。二つちがいの弟律男のことも、惇一の胸にはあった。

汚点一つない天井を見て、惇一は母と弟の三人の、東京でのアパート住いの生活を思った。壁にも天井にも、父を失ってからの長い年月が染みついているような家だった。四十六歳とは思えぬ若々しい母の笑顔と、律男の陽に焼けた顔が、小さく大きく浮かんでは消えた。

生命保険の外交をしている母は、客との約束があって、駅まで送りに来ることはできなかったし、弟の律男は風邪を引いて寝ていたから、見送る者のない淋しい出発だった。昨日の午後三時に発って、先程札幌に着いたわけだから、まだ一昼夜と経って

いないのに、家を離れてずいぶん長いこと経ったような錯覚を感じた。

無事到着の電話をかけようと起き上がった惇一は、ドアの取っ手に手をかけてから、引き返して荷物を解き始めた。母はもう仕事に出かけている時間だった。

十二時半に食堂に降りて来るようにと、言われたとおり惇一は十二時半かっきりに、食堂に降りて行った。十五畳はある広い食堂には、人影もない。只、白いテーブル・クロスのかかった大きなテーブルの上に、スープ皿と、スプーンやナイフが並べられ、中央に赤いカーネーションを幾つか挿した薄青い花瓶が置かれているだけだった。惇一は腕時計を見た。十二時半だった。進んでいるのかと、壁の時計を見た。やはり十二時半だった。時間を聞きちがえたのかと思った時、玉すだれで区切ったキッチンのほうに、大きくあくびをする声がして、ベージュ色のエプロンをかけた体格のいい女が顔を出した。

「あの……ぼく、佐川惇一です」

惇一はぺこりと頭を下げた。女は愛想のない目で惇一を見、

「あ、あんたが惇一さんかい、安心したよ。近頃の若い者は、男も女も挨拶ってものを知らないいんだから。わたしが炊事主任の……部下は一人もいないけどね、林余里子。ま、よろしくね」

と言い、答える間もなくつづけて言った。

「今日のお昼は、コーンスープにポテトサラダ。それにカニ玉とロールパン。さて、スープを持って来ますかね」

　惇一は思わず後ずさって、

「いえ、皆さんがおそろいになるまで、ぼく、待ってます」

「皆さんがおそろいになるまで？」

　問い返して余里子は、血色のいい唇を大きくあけて笑った。笑うと意外に親しみやすい顔になった。母の加枝と同じ四十五、六と見えた。

「あのね、惇ちゃん。惇一さんなんて呼ぶより、惇ちゃんと呼ぶほうがいいわね」

　余里子は念を押してからつづけた。

「惇ちゃん、朝ご飯でも晩ご飯でも、この家の人が全員そろうことなんか、おそらく年に一度もありゃしないよ。院長も薬局のほうも、何しろ患者が相手でしょ。娘たちは朝寝坊だったり、学校からの帰りがまちまちだったり、奥さんはしょっ中出歩いているし……」

「へえ——、じゃあ……」

「だからね、ここはやらない食堂と同じで、客はぽつりぽつりというわけ。ま、遠慮などしないで召し上がれ」

「でも、最初の日から……」

勧《すす》められた椅子に腰をおろすわけにもいかず、当惑していると、そこに院長夫人の那千子が入って来た。那千子は、

「あーら、ごめんなさい、惇ちゃん、留宅にしていて。まあまあ、すっかりいい青年になって」

と、白いトックリセーターにジーパン姿の惇一をまじまじと見つめた。

「は、おせわになります。これ、母からの……つまらないものですが……」

浅草海苔の包みを差し出しながら、惇一は口の中でもごもごと言った。それは照れたからばかりではない。舞台女優そのままのように化粧した那千子の姿に、度胆を抜かれたからだ。

「ま、ありがとう。疲れたでしょう、汽車で来たんでは」

と、那千子は惇一のすぐ傍《かたわ》らの椅子に腰をおろして、

「ね、惇ちゃん、わたし、変ったかしら？」

と、惇一の顔をのぞきこんだ。

「さあ、ぼく、小学生だったから……九年前のことは」

惇一は那千子の輝くような金髪をちらりと見た。余里子がスープ鍋からスープを惇一の皿に注いだ。

「あら、九年も前になるの、じゃ、わたし、おばあさんになったでしょう。変ったで

しょう」

那千子は再び顔を近づけた。

「いえ、そんな……」

那千子の目尻のしわから視線を外《そ》らすと、余里子が言った。

「人間誰しも、九年前と同じわけにはいきませんよ」

無遠慮な言い方だった。惇一ははっと那千子を見たが、那千子は気にもとめず、

「そりゃあそうよね、余里さん」

と、すましてスープを飲み始めた。惇一もスプーンを手に取って、一口口に入れたが、

「うまい！」

惇一は思わず叫んだ。二人を見おろすように立っていた余里子が、

「うまいなんて言葉、この何年か聞いたことなかったわ」

と、にやりと笑った。

パンもサラダもカニ玉も、惇一は口にする度に叫び出しそうなほどのよい味だった。が、那千子は一言もおいしいとは言わずに、空港にともに見送りに行った女友達のスーツの色や型を、いいとか悪いとか熱心に言っていた。

食後のコーヒーが運ばれて来た時、那千子の話題が不意に変った。

「ところで惇ちゃん、あなたまさか、アーメンじゃないでしょうね」

「アーメン？」

惇一は中学二年まで教会の日曜学校に通っていた。

「そう。わたしね、あれだけはいやなのよ。ふるふるいや」

いつの間にか、二人の前に腰をおろしていた余里子が言った。

「あら、どうしてです？　アーメンって、信じた者は皆十字架にかかるわけでしょ」

驚く惇一に目もくれずに、

「あれは業《ごう》たかりの人間共には、ちょうどいい信心じゃないかしらね」

惇一は、この余里子は、本当はキリスト教のことを知っているような気がした。

佐川惇一は、今の余里子の言葉を胸のうちに反芻した。

「アーメンって、信じた者は皆十字架にかかるわけでしょ。あれは業たかりの人間には、ちょうどいい信心じゃないかしらね」

凄味《すごみ》のある言葉だと思った。核心を衝《つ》いていると思った。惇一が教会の日曜学校の時、繰り返し聞かされた教義は、「本来ならすべての人が十字架にかかる筈だが、その人々になりかわって、キリストがその罪を負い、十字架についた。こうして人々は罰をまぬがれた。罪から救われた」ということだった。

明るい三月の陽がキッチンに伸びていた。その窓を背に、小肥りの余里子が食卓に頬杖をついて、自分が今言った言葉の反応を楽しむように、那千子を見つめていた。

那千子は額の金髪を指で掻き上げながら、

「余里さん、業たかりの人間共ってあなた言ったけど、業たかりでない人間って、いるのかしら」

と、唇に薄笑いを浮かべた。

「ああ、いますともさ。この谷野井のご一家は、誰一人業たかりな方はいらっしゃいませんよ」

余里子は馬鹿ていねいな語調になって、深々と頭を下げた。

「ほんとね、わが家だけは例外よね」

那千子はいかにもあどけなく言い、

「今夜は食事はいらないわ」

と、余里子を見た。と、院長の谷野井浜雄が、きゅっきゅっと靴音を立てながら入って来た。紺の背広姿だった。

「あ、あなた、佐川さんの惇ちゃんよ」

那千子は再び椅子に坐った。浜雄はポケットに手を入れたまま惇一を見おろして、

「ああ今日だったか、君が来るのは」

と、マントルピースを背に、席についた。

「は、あの……おせわになります」

惇一の目に、九年前、小学生の自分に一瞥も与えず、車で走り去った浜雄の姿が浮かんで口がもつれた。

「君、北大の医学部を受けるんだって？　北大はね、ぼくが受けて落ちたところだ。ま、仇討ちをしてもらおうか」

浜雄は思ったより機嫌のいい語調で言い、その視線を鋭く妻の那千子に向けた。そして椅子を離れると、

「ちょっと会がある。グランドホテルに行って来る。君の金髪はいつ見ても素敵だな、余里さん」

と、声高に笑って、さっと食堂を出て行った。

「行ってらっしゃい」

と言ったのは余里子だけだった。何となく気を呑まれて、惇一は呆然としていたし、那千子は頰に深く笑くぼをつくって、意味ありげなまなざしを、どこへともなく投げていた。が、浜雄が立ち去ると、

「惇ちゃん、ま、楽しくやりましょうね」

と、惇一の肩に手をかけて立ち上がり、余里子には言葉をかけずに出て行った。惇一も、そろそろ自分の部屋に引き上げようかと立ち上がりかけた。と、余里子が、

「ね、惇ちゃん、うちの奥さんはね、金髪のかつらをかぶる時は、院長と険悪な時なのよ」

と、惇一を見つめた。

「え!? あれ、かつらですか」

「かつらよ、むろん!」

「染めたのかと思った」

「どういたしまして。かつらの下は黒々とした美しいお髪《ぐし》よ」

余里子は皮肉っぽく笑い、

「あの人がね、金髪のかつらをかぶるのは、院長が金髪を身ぶるいするほど嫌いだってこと、知ってるからなの」

「はあ……」

「今日は、君の金髪はいつ見ても素敵だと、院長は言っただけだけど、多分惇ちゃんがいなければ、むんずとかつらをむしり取るところよ」

「はあ」

惇一は何と答えてよいか、わからなかった。

「だからね、惇ちゃん、彼女のかつらの色で、この家のおおよその空気を察する必要があるのよ。とにかく那千子さんは、院長の好むことは絶対にしたくない人なの」

惇一は余里子が、那千子を奥さんと言ったり、あの人と言ったり、那千子さんと言ったりすることに奇妙なものを感じた。そんな惇一にはかまわず余里子は言った。

「院長は漬物が好き。コーヒーが好き。ゴルフが好き。いろいろ好きなものがあるけど、あの奥さまは、それらには全くノー・タッチ。旦那さんの好むことはして上げない。全く素敵な奥さんでしょう」

余里子は笑った。惇一は笑うことも、うなずくこともできない。そんな惇一をからかうように余里子は言った。

「だって、たいていの奥さんたちは、ご主人の好きなものをつくってあげるのがふつうじゃない？　それなのにあの人は、絶対にそうはしないの。そこが素敵だと思うの」

惇一は、余里子という女がどんな女か、いよいよわからなくなった。この人はこの家の一体何なのだろうと思った。その時、ひっそりと、影のように入って来た女性がいた。陶吉の妻式子だった。利休鼠の着物に、薄いグレイの毛糸の茶羽織を着て、そこに立った姿には気品があった。

「あーら、大奥様、お帰りなさいまし。こちら、東京の佐川惇一さん。惇ちゃん、大奥様よ。この家で一番偉いお方よ」

余里子は身をひるがえして、玉すだれを分け、キッチンに入って行った。惇一は驚きのあまり、口の中でもごもごと挨拶をし、ぺこりと頭を下げた。

(この人があの世に片足を突っこんだもうろく婆さんなのか)

昼前に谷野井陶吉は確かにそう言ったのだ。

九年前の夏、惇一は母と弟と共にこの家を訪れた時、式子はいなかった。大人たちは何も言わなかったが、初美と景子が、

「おばあちゃまは病院よ」と言っていたのを覚えている。

式子は小腰を屈《かが》めて、

「初めまして。ががたとうるさいところですみませんが、我慢してくださいね」

と、優しく頰笑んだ。

「いえ、あの……」

意味をなさぬ言葉を発して、惇一は頭を搔いた。この家に来て初めて、ふつうの人間に会ったような気がした。式子は惇一の真正面に坐った。まだ六十代にはなっていないように見えた。が、陶吉は確か、自分を六十九歳だと言った。この式子は院長の実母の筈だから、六十半ばにはなっている筈だ。ひっそりと坐ったその姿には、つややかな女らしささえ漂っている。

(この人が、あの毎日パチンコに行くという人か)

パチンコの台の前に坐っている式子を想像して、惇一は不思議な気がした。が、不

意に、パチンコ屋の喧騒の中に、この式子が影のように坐っている図は、かえって似つかわしいような気もした。

「何がお好きですか」

式子がスープを飲みながら言った。

「はい。何でも好きです。ぼく、丈夫ですから」

式子は声もなく笑って、

「それは羨ましいこと。で、ご趣味は？」

問われて惇一は、式子が最初から趣味のことを尋ねたのだと気がついた。惇一はあわてて、

「読書や、音楽や、散歩や……」

「たくさんおありね。それはけっこう」

「あの、小母さまは？」

この家でグランドマアと呼ばれているらしい式子だが、惇一は「おばあさん」とは呼びかねた。

「わたし？　わたしはね、読書が好き。本なら少しは持っていますよ。そのうち、部屋に遊びにいらっしゃい」

「はあ、うかがいます」

惇一はそう答えたが、式子は何かうっとりとしたまなざしで、あらぬ方を見つめていた。そしてそのまま惇一の存在を忘れたかのように、音もなくスープを口に運んでいた。余里子が言った。

「惇ちゃん、三時のおやつは、ここに置いておきますから勝手に召し上がれ。夕食は六時には出来上がっているわ。好きな時間に食べてちょうだい」

余里子の言葉に、もうこの場を去ってもよいのだと察して、

「ぼく、失礼します。よろしくおねがいします」

惇一は式子に挨拶したが、式子は耳に入ってか入らなくてか、微笑を浮かべたその顔を天井に向けていた。

惇一はその式子をふり返りながら食堂を出ようとして、出会いがしらに人の足を踏んだ。

「あっ、失礼!」

相手が誰と確認する暇もなく、

「気をつけろよ、この唐変木!」

という鋭い言葉が浴びせられた。惇一は驚いて声の主を見た。豊かな黒髪を肩まで垂らした少女が、惇一を睨《にら》んでいた。その目に覚えがあった。景子だった。

「景子ちゃんじゃないか!」

惇一の胸の中には、幼ない日の景子があった。懐しさをいっぱいにこめて、そう言った惇一に、景子が言った。

「馴れ馴れしく呼ぶんじゃねえよ。あんた誰さ」

「ぼく、東京の惇一だよ」

一瞬景子の視線が泳いだ。が、次の瞬間、

「そんな奴、知らねえな」

と、食堂の中へ入って行った。惇一は呆然と突っ立ったままだった。

遮断機

惇一が札幌に来てから二ヵ月が過ぎた。
惇一は今、S予備校の門を出て、見上げるともなく空を見た。まだ午後四時だ。札幌の五月は日が長い。柔らかい青空を見上げながら、惇一は(札幌には空がある)としみじみ思った。
S予備校は札幌駅から二キロと離れぬ桑園《そうえん》にあった。都心ほどに高層ビルはない。空がどこまでもつづいている。何ものにも遮《さえぎ》られずにつづいている。そして驚くほど目近に、よくテレビの中継で見たジャンプ台のある大倉山があり、円山《まるやま》などが、南の藻岩山《もいわやま》へと連なっている。ふと、惇一は高村光太郎の詩を思い出した。
東京には空がない
と智恵子は言う
確かそんな詩があったと思う。が、札幌に来て、東京には山がなかったと改めて思う。ちょっと目を上げると、そこに山がある。木立の一本々々の細部まで、見て取れるほどに近くに山がある。それだけで惇一は、札幌の街が好きになった。

　札幌の人家の屋根は瓦葺ではない。青、赤、緑、チョコレート色と、カラフルなトタン屋根だ。楽しいのは、ほとんどの家に、いかにもサンタクロースが入って来そうな、太い四角い煙突がついていることだ。その煙突を見ると、子供の時に見た絵本が目に浮かぶ。惇一は時間を節約するために電車を使うこともあるが、時には歩いて帰る。

　札幌は風のある街でもある。何となくいつも風に逆らって歩いているような気もする。谷野井家のある都心に入ると、ビルとビルの間を吹き抜ける風が、不意に惇一を孤独にすることがある。何か不安を掻き立てるような恐ろしい音なのだ。

　孤独と言えば、札幌の地下鉄は無人駅だ。東京の地下鉄のように、絶えずカチャカチャと鋏《はさみ》を鳴らして立っている改札係など、いはしない。機械に切符をもぎ取られるような無気味な手応えに、惇一はまだ馴れてはいなかった。

　S予備校を出た惇一は、今日は早く帰る約束だったので、すぐ近くの桑園駅から電車に乗った。札幌駅までは僅か三分だ。札幌駅から谷野井家までは、歩いて五、六分もあればよい。

　その電車の三分間を貪《むさぼ》るように、惇一は窓の外に目をやった。札幌の春は、惇一にとって生き生きと動きのある春だった。雪が消えるや否や、その雪の下から青草が出番を待っていたかのように、見る見るうちに緑となる。純白のこぶしが、ついこの間融けた雪の精のように清らかな花をつけたかと思うと、つつじが咲く。桜が咲く。それまで地上には花が一つもなかったわけだから、何か、うわあっと喚声を上げて春が駈けて来たような印象を、惇一は持った。その桜の季《とき》も過ぎて、今ライラックが咲こうとしている。惇一はライラックの花なるものを見たことがない。ライラックの花が見たくて、窓外に目をこらす。誰よりも一番先に見てやるという、子供っぽい気負いだった。

目をこらしていた惇一は、はっとした。

(あれは院長の奥さんではないか!)

惇一は心の中で叫んだ。遮断機の下りている踏切の前に、アイボリー色の車がとまっていて、その助手席に、首をやや窓側に傾けて話していたのは、確かに那千子に見えた。僅か一瞬のことだったが、見まちがいではないと思った。

惇一は何となくうれしかった。札幌に来て二ヵ月、札幌の街の中に知った顔を見かけたことがなかった。その惇一の目の前に、那千子の姿があった。不意に那千子が言い様もなく親しく思われた。あたたかいものを感じた。

札幌駅に下りて、真っすぐに惇一は谷野井薬局に帰った。那千子を見た喜びが、まだ胸の中にあった。

「只今！」

声が弾んだ。が、店の中には誰の姿もなかった。と思った次の瞬間、調剤室から比田原テル子が、

「お帰り」

と、顔を出し、谷野井陶吉の、

「おお、早かったな」

という声が、調剤室から聞えた。

「あの……ぼく、電車の窓から奥さんを見かけました」

知った人を見かけた喜びを、単純に伝えるつもりだった。

「あら、どこで？」

白衣を脱ぎながらテル子が言った。テル子は今日、四時半までに薬剤師の会合に出かけるということだった。

「はい、踏切の所で」

「どこの踏切？」

「北大に近い所の……」

「車か？」

陶吉が調剤室から出て来て言った。

「はい。車の助手台に」

「助手台？　車は何色だ」

車の色を問われて、惇一は何となく妙な感じがした。が、

「アイボリーです」

と、見たままに言った。陶吉も、白衣を脱いだテル子も、調剤室の前のソファに坐った。

「君も坐れよ」

陶吉が惇一にあごをしゃくった。惇一は二人に向い合って腰をおろした。

「運転をしていたのは男か？」

陶吉は、にやにやしながらパイプにタバコを詰めた。

「さあ……一瞬のことでしたから」

惇一は正直に言った。惇一は助手台に那千子を見、その那千子の顔から視線を外《そ》らさなかったのだ。と言っても、僅か一、二秒間だから、隣りに誰がいるかは、見定めることができなかった。

陶吉とテル子は顔を見合わせ、声を立てて笑った。何を笑われているのか、惇一にはわからなかった。笑いがおさまると陶吉が言った。

「あんなあ、惇一君。君もそろそろ大人だからね。いちいち外で誰を見かけたとか、

誰が何をしてたとか、言わんほうがいいな」

別段咎《とが》めている語調ではなかった。親切に諭《さと》している語調だった。ぽかんとしている惇一に、テル子が言った。

「そうよ、先生のおっしゃるとおりよ。大人というのはね、時々人に見られて困ることをするものなのよ。ね、先生」

テル子が意味ありげに陶吉を見た。陶吉はてらてらと光る額をちょっとなでて、

「まあそうだ。あんなあ、惇一君、大人というのはな、例えば、誰それをその辺で見かけなかったかと聞かれた時、確かに見かけていても、さあと、とぼけて見せることが大事なんだ。君のように、車の色から、いた場所まで、正直に答えてはならんのだよ」

「はあ」

何となくわかったような気がした。

「特にな、谷野井家の人間共は、どれもこれも脛《すね》に傷持つ、凶状持ちだ」

陶吉は天井を見て豪快に笑った。

「さて、凶状持ちの一人は、出かけることにするわ」

テル子は片手を上げ、白いバッグを肩から下げて出て行った。惇一は立ち上がって、そのうしろ姿を見送った。テル子は店を出ると、左手に歩み去った。一度閉じた

自動ドアが開いて、また閉じた。惇一は、テル子が今左に曲ったなどと証言してはならないのだと、心のうちに思いながら、さてもう一度椅子に坐るべきか、坐らぬべきかと迷った。

「おれも出て行く」

と、陶吉は柱時計を見上げた。

「大先生も薬剤師会ですか?」

「いや、そんなつまらん所にはおれは行かん。サウナだと、誰かに聞かれたら言っておけ」

陶吉は白衣を壁にかけ、店先のほうに行きかけたが、

「いつも言うことだが、調剤室には誰も入れるなよ。決して入れるなよ」

と、まじめな顔で念を押し、店を出て行った。陶吉は店の前を右手にゆっくりと歩いて行った。片手を背広のポケットに入れたその背筋がぴんと張っていた。

一人になると、惇一は何をしてよいかわからなかった。ティッシュペーパーの箱を形よく積み上げたり、店の前のごみを拾ってみたところで、何分とかからない。比田原テル子は意外と整頓好きで、店の中はいつも清潔だった。四月中は風邪薬を買いに来る客もあったが、六月も近くなった今は、風邪薬を求める者もなくなり、綿花、絆《ばん》創膏《そうこう》、繃帯《ほうたい》などがぼつぼつと出る。谷野井薬局は谷野井病院をはじめ、近所の幾つか

の病院の処方箋による調剤が主なる営業であった。だから病院が終ると、客も少なくなる。五時で店を閉めてもよいのだが、陶吉はなぜか、八時頃まで店を開いておく。陶吉は異常とも思えるほどに、患者には優しい。単に調剤するだけでなく、身の上話など、根気よく聞いてやる。どんなに長くても、ていねいに聞いてやる。だから、健康になってからも患者たちは、ティッシュペーパーなど何箱も買いに、わざわざ遠くから車でやって来たりする。陶吉は惇一に、

「人生は金と女」

などと言っているが、自分の小遣いにも困る人がやってくると、

「いいよ、いいよ。金なんぞ、いつでもいいよ。薬九層倍といってね。薬局なんて、儲けてやがんの。ふんだくったっていいんだよ」

などと冗談を言いながら、金を受け取らぬことがある。僅か二ヵ月の間に、惇一が見かけただけでも二、三度はあった。そんな陶吉に感歎して言うと、陶吉は、

「惇一君、こんな言葉を知ってるかい。金持より貧乏人のほうがよく微笑する、ってえ言葉だがね。なぜ金持が笑えないか。ろくなことを考えないからだよ。そうだ、貧乏人について、こんな言葉もあったな、神は金持より貧乏人を愛している。でなければ、こんなにたくさんの貧乏人をつくるわけはない。これも一面の何かを語っているな」

などと言ったものだ。

「只今」

店先で声がした。初美だった。初美は時々、住宅の玄関から入らずに、店から入ってくることがある。

「あ、お帰り」

惇一はちょっと救われたような気がした。

「あんまり正直にするな」

などと大人に言われたことはなかったから、滅入るというほどではなかったが、何か問いたい思いがあった。

「二、三日、顔を見なかったわね」

初美は乱暴にソファに腰をおろした。

「そうだったかな」

そう言われれば、朝食の時も夕食の時も、初美に顔を合わさなかったような気がする。景子のことなら気にかけているので、ここ三日会っていないことは覚えている。三日前の夜、十二時を過ぎて、寝る前にトイレに行った。と、婦人用トイレから景子が出て来た。偶然そこに来合わせた惇一の視線を、弾き返すような強いまなざしで見、景子はものも言わずに去って行った。もっとも、景子は惇一がここの家に来てから今に至るまで、言葉らしい言葉をかけたことはない。すれちがう時に、「ちぇっ」と舌打ちをしたり、「ふん」と顔をそむけたりする。全く無視することもしばしばだ。が、それは、家族の誰に対してもする同じ態度だった。いや、もっとひどかった。食堂で出会った那千子に、

「何でえ、その化粧は」

と、脛を蹴上げたところを見たこともある。父親の浜雄に、エレベーターに乗り合わせた時、「汚ねえな」と睨《ね》め上げたところも見かけた。

惇一の弟律男にも、中学の時似たようなことがあった。母親にホースの水を浴びせかけ、馬乗りになって殴りつけたことがあった。外から帰って来た惇一がそれを見つけて、思いっきり殴ったのがよかったのか、憑《つ》きものが落ちたように、律男は元の律男に返った。

そんなこともあって、景子が祖父の陶吉を、面と向って「エロじじい」と罵《ののし》り、祖母の式子を「お化け」と言ったりするのを見ると、惇一は思わず握り拳を固めることがある。そしてその時を耐えるのだが、いつか自分が、景子を殴りつける日が来るようで、惇一は、自分自身が恐ろしく思うことがある。

（この金持娘のわがまま者が！）

古ぼけた狭いアパートに、母親の手で育った自分たちの生活を思うと、何不自由な

く暮らしている者が何を甘えているのかと、腹立たしくなってくる。だが、何の関係もない自分に対しても、只同じ屋根の下にいるというだけで、敵意を持って歯向ってくる景子を見ると、猛獣の仔を見るような愛らしさも覚えるから不思議だった。景子については、まだ誰も説明してくれた者はない。この家で最も不愛想な顔をしている割に、話しやすいお手伝いの余里子でさえ、景子がなぜ、家庭内暴力に近い状態にあるかを、教えてはくれない。只、その余里子に対してだけは、景子も乱暴な口はきかない。

「多分餌《えさ》が欲しいからよ」

と、何かの時に、初美と余里子がちらりと言っていたことがあった。

ソファに乱暴に腰をおろした初美は、珍らしくちょっと黙っていたが、

「惇一さん、今夜も勉強するの？」

と、店の真ん中に突っ立っている惇一を見た。

「そのつもりだけど」

「今夜一晩ぐらい、わたしと一緒にダンスに行かない？」

「ダンス!?　ぼくダンスなんかできません」

「あら、簡単よ。曲に合わせてね」

と立ち上がり、

「ほら、こんなふうに体を動かせばいいのよ」

初美は部屋の床の上で、軽快なステップで踊り始めた。

「簡単でしょ」

「いや、見た目ほど簡単じゃなさそうだ」

「突っ立っててもいいのよ。行かない？　ディスコに」

「いや、ぼくは、二度も浪人できる身分じゃないから」

そう言った時、惇一はふっと調剤室のほうに、音もなく入って行く人影を見て、はっとした。和服姿の式子だった。

谷野井陶吉の妻式子が調剤室に入ったのを見て、惇一はおやと思った。調剤室に背を向けて、ダンスのステップを踏んでいる初美は式子を見ていない。惇一は、踊っている初美の横をすりぬけて、調剤室の入口で言った。

「大奥さん、何かご用でしょうか？」

「いいえ、何も」

調剤室の薬品棚を見上げていた式子が、ふり返りもせずに言った。

「でも、何か欲しい薬が……」

「いいえ」

静かに答えて、式子は惇一のほうに首を曲げ、

「あのね、惇一さん、わたしね、薬の壜《びん》の並んでいるのを見るのが、大好きなの。ほら、茶色の壜や、濃紫の壜を見てごらんなさい。何かしーんと心が落ちつくような感じがしない？」

「はあ……」

惇一のうしろで、初美がにやにやしながら二人の会話を聞いていた。

「惇一さん、わたしはね、このしーんとした薬壜の色を眺めていると、十七、八の娘時代に戻ったような気がするの。わたしはね、子供の時から体が弱くてね、いつも白い繃帯《ほうたい》をのどに巻いていたの。病院に行くとね、これと同じ色の薬壜が、小さいのや、大きいのや、あったものよ」

うっとりとしたまなざしで、薬品棚を見上げる式子に、惇一は何と答えてよいかわからなかった。

「これは、リルケのマルテの世界よ」

惇一はリルケのマルテなるものが、何であるかを知らなかった。

「マルテの手記をお読みになったことがない？」

調剤室から動こうともせずに、式子は楽しそうに言った。と、それまで黙っていた初美が、惇一のうしろでけたたましく笑った。

（ここの家の人たちは、時々、突如として大声を上げて笑う）

そう思いながら惇一は初美をふり返った。初美は軽くウインクをしてから言った。

「グランドマアは、六十五になっても文学少女なの。グランドマアの薬壜とマルテは、いつも不即不離なのよ。もうわたし、何十回も聞いちゃった」

その言葉が耳に入ってか入らないでか、式子はぐるりと調剤室を見まわして、

「大先生は？」

と、惇一の顔を見た。惇一は、陶吉が出がけに、「サウナに行ったと言っておけ」と言った言葉を思い出したが、何でも正直に言ってはいけないと言われたことも思い出して、初美を見た。初美は、

「グランドマア、こっちへ来ておすわりよ。どうせグランドパアの行くところは、グランドマアのほうが、わかってるじゃない？」

と、調剤室の前のソファに、自分から腰をおろした。式子はひっそりとした足どりで調剤室から出、ソファに坐ると、

「大先生は？」

と、再び惇一に尋ねた。初美が言った。

「だからグランドパアの行き先は、グランドマアが知ってるって言ったじゃない？」

式子はおっとりと、

「どうして？　わたし、占い師《うらな》じゃないのよ」

惇一はおずおずと、

「あのう……大先生はサウナに行くと言われました」

と、式子を見、初美を見た。式子は白い手の甲を口に当てて、小さく笑ってから、

「おや、サウナへ？　ま、そういうことにしておきましょうか。あの人は昔から、行くと言った先に、行っていたためしのない人ですよ」

と、また手の甲を口に当てた。惇一は奇妙な気がした。この家に来て二ヵ月、いつも何か白い霧がかかっているような、不透明なものがこの家にはあると感じてきた。この家で一番ふつうの人間に見えた式子でさえ、惇一の住む世界とは、全く別のところに生きている人間に思われることがある。今の式子の言葉もそのひとつだ。母と律男と惇一の三人家族の生活では、お互いの言葉が信じられる言葉として通用した。むろん、律男が中学の時、少しの間だったが家庭内暴力をふるったことがあって、その気持がよくわからない頃があった。僅か三人の家族でもわからないことがあるのだから、こんな三階建の広い家の中に、それぞれが個室に引きこもっていては、わからぬ部分が多くなるのは、当然かも知れない。が、それにしてもこの家にはわからぬ部分があり過ぎるような気がした。

「それはそうと初美ちゃん、景子は来年どこの高校に進むのかしら」

式子が祖母らしい表情を見せた。

「景子？　景子のことなんか、わたし知らないわよ。第一あの子、今学校に行ってるのか行ってないのか、わからないんだもの」

「あら、毎日鞄《かばん》を持って出かけるじゃない？」

「鞄を持って出かけるからって、鞄の中に教科書が入ってるとは限らないのよ」

「またそんな……おどかさないでくださいよ」

「おどかすわけじゃないけど、この間ね、景子がこんなこと言ってたわ。お姉さん、妊娠したら吐気がするって、ほんと？　とか、赤ちゃんをおろすのにお金いくらかかるの、なんて」

「何ですって!?　まさかあの子、妊娠したわけじゃ……」

おろおろと式子は立ち上がった。

「そんなに心配することないわ、グランドマアア。今の高校や中学ではあり勝ちのことなの」

「だって、初美……」

「景子が妊娠したなんて、言っちゃいないでしょ。只、そう聞いたって言っただけよ」

「いいえ、そんなことお前に言ったのは、きっと思いあまって言ったのよ。まあどうしましょ」

式子はあたふたと廊下のほうに姿を消した。

「驚いた？　惇一さん」

初美は空中からタバコを取り出して見せる手品師のような手つきで、タバコをのむまねをしながら、流し目で惇一を見た。どぎまぎしながら惇一が言った。

「大奥さんを心配させるのは、あまりいい趣味じゃないと思うな」

「あら、おどしだと思ったの？」

初美はまっすぐに惇一を見つめると、大胆に足を組み替えて、ソファに背を反らせた。

「そりゃあ、冗談に決まってるとは思うけどさ」

言いながらも、惇一は内心不安だった。景子は確かに小生意気な暴君だ。乱暴な口を利き、いつも肩を怒らして悪ぶっている。だが、清潔感の漂う少女だと惇一は思っていた。そしていつか、幼ない日に見た、あの人懐《ひとなつ》っこい景子が戻ってくると思っていた。その景子は、決して妊娠などしてはならぬのだ。

「ねえ惇一さん、あんた景子のこと、今まで何も言ったことないわねえ」

惇一はうなずいた。言おうにも言えなかったのだ。小暴力ではあっても、景子の毎日は家庭内暴力の姿だった。その景子を話題にすることは、景子の内面に深く立ち入ることである。この二ヵ月、横で見ていても、誰一人景子を咎《とが》める風はなかった。咎めないというのは、その原因がわかっているからなのかも知れない。咎めてはならぬ何かがあるのかも知れない。とにかく、この家の屋根の下に住むようになって、まだ二ヵ月の惇一には、景子の名を口に出すさえ憚《はば》かられた。

「どうして景子のこと聞かないの？　何だかおかしな子だって、どうして言わないの？」

初美は、強い視線を惇一に当てたまま言った。

「そんなこと、言えませんよ」

惇一はちょっと怒ったように言った。初美とお手伝いの林余里子には、割合楽に口がきけるのだ。

「そりゃそうね。わたしだって、惇一さんの立場だったら何も言えないわ」

初美の口もとに微笑が浮かんだ。学校から帰ったばかりだから、まだ唇にはルージュの跡はない。いつも初美は、家に帰るや否や、眉を引き、アイシャドーを描き、口紅を濃く塗りつける。が、今は帰って来たばかりで、微笑を浮かべたその血色のよい唇は、柔らかい花びらのように愛らしく見えた。

「じゃ、どうして景子さんのことを聞かないのかと、言ったんです？」

惇一は口を尖らせた。

「それはね……なぜだか、わからない？」

初美は両手を首のうしろで組んだ。胸が豊かに盛り上がっている。惇一は視線を外らしながら、

「わからない」

と、そっけなく言った。

「わからない？　ほんとにわからない？」

二つ年下の初美が、年上のような口をきくのに、内心いまいましさを覚えながら、

「わかりませんよ」

と、惇一はいよいよ、ぶっきら棒な語調になった。

「そう、わからない、かも知れないわね。わからなきゃ、わからなくてもいいの」

初美は立ち上がった。

「いやだなあ、そんな言い方って」

「なぜ？」

「わからなきゃわからなくてもいいなんて、後味が悪いよ」

「だって仕方ないでしょ。わからないって言うんだもの。たいていの男なら、この辺でわかるところよ。あなたほんとに唐変木ね」

「唐変木？」

「そう。東京みたいな、たくさんの人の中で暮らしていると、人の心なんて見えなくなるのよ、きっと」

強い語調で言い、

「あ、そうそう、惇一さんまだ気がついていないかも知れないけど、さっきのグランドマアにも、充分気をつけてね。あの人はわが家の癌《がん》なのよ」

「癌!?」

唐変木と言われて腹を立てる間もなく、式子をこの家の癌だという初美の言葉に、惇一は驚いた。

「そう。でも、もっと悪いのはグランドパアかも知れないわ」

初美は鞄を持って、店の奥に入って行った。

店を閉じた惇一は、八時を過ぎて食堂に行った。何しろこの家の食事は、朝食と言い夕食と言い、みんなてんでんばらばらで、一同が共に集まるなどということは、初めにお手伝いの余里子が断言したとおり、この二ヵ月只の一度もなかった。

食堂で一番多く顔を合わせるのは、余里子を除いては、谷野井陶吉と、院長夫人の那千子であった。が、今日は谷野井陶吉は、夕刻の四時半過ぎに家を出たまま、まだ帰って来てはいない。十時過ぎに帰るのは早いほうで、十二時を回るのは度々だった。外出の時はたいてい一人で、妻の式子を伴うことなどほとんどなかった。それは院長の浜雄夫妻も同様で、この家の者は皆、ばらばらの行動をしているようだった。

そしてその中でも、景子は一人遠くにいる感じだった。

惇一が食堂に入ろうとした時、食堂の中から、

「まあ！　ほんと？　余里子さん。おろすのに幾らかかって、聞いたんですって？」

無警戒な声が大きく聞えた。

「声が大きいわよ」

余里子のおさえつけるような声がした。惇一は一瞬、入ろうか入るまいかとためった。が、入ってはならぬと決めて踵《きびす》を返した。と、余里子の大きな声が追いかけてきた。

「惇ちゃん、かまわないわよ。入ってらっしゃい。お腹《なか》が空いたでしょ」

どうやら廊下にいた惇一の姿を、余里子は目ざとく捉えたようであった。

「すみません」

余里子に呼ばれては、立ち去るほうが却《かえ》って不自然であった。

「何も惇ちゃんが謝まることないわ。ね、奥さん」

余里子が言ったが、那千子は黙って皿のソイの煮付を突つくともなしに突ついてい

た。

「でもね奥さん、何もそうと決まった話ではないのよ、初美ちゃんの話ではね」

遠慮勝ちに、ちょっと離れて坐った惇一の前に、余里子はさっさと味噌汁を運んできた。那千子はようやく惇一のほうを見て、

「ねえ、惇ちゃん、あなた家族同様の人なんだから、この家で見たり聞いたりしたことは、誰にも言わないわね」

哀願するように那千子は言った。

「言いません。言う人もないし、言う必要もないし……」

「それもそうね、惇ちゃんは信用できる人だもの」

と、俄《にわ》かに身を乗り出して、

「惇ちゃんの高校時代に、妊娠した女の子などいた？」

と、いきなり話が飛んだ。

「さあ？」

谷野井陶吉に言わせると、こんな時何と答えるのが一番よいのか。正直に答えれば、高校一年の時、惇一のすぐ前に坐っていた女生徒が妊娠し、五ヵ月目頃に退学した。二年生の時には、マドンナという綽名《あだな》のひときわ目につく子が妊娠したというので、その胎児をおろすカンパが、隣の組の惇一の教室にもまわされてきた。確かたく

さん集まって、

「これなら二回分の費用がある」

と、集めた生徒が喜んだという話だったが、その女生徒はその後、学校に姿を現わさなかった。手術が失敗して死んだという噂まで、まことしやかに伝えられたが、本当のところは惇一にはわからなかった。只惇一は、そんな体験の中で、女性も結婚前に様々なことがあって生きてい、やがては何事もなかったように結婚していくものかと、妙に侘《わ》びしい気持になったものだった。あたりの風景が俄《にわ》かに色を失ったような、そんな気がしたものだった。

が、惇一は今、級友に妊娠した女生徒がいなかったかと問われては、「さあ」と、とぼけるより仕方がなかった。

「そう。東京でもそんな話はあまりないのね」

那千子は安心したように言ったが、

「でも、景子は何をやるか、わからない子よね」

と、吐息を洩らした。

「大丈夫ですよ。ね、惇ちゃん、景子ちゃんは妙なほど潔癖な子だと、わたしは睨《にら》んでいるわ。潔癖だから腹を立てることも多いのよ」

ちらっと余里子は那千子を見た。那千子はそれに気づいてか気づかないでか、ご飯を一口口に入れて、再びほっと吐息を洩らした。今日の那千子の髪は黒かった。惇一が今まで見た那千子の髪の色は、金髪であり、栗色であり、赤毛であった。が、黒髪の時の那千子が、惇一には最も好ましく見えた。黒い髪の日は、なぜか化粧もうすく、口紅さえ控え目であった。そしてそんな那千子が一番若々しく見えた。

「ねえ、余里子さん、それにしても景子って、あんな子じゃなかったわねえ」

言って那千子は味噌汁の椀を口に近づけた。

「そうね。利かん気だけど明るくて、優しくて……」

と、余里子は珍らしく語尾を濁した。

「わたし、あの子が突如、『なんだてめえ』なんて言った時は、肝が潰《つぶ》れそうになったわ。女の子があんな乱暴な口を利くようになるなんて……」

「そうよね、初めはふざけてるのかと思った」

余里子はテーブルに頬杖をついたまま言った。惇一はカニサラダを掻《か》きこむように口に入れ、

(景子ちゃんは、妊娠なんかしていない)

と、先刻から思っていたことを、今もまた心の中に呟いた。

「景子はいったい何が不足なのかしらねえ。個室があって、テレビも冷蔵庫もあって、電話だって部屋にあるわ。ねえ、余里子さん」

「まあ、ね」

「必要なものはみんなあるわ」

余里子はちらりと那千子を見たが、鼻の先にかすかな笑いを浮かべた。

「お小遣いだって、不自由はさせていないわ」

「………」

「きっと学校で、何かあったのよ。たとえば、金を貸せとか……」

聞きながら惇一は、自分の中学時代に、よく金のトラブルがあったことを思い出した。金持の子が学校では妙におどおどしていたような気がする。あのヘルマン・ヘッセの小説「デミアン」の中でも、上流階級に属する少年が、金をおどし取られる話があった。こんな大きな構えの病院の子は、絶えずある種の子から脅《おど》しを受けているのではないかと、惇一は思った。

子供から大人になりかける過程には、暗い陰湿な世界があって、子供たちはおどおどと、その暗い中を通りぬけて生きていくのだ。それは、両親にも教師にも、打ち明けることのできない子供たちだけの世界であって、万一この世界を打ち明けようものなら、手厳しい私刑《リンチ》がその身の上にふりかかってくる。

惇一が那千子に言った。

「奥さん、景子ちゃんに、いったいお小遣いはいくら上げてるんです?」

「中学になって、二年生までは五千円よ。でも三年になったから、倍にして上げたわ」

　こともなげに那千子は言った。

「じゃ、一万円ですか」

　惇一は驚いて声を上げた。

「そうよ。少ないかしら」

「多過ぎます」

　惇一たちのクラスで、中三当時五千円もらっている子は、三人といなかったような気がする。そんな大金を、景子はどこに使っているのかと思った。余里子は二人のやりとりを黙って聞いていたが、

「わたし、今夜はこれで部屋に引取らせてもらいますよ。それよりね、奥さん、大奥さんのこと、先生にもよく言っておいてくださいよ。この頃時々薬局のほうでふらふらしてるようだから」

　余里子は白と黒の格子縞《こうしじま》のエプロンを素早く取って、部屋を出て行った。余里子の勤務時間は八時半までということになっていた。だが家族たちは、誰もそんなことを忘れているようだった。時には十時頃に顔を出して、

「何だ、余里子さんはいないのか」

と、ぶつぶつ言ったりすることがあった。今も那千子は、

「あら、そんな時間?」

と、時計を見上げ、立ち去る余里子のうしろ姿を見ながら、

「ドライね、あの人ったら」

と呟いた。

翌日、日曜日、惇一は十一時に目を覚ました。小雨が降っていて、薄暗い空模様だった。惇一はベッドの中で、ゆっくりと手足を伸ばしながら、すぐには床を離れ難い気持だった。今朝四時過ぎまで勉強をしたということが、惇一の気持にゆとりを持たせたのだ。

枕に頬をつけたまま、思うともなく惇一はこの家のことを思った。谷野井外科病院はいよいよはやっているようだった。むろん院長の浜雄一人だけでは手がまわらず、八年前から笹木《ささき》副院長が忠実に浜雄を補佐していた。大きな手術の時は、大学病院から応援が来ていて、けっこうそれで間に合っているようだった。

笑顔の優しい笹木満は、浜雄より二歳年下だった。患者たちに評判がよく、手術は院長よりうまいと囁《ささや》かれてもいた。看護婦は外来と病室合わせて、常時八人程はいたが、婦長の花岡ひろ子は開業以来のベテランで、院長も副院長も、婦長には頭が上がらぬなどという者もいた。

それらのことは、薬局に処方箋を持って来る患者たちから、聞くともなしに惇一も聞いていた。薬剤師の陶吉が浜雄と親子だということを知らず、只の雇われ薬剤師だと思っている患者が、

「副院長先生のほうが、腕がいいようだねえ」

と小声で言うと、陶吉はもっともらしく、更に声をひそめて、

「そうともそうとも、あの院長ときたら、稀代の藪《やぶ》さ。指に刺さった棘《とげ》ひとつ、満足に取れやしない」

と相槌を打って、いともうれしそうに笑うのだった。あとで親子とわかったその患者が恐縮して詫びると、

「何なに、ほんとにおれの子かどうか、男親のおれにわかるわけはない。わしには十人の子がいるが、どれ一人これがおれの子と、確信できる子はいなくてね」

などと口から出まかせを言うのだった。陶吉の子は浜雄一人しかいないと知っている惇一には、そんな陶吉を只のおもしろい人と思ってよいのかどうか、わからぬ気持にさせられることがあった。

陶吉のことを思っていて、不意に惇一は、式子の部屋に遊びに行ってみたいような気がした。昨日初美は、式子をこの家の癌だと言った。余里子も、昨夜那千子に、

「大奥さんに気をつけて」と、暗い声で言っていた。だが惇一には、この家ではもっ

とも当り前の人に見えてならないのだ。幸い今日は日曜日で、病院も薬局も休みだった。そろそろ式子も毎日のパチンコ遊びから引上げてくる頃である。

そうと決めると、惇一は少し動悸がした。この家に来て、誰の部屋にもまだ訪ねたことがない。顔を合わせるのは食堂か、店か、エレベーターの中ぐらいで、それぞれの住む居室を訪ねる気にはなれなかったのである。

だが式子は、時折「わたしの部屋に遊びにいらっしゃい」と声をかけてくれている。惇一は、式子の何がこの家の癌なのか知りたくなった。それは詮索するというより、知らずにいて、何か失敗をしてはならぬような、そんな気がしたからだった。式子の持つ優しさが、母性を感じさせたということもあるかも知れない。

ベッドから跳ね起きると急いで洗面をすませ、惇一は食堂に行った。日曜日は余里子も休みだ。その代り、余里子が昨夜焼いておいたパンや、一日かけて作ってくれたジャムや、チーズや牛乳などが用意されていた。

惇一は、パンと生ハムと野菜サラダを一つ皿に取って、冷たい牛乳でそそくさと食事をすませた。

(ほんとに大奥さんの部屋に行ってもいいのかな)

部屋に帰って、一時を過ぎた時計を見上げた惇一は、ふっとためらいを覚えた。が、やはり訪ねることにした。陶吉と式子の住居は一階だった。式子の部屋のブザーを押

すと、中から明るい声がした。惇一はほっとして、

「惇一です。遊びに来ました」

と、大きく声をかけた。

「あら惇ちゃん！」

弾《はず》んだ声と共にドアが開いた。

「どうぞ、お入んなさい。よく来てくれたわね」

同じ屋根の下にいる者の言葉としては、何かおかしい気がして、惇一は笑った。広い和室の向うに縁側があって、小雨にぬれた庭がガラス戸越しに見えた。十年前、母や律男と共に訪れた夏に、景子がカタツムリを見て、驚きの声を上げたあの庭ではなかった。カタツムリが這っていた熊笹の藪は、影も形もなかった。が、見事なライラックの花が、紫と白の絵の具をたっぷりとまぜたような、気品のある色を見せていた。

出された座布団に坐って、

「見事なライラックですね」

惇一が言うと、式子は、

「ね、素敵でしょ。ライラックというと、わたし、トルストイの『復活』を思い出すの。貴族のネフリュードフと、召使のカチューシャが、かくれんぼうをする場面があったわね。あのライラックはこんなに見事だったかしら」

「はあ……」

惇一は何となく部屋の中を見まわした。

ぐるりと部屋を見まわした惇一は、これが六十半ばの人間の住む部屋だろうかと思った。十二畳はある部屋の一方の壁に、作りつけの本棚があって、文学書がずらりと並んでいた。えんじ色の背を見せた世界文学全集があるかと思うと、太宰治全集や川端康成の全集があった。本棚のガラスに、庭のライラックが映っていた。

「本当に本が好きなんですね」

式子の顔を見ると、式子はいつもより生き生きしたまなざしで、

「読書が好きって、幸せなのかしら、不幸せなのかしら？」

と、小首をかしげた。惇一はちょっとうろたえたが、

「すごく幸せな人だと思います。でも、不幸を全く知らないということではなく……」

と、語尾を濁した。

「なるほど、そんな答え方もあるのね。じゃ、惇ちゃんは読書が好き？」

「好きといえるほど、ぼくはまだ何も読んでいませんが……」

惇一は答えて、

「ところで大先生はお出かけですか」

と尋ねた。

「大先生？」

式子は惇一を見、

「あら惇ちゃん、知らなかったの？　わたしたち一緒の部屋に住んでいないのよ」

思いがけない言葉に惇一は、

「一緒の部屋に住んでいないって……」

「別居よ、家内別居っていうんですって。近頃は」

「………」

「でも、わたしたちの家内別居は、もう二十五、六年になるわ」

それはいったいどういうことなのか、惇一は、とっさには飲みこめなかった。と、
式子がまたもや、さらりと言った。

「世間体だけは夫婦なのよ」

「まさか」

「まさか、と思うわね。話を交わさないわけじゃないんですもの」

式子はまばたきもせずに惇一を見つめながら言った。

「でも、どうして」

惇一は座布団の上の膝を崩した。式子はきちんと座ったまま、

「わたしね、あの人と一緒の部屋に住むのは、生理的に耐えられないの、鳥肌が立つの」

と、ちょっと肩をすくめて見せた。惇一はからかわれているような気がした。

「どうしてですか。大先生は優しくて、ユーモアがあって……素敵な人だと思うけど」

「優しい？　惇ちゃん、言っておくけど、人間の中に優しい人なんてありやしないわ。自分の都合のいい時だけ、優しくするだけよ。優しく見えるだけ。そうよ、この家の中にだって、優しい人は一人もいないわ」

式子には珍らしく、少し声が大きくなった。惇一は叱られているような気がした。が、おずおずと顔を上げて、

「でも……どうして、そんなにいやなのに、……」

一緒にいるのか、という言葉は飲みこんだ。式子は、

「そう。どうして一緒にいるのか、というのでしょう？　どうしてだと思う？　惇ちゃん」

「やっぱり、愛しているから」

と言いかけて、

「好きだから」

と言いなおした。式子はそれが癖の手の甲を口に当て、ちょっと声を上げて笑い、

「惇ちゃん、夫婦が一緒に住んでいるのは、必ずしも好きだからというわけではないのよ。惇ちゃんも、もっと大人になったらわかるけど、愛し合っているから一緒になっている夫婦なんて、何パーセントあるかしら」

「…………」

「嫌いだけれど、別れたいと思うけど、いろいろの理由で別れられずに、一緒にいる人たくさんいるわ」

そうかも知れないと、惇一は思った。

「でもね、惇ちゃん、わたしの場合は、嫌いだけど仕方なく同じ屋根の下にいるのではないのよ。嫌いだから一緒にいるの。嫌いだから別れて上げないの。いいえ、嫌いというより憎いのよ」

惇一はふっと不思議な気がした。こんな凄い話を、何で赤の他人の自分に、式子は聞かせるのだろうと思った。これは言わば、式子の一生の秘密ではないのか。その秘密を、二十歳になったばかりの自分に、どうして打ち明けたのか。惇一には腑《ふ》に落ちなかった。が、それはさておき、憎んでいるから一緒にいるという。憎しみの故に別れ得ないという。惇一は式子の言葉に衝撃を覚えた。惇一の見る限り、式子の夫谷野井陶吉は、病む者に、特に貧しい者に、惜しみない愛を注いでいる人間に見える。こ

の世の酸《す》いも甘いも味わい尽くした人間に見える。惇一の父とその家族に、長年に亘《わた》って熱い友情を傾けた、珍らしい人物に思われる。その陶吉を式子は憎いと言う。とすれば、自分は陶吉を見誤まっているのだろうか。まだ二十歳とはいえ、惇一にも男女の葛藤が何によって惹き起こされるかは、おぼろげながら見えている。それは男の背信であり、女の背徳であろう。が、たいていの夫婦は、とにもかくにも、それらの葛藤を乗り超えて生きている。それとも、陶吉には、特別の何かがあったのか。ぼんやりと惇一は庭に目をやっていた。

「惇一ちゃん、コーヒーいかが？」

いつの間にか、隣室から式子が、盆《ぼん》にコーヒーを運んできた。

「どうも……」

惇一はのどがからからになっていた。妙なことを聞かされたからだ。惇一はコーヒーを一口飲んでから、

「そうですか。大先生とは別の部屋ですか……」

陶吉の悪口をきくのは、陶吉を裏切るようでうしろめたい思いがした。

「惇ちゃん、大先生は昨日サウナに行ったと言ったじゃない？　そのままだ帰らないわ。ずいぶん長いおふろよね」

惇一が答えかねているうちに、式子は首を右に曲げ左に曲げて肩を叩いた。ほっと

して惇一は尋ねた。

「大奥さん、肩が凝《こ》りますか」

「凝るのよ。わたしって、肩こり性なのよね」

式子はまた首をぐるりとまわした。

「ぼく、少しもんで上げますか」

時々惇一は、母の加枝の肩や背をもんだことがある。つぼを心得ていて上手だと、加枝にほめられたこともある。

「まあうれしい。肩をもんで上げるなんて、やさしいことを言ってくれた人はなかったわ」

式子は弾んだ声で言い、惇一を見た。惇一は気軽に式子の背にまわって、肩に手を置いた。細身の体に似合わず、思いがけなく弾力のある肩だった。惇一はもみ始めた。

「あらほんと。上手ねえ、惇ちゃん」

まんざら世辞でもない声だった。ほめられて惇一が、首筋をよくもみほぐした。そして、もみながらふっと思った。式子は今しがた、人に肩をもんであげるなどと言われたことがないと言った。それは本当だろうかと思った。この家の一人々々の顔を思い浮かべて見た。初美、景子、余里子、院長、院長の妻那千子、薬剤師の比田原テル子、その誰もが、確かに肩をもんでやろうと言い出すようには見えなかった。谷野井陶吉は、そう言いそうな人間だが、先程の話ではもはや圏外にある。

(淋しい人なんだな)

惇一は、不意に式子を憐れに思った。母の加枝のほうが、ずっと幸せに思われた。

と、その時、

「わたしね……」

と、式子はふりかえって言った。

「毎晩お祈りするのよ。なんてお祈りすると思う？」

「さあ」

「どうぞ一日も早くお召しくださいませって、お祈りするの」

背筋に沿ってもんでいた惇一の手がとまった。

「ほんとうですか」

怒ったように惇一が言った。

「ほんとうよ」

ひどく淋しい声だった。そうかも知れないと惇一は思った。進んで肩をもんでくれる人もいない生活が、言い様のないむなしさを覚えさせるのかも知れないと思った。

「でもね、惇ちゃん。今夜は、もしかしたらそのお祈りを、しないかも知れませんよ」

　惇一は黙ったまま、手に力をこめた。こんな時、どんな言葉を出すのがよいのか。惇一はもどかしい気がした。惇一も式子も黙った。

（この人を、わが家の癌だと初美は言った）

　言った初美が、ひどく非情な娘に思われた。何か言わなければと思った惇一は、

「いつもお一人で退屈しませんか」

　言ってから、つまらぬことを言ったと思ったが、返ってきた言葉は意外だった。

「わたし、退屈をしてみたいわ。いつも、胸の中にいろいろな思いが渦巻いていてね」

「へえー、じゃ退屈しないんですか」

「しないわよ。遠い子供の頃を考えたり、娘時代のことを思ってみたり……それに、人を憎むということ、これは延々と一生つづく思いなのね」

　恐ろしいことを言う人だと、惇一は思った。

「惇ちゃん、わたしね、一日に一度は殺人遊びをするの」

「えっ！　殺人遊び!?」

「そんなに驚かないで。惇ちゃんだから、こんなこと言いたくなるの。只《ただ》心の中で思うことなの。決して殺しやしないわ。でもあの人、今日はどうやって殺そうか、と思

うのは楽しいわよ。完全犯罪を考えたりして」

「…………」

「でも、完全犯罪っていうことは、成り立たないことがよくわかったわ。だってね、誰にも知られないつもりでも、この自分は絶対知っているのよ。自分に知られていては、これは完全犯罪にはならないわ」

式子の言うことが、惇一にもわかるような気がした。

「そしてね、必ずもう一人の邪魔者が入るのよ。それは神さまっていうのかしら、じっとわたしを見つめている目があるの。そんな時、わたしはキリスト信者のように、ほんとうに神さまの前にひざまずいてしまうの。愚かな人間だから、そんなことの繰り返しよ。退屈なんか、してる暇がないわ」

思わず惇一は吐息をついた。とんでもないものを見せつけられたような思いだった。と、その時、ノックがしてドアが開いた。半開きのドアから、谷野井陶吉の機嫌のよい顔がのぞいて、

「や、只今。おお惇一君、肩をもんでいてくれていたのか。いや、ありがとう、ありがとう」

と言ったかと思うと、もうドアを閉め、すぐに廊下を歩いて行く軽い足音がした。

「大先生は、この部屋に顔を出されることはあるんですね」

何となくほっとして、惇一は言った。

「一緒にお茶を飲むこともありますよ。でもそれだけです」

式子はちょっと冷たい語調で言い、

「惇ちゃん、あそこの壁、おかしいと思わない？」

と、次の間につづく襖《ふすま》の上の壁を指さした。

「いいえ、何も……」

「ほら、あの虫が見えない。うごめいているじゃない？　小さな虫が」

「目の錯覚ですよ」

惇一はこともなげに言い、

「じゃ、またうかがいます」

と、部屋を出た。

新緑

からりと晴れ渡った六月の空だ。雲一つない六月の空だ。微風が頬に心地よい。東京の六月とはちがうと思いながら、惇一は植物園の中に入って行った。惇一は、通り一つ隔《へだ》てた向うに植物園の見える家に住みながら、札幌に来て二ヵ月余り、まだ一度も植物園の中に入って見たことがなかった。植物園は有料で、惇一が予備校から帰ってくる頃には、もう入口が閉ざされている。

土曜日を幸い、今日こそ植物園に入ってみるつもりでいた。正門の前には観光バスが二台とまってい、そろそろ観光シーズンが本格的に始まったことに気づいた。

園の中は眩《まぶ》しいほどに新緑があふれていた。何百年の樹齢かわからぬエルムや、桂、ナラ、センの木が空に枝を広げ、入口から入った中央に、手入の行き届いた緑の芝生に人々の憩《いこ》うのが見えた。これが街の真ん中にあるとは思えぬ奥深い緑の園だった。

小道が右手に何本か、左手に何本か延びていて、三々五々歩む人々がいかにも幸せに見えた。子供づれの夫婦がいる。肩を寄せ合った若い男女がいる。ひとりひっそりと歩む若者がいる。少女がいる。と、思うとぞろぞろと列をなす団体客がいる。芝生に腰をおろす者、帽子を顔にのせて眠っている者、様々であった。人出の割に静けさがあると思いながら、惇一は深く息を吸いこんだ。

十年前の少年の日、弟の律男や、初美、景子と共に隠れん坊をして遊んだことを惇一は思い出した。その頃と、植物園はほとんど同じ風景に見えた。それがたまらなく懐しかった。いきなり時間が逆転した感じだった。惇一は、左手の池のあるほうに、ぶらぶらと歩いて行った。

ふと、式子を誘えばよかったような気がした。式子の部屋を訪ね、肩をもんでやったこの前の日曜日以来、式子は変ったような気がする。いつも霞《かすみ》がかかったような静かな表情の式子が、あの日曜日からどこか生き生きと輝くような目を見せるようになった。

池の木橋の上で、惇一は思わず足をとめた。鴨《かも》が数羽、かたまって泳いでいる。

（鴨って何年生きるのかなあ）

無心に泳いでいる姿を見ながら、鴨にも幸福感というものがあるのかと思った。孤独とか、不幸とか、幸福という感情は、必ずしも人間のみが持つものではないような気がした。

昨夜惇一は、いつもより遅い時間に食堂に行った。もう余里子もとっくに部屋に引き上げた時間だった。惇一が一人、冷たくなった味付飯を食べていると、乱暴な足音がして景子が入ってきた。惇一と景子が、たった二人きりになったことは、今までになかった。惇一ははっと身じろぎをした。景子も立ちどまった。惇一は景子を見た。景子は強い視線で、抗《あら》がうように惇一を見つめ返し、自分の食事を戸棚から取り出して並べ始めた。惇一は動悸した。なぜ動悸するのか、自分でも不思議なほどに動悸した。よほど声をかけようかと思った。が、弾き返すような言葉が返ってきては、いっそう気まずくなると思って、黙って食事をつづけた。飯の味がわからなかった。

と、そこに、那千子が入って来た。二人が向い合って食事をしているのを見て、

「あーら」

と、那千子が笑った。途端に景子が立ち上がった。

「何だい。何がおかしいのよ」

突き刺すような声だった。その語調に煽《あお》られたかのように、那千子はきっとして、声を張り上げた。

「景子！　何よその態度。それが親に対していう言葉なの」

「親？　親って何だい？　え？　親って何さ」

惇一はいたたまれなくなって立ち上がった。と、那千子が叫んだ。

「惇ちゃんは行かないで！　黙って見ててよ。今日という今日は、わたし、この子から聞きたいの」

景子はジーパンのポケットに手を突っこんだまま、椅子に坐っている那千子を見おろした。口の端に薄笑いが浮かんでいる。

「景子！　あんたも坐りなさい」

那千子の声も上ずっていた。景子は黙って椅子に坐り、片足の膝小僧を抱いて那千子を見た。見おろすよりも生意気に見えた。

「景子、お前には欲しいものは、みんな与えてる筈よ。立派な部屋もあれば、テレビもある。ステレオもある。今までお前が欲しいと言ったものを、買ってやらなかったこと、一度だってある？」

景子はその黒い目をちょっと不思議そうに見ひらいてから、

「金で買えるものはな」

と低い声で言った。

「金で買えるものは？　それでたくさんじゃないの。赤の他人は、決してこんなに何でも買ってくれはしないよ」

景子は黙った。惇一は居心地の悪い思いで、しかし聞かずにはいられぬ思いで、二人の話に耳を傾けた。

「ほうら、答えられないでしょう」

高飛車に那千子が言った。と、景子は、ちらりと惇一を見、那千子を見て言った。

「どこの親も、そんな馬鹿々々しいことを言うんだってさ。どこかの親もおんなじこと言ってね、いったいこの上何が欲しいんだと、中学生の男の子に言ったんだってさ。そしたらその子、だってうちには宗教がないじゃないかって、言ったんだとさ。河合先生とか偉い先生がそんな話を書いてたってさ」

景子はその可愛い唇をすぼめると、鋭く口笛を吹いた。

「宗教？　宗教がない？」

那千子が怪訝《けげん》な顔をした。惇一は、那千子がキリスト教だけは嫌いだと言ったことを思い出した。景子は立ち上がって、

「とにかくさ、わたし、一番生まれたくない家に生まれちゃったんだ」

と言うなり、もうひと吹き口笛を吹いて、食堂を出て行った。食事にはほとんど手をつけていなかった。

今、惇一は水に浮かぶ鴨を見ていて、昨夜のそのことがなぜか思い出された。「一番生まれたくない家に生まれた」何と恐ろしい言葉だろうと思った。「うちには宗教がない」という言葉は、更に痛烈な言葉だと思った。こんな言葉を叩きつけられて、とっさに答える術《すべ》を持っている親がいるだろうか。中学三年の景子は、自分が思って

いるより、はるかに大人のような気がした。惇一は二十歳だ。が、もしかしたら、五歳年下の景子のほうが、もっと物事を深く考えて生きているのかも知れないと思った。

ぶらぶらと歩き始めた惇一の傍《かたわ》らを、年輩の男が四、五人すれちがって行った。

「街のどまん中に、こんな広い土地を遊ばしておくなんて、もったいないですなあ」

「ほんと、ほんと。売れば大した金ですぜ」

「全く。凄い団地もできますわ」

大人たちは金が第一の話をしていた。

惇一は深いため息をつきながら、桂の木の梢を見上げた。六月の日に輝く新緑の上に、空は青く澄んで静かだった。

小道は窪地に下りたかと思うと、また高みに上る。林をしばらく行き、今に見事に咲くであろうバラ園を通り、薬草園を過ぎ、小道はまだ咲き残っているライラックの木立の並ぶ下につづいていた。さすがに植物園のライラックは見事だったが、式子の部屋から見た小雨の日のライラックとはちがって、終りに近づいていた。だがそれでも、そのライラックに向かってキャンバスに描きつづける五十代の男がいた。山羊《やぎ》のように優しい目だと惇一は思った。まちがってもこの植物園を金に換算することなどないであろう目であった。

そのライラックの傍らを通って、惇一は再び出入口に近い芝生に来た。つまり一巡して来たわけである。芝生には、青いビニールの風呂敷を広げて、バナナを食べている親子がいた。十六、七メートル向うに、まるく輪になって遊びたわむれている四、五人の子供たちがいた。その輪の中に、白いセーターの少女がうずくまり、両手で顔を覆い、数を数えているようだった。そのうしろ姿を見て、惇一ははっとした。景子に似ていた。

（景子が子供たちと遊ぶわけはない）

と思った時、少女がぱっと立ち上がった。やはり景子だった。

（どうして⁉）

（なぜ、景子が⁉）

惇一の頭は混乱した。景子が輪を突き破って走り始めた。子供たちが後を追った。後を追う子供たちは、心から景子を慕っているように見えた。雰囲気でそれがわかった。追われて景子は、また元の場所に戻って来た。倒れこむように景子が坐った。景子の傍らに、子供たちが景子に真似て坐った。笑い声が弾け、「景子姉ちゃん」「景子姉ちゃん」という声がする。景子の明るい声が何か言っている。惇一は夢を見ているような気がした。

（これが景子だ）

惇一はそう思った。と、はっとしたように景子が立ち上がった。その視線が真っすぐに惇一に注がれた。子供たちと遊び呆けていた景子は、惇一に気づかなかったのだろう。惇一を見つめていた景子が、不意に赤い舌を出した。

(あ！　十年前の景子とおなじだ！)

惇一はうれしくなって手をふった。と、景子も手をふった。気づいた子供たちも手をふった。惇一の胸に喜びがあふれた。景子が生き返ったと思った。

惇一はその場を去ろうとしてできなかった。景子たちから十六、七メートル程離れたその芝生の上に、惇一は腰をおろした。今、ここから立ち去ると、景子の姿が夢のように消えてしまいそうな気がした。

(あれが本当の景子なのだ)

惇一は思った。

(それにしても、あの子たちは近所の子供たちなのだろうか)

少なくとも谷野井薬局の近くは住宅街ではない。

(どこかの施設の子供たちだろうか)

そんなふうにも見えなかった。惇一は自分がどこにいるのかも忘れて、只子供たちと遊ぶ景子に目をやっていた。景子は時々、その惇一に向って手をふった。時には赤んべえをした。すると子供たちも赤んべえをした。惇一はしみじみと幸福感を味わった。和解ということが、なぜこんなに大きな喜びをもたらすのだろう。人間は和解さえしていれば、本当に幸せなものなのだ。むろん惇一は、景子と喧嘩《けんか》をしているつもりはなかった。が、景子は一方的に惇一を無視しつづけていた。十年ぶりに会った惇一に、先ず浴びせかけた言葉は、「気をつけろよ、この唐変木!」だった。十年ぶりの客人を迎える言葉ではなかった。そしてその非礼を、決して謝まろうとはしなかった。それが今、俄《にわ》かに手をふったのだ。やはり和解という言葉が当てはまるような気がした。

だが、景子を見つめていた惇一は、不意に不安になった。もしかして景子は、家に帰ったなら、またあの乱暴な、小生意気な少女に戻るのではないかと思われた。他の者たちに剣突《けんつく》を食わせて、惇一にだけふつうに話をするとは思えなかった。いや、あるいは今、こうして景子たちを眺めていることさえ、景子の怒りを買うことになるのではないかとも思った。

あわてて惇一は立ち上がった。と、景子がまっしぐらに走ってきた。ひたむきな走り方だった。

「帰るの?」

「うん」

「どうして?」

景子について走って来た子供たちが、

「どうして？」

と口真似をした。

「うん、店があるから」

惇一は口ごもって言った。

「店なんて！」

景子はそう言ったが、にこっと笑って、

「ごめんね」

と言った。

「いや、別に……」

惇一は、この時初めて、本当に十年ぶりに景子に出会ったと思った。

惇一が景子と植物園で言葉を交わした日から、三日が過ぎた。それ以来、惇一の気持が軽くなった。景子と言葉を交わすまでは、食堂に行くのが気重だった。別に惇一自身に原因があるわけではないと知っていながら、しかし全く無視されるのは不愉快だった。朝、顔を合わせれば合わせたで、合わせなければ合わせないで、一日中、心のどこかで景子のことが気になっていた。棘《とげ》が突き刺さっている感じなのだ。

それが、あの日からがらりと変った。食堂に行くのが楽しみになった。景子に会えるかも知れぬという期待に、心が弾んだ。が、この三日間、一度も顔を合わせることがなくて過ぎた。

今日は、谷野井陶吉と一緒に店を閉めてから食堂に入った。午後八時を過ぎていた。食堂には那千子が珍らしく和服姿で食事を取っていた。陶吉と惇一が入って行くと、余里子に向けていた顔を二人に向けて、

「お先にいただいていました」

と、尋常に挨拶をした。今日の那千子の髪の毛は栗色だった。頰の紅が少し濃いようだと惇一は思った。

「今日はどこかにお出かけでしたかな」

陶吉は赤の他人に尋ねるような語調で、ていねいに言った。

「いいえ、この頃は気分が悪くて、どこにも出かける気持になれませんの」

那千子は箸《はし》をとめて陶吉を見た。

「ほう、それはいけませんな。しかし、一段とうるわしく見えますがな」

陶吉はにやにやした。那千子の気分は、毎日のように変る。午前と午後でも、よく変る。陶吉はそれをいちいち気にはしない。そんな陶吉が、惇一にはおもしろく思われる。

「ね、大先生……この間景子に、何が不足なのかと、わたし叱ってやりましたのよ。欲しいと思うものは、みな買ってやったでしょって」

「なるほど」

陶吉は余里子の差し出した銚子《ちょうし》を盃に受けながらうなずく。

「そしたらね、おとうさま。景子は、何かの本に、わたしと同じことを言った親の話が書いてあったって申しますのよ。そして結局は、金で買えるもんじゃなくて……この家には宗教がないって、その本に書いていたとか、なんとか……」

「……なるほど、宗教がないか。ハハ……こりゃ一本参ったな、惇一君」

と、二杯目は手酌で飲んだ。

「まあ、笑いごとではありませんわ。わたくしね、大先生。宗教なんて、とにかく大っ嫌いですの。いるかいないかわからない神さまだの、仏さまだのに手を合わせるなんて。そんなの現代人のすることではありませんわ」

惇一は黙って、前に置かれたグリーンピース入りのライスと、八宝菜の皿を見つめた。

「なるほど、現代人か。那千子さん、ところで現代人って、何ですかなあ。なあ、余里ちゃん」

余里子は例によって笑顔の少ない顔を陶吉に向け、

「現代人？　どこかの週刊誌に、『おれはお化けだぞ』って漫画がありますよね。その『おれはお化け』じゃないかしら？」

「これはややこしくなったな。那千子さんは、神も仏も信じないのが現代人だと言い、余里ちゃんは『おれはお化けだぞ』が現代人だと言う。惇一君はどうかね」

問われて惇一はあわてた。現代人は何ぞやなどと、余り考えたことはない。ふっと、何日か前に、学生たちが予備校の門の傍《かたわ》らで、叫んでいた言葉を思い出した。

「水俣では窒素の垂れ流しが水俣病をつくった。静岡の製紙工場ではヘドロの海をつくった。原子力発電は始末のできない廃棄物をつくっている」

このことを思い出したが、「現代人とは愚か者だ」と言ってよいのか、「現代人とは先の見えぬ者だ」と言ってよいのか、適当な言葉が見当らずに、

「さあ……」

と頭を傾けた。と、那千子がいら立って、

「おとうさま、現代人がどんな者でもかまいませんの。うちには宗教がないって言う景子に、いったいどうすればいいんですか」

「余里ちゃん、この烏賊《いか》の塩辛、うまくできてるね」

と、陶吉はすぐには那千子に答えず、余里子に言った。

「ほめたって、お代りはいけませんよ。比田原さんに、大先生には烏賊の塩辛など絶

対に出さないでくださいって、きびしく言われてるんですからね」

「比田原テル子女史か。好きなものを食べて、ぱっと死んだところで、誰にも迷惑をかけない筈だがな」

「冗談じゃありませんよ。大先生が今亡くなったら、院長なんか糸の切れた凧《たこ》みたいになって、病院の経営だって、がたがたになってしまいますわ。ねえ、余里子さん」

「まあ、そんなところね。銀行の信用は大先生のほうがあると、世間じゃ言っているでしょうからね」

にこりともせずに言って、余里子は新たに持って来た銚子を陶吉の前に置いた。

「あ、そうそう、大先生、院長に景子の話をしましたらね、何？　うちに宗教がない？　言われてみたらそのとおりだ。じゃ食堂にでも神棚を祀《まつ》ったらどうかね、と言ってましたわ」

「食堂に神棚をね、なるほど」

陶吉はシャンデリアの下っている天井を、ゆっくりと見上げながら、

「それで、この家に宗教があるということになるわけか」

と、素早く余里子と目交《めま》ぜをした。その二人の様子に、ひどく親しげなものを感じて、はっとした。その二人の様子に。惇一はその二人の様子に、那千子が言った。

「ま、ひとつの案ですわね。確かにこの家には神棚も仏壇もありませんわ。おとうさ

まの本家のほうには、先祖代々のご位牌《いはい》の祀ってある大きな仏壇がありますけど」

余里子が十勝ワインを自分で自分のコップに注ぎながら、

「那千子さん、神棚や仏壇があるからって、その家に宗教があるとは限らないわよ」

と、唇に薄笑いを浮かべた。

「あら、そうかしら？　何となく宗教があるという雰囲気になるじゃない？」

「雰囲気？　いやになっちゃうなあ。宗教は雰囲気なんかじゃないのよ。もっときびしいものなのよ」

「そうかしら。わたし、宗教って趣味みたいなものと思っていたけれど……」

「趣味!?　那千子さんねえ、ほら、わたしと長崎へ行った時、磔《はりつけ》にあった二十六聖人の像を見たでしょう」

「ええ、見たわ」

「あの人たち、趣味なんかで十字架につけられたと思うの？」

「なるほど、趣味と言っては悪かったかしら。でもね、わたしから言わせると、やっぱり趣味なのよねえ。たとえばよ、ピアノを習ったり、将棋を指したりする人たちにとっては、そのピアノや将棋のない人生って考えられないでしょう。でも、ピアノや将棋に無関心な人には、一生なくたって、どうってことないのよね。宗教も似たもんだと思うのよ。だから、法律を犯してまで十字架についた人たちって、わたし、わからないわ。心の中で信じていればいいんじゃない？　信じたければ。役人の前では、信じていないって言えば、死なずにすんだし、家族を歎かせずにすんだ筈じゃない？　あれを見てわたしね、キリスト教って、ずいぶん身勝手な宗教だと思って、大っ嫌いになったの」

うなずきうなずき聞いていた陶吉が、塩辛の代りに出された胡瓜《きゅうり》の酢の物をちょっと突ついて、

「はい、お説ご尤《もっと》もですな。同意見とはいかんが、わしも神様はこの世にいないほうが、ありがたいと思っていますぞ。だが、那千子さんとちがうところは、そのいない筈の神様が、時々、ひょいひょいとわしの前に立ちなさる、ということだな」

「あら、大先生は唯物論者だとばかり思っていましたわ。だって、マルクスだのエンゲルスだのって、むずかしい本をお持ちでしょ？」

惇一が初めて聞く話だった。

「そりゃあなあ、人間という者は、いろいろな時期、様々な思想を持つもんですわ。戦争中は、わしは天皇陛下の将兵として、命懸けで働いた。戦後、あんたの言うとおり、マルクス、エンゲルスに夢中の時もあった。それが突如、金しか信じられなくなったり……生きているのがいやになったこともあった。快楽主義もいいと思うこともあったし、金も女も名誉も、うつろなものだと思うこともあったし……ま、変りゆく

こと流水のごとしですな」

銚子がまた運ばれてきた。

「実際の話、何が何だと言える確たるものは、なかなかつかめない」

黙って聞いていた余里子が、

「もうお酒は出しませんよ」

と、ぶっきら棒に釘を差し、

「それで神様がいないほうがいいと言うのは、つまり、罰を当てる神様が怖いからでしょう?」

と、片頬に笑みを浮かべた。余里子が陶吉の姪《めい》に当ると聞いたのは、惇一がこの家に来て一ヵ月も経った頃だった。詳しい事情は知らないが、余里子の母は、余里子が小学校に入る前に死に、余里子は知人の家にもらわれて育ち、看護婦の免許を取ったとか。その後間もなく余里子は結婚したが、二年後に夫に死なれた。以来看護婦もやめてぶらぶらしているのを、陶吉が憐れに思って引取ったのだが、再び看護婦として働くとは言わなかった。「人が死んでいくのを見たくはない」というのがその理由だった。そしてこの家の台所をあずかるようになったということだった。

その事情を知らなかった惇一は、何とも不思議な使用人だと余里子を見ていた。余里子は決して愛想はよくないが、家族の誰からも頼られているところがあった。この家の中では、最も情緒の安定した存在と言えるのかも知れない。殊のほか陶吉もこの姪を気に入っていて、余里子の言葉にはよく耳を傾けた。

が、惇一は、傍らで聞いていて、今の余里子の言葉は、きびし過ぎるのではないかと思った。しかし陶吉は、こともなげに笑って、

「当り！　当りだ。神様がおいでなら、わしが一生の間にしたことを、決してお許しにはならないだろうな。だから、いては欲しくないのだよ」

と、盃を傾けた。那千子はその陶吉を不思議そうに見て、

「おかしな大先生、神様が怖いなんて……いもしない神様に、びくびくして……」

と、呆れたように言った。余里子は、その那千子の言葉を無視して、

「でもね、大先生。神様が罰を当てるとは限らないのよ。神様は許してくれたり、愛してくれたりすることも、あるらしいわ」

「ごちそうさま」

那千子が立ち上がった。

「あーあ、景子にかかってわたし、悩まされるわ。宗教がないなんて……じゃ、お先に失礼」

と出て行った。

惇一は夜の街を家に向って、ゆっくりと歩いていた。予備校の友人たちと食事をしての帰りだった。十日に一度位は陶吉が、

「たまには友だちと遊んで来な」

と、小遣いを持たせてくれるのだ。

「友だちと、時間を忘れて話しこむような経験がないといかん」

これが陶吉の持論の一つだった。最初の頃は、惇一は遠慮をしていた。学資や生活費まで見てもらって、その上遊んで帰るなどとは、惇一には到底できない気がした。だが、陶吉に、

「遊んで来い」

と、真正面から見つめられると、この言葉は聴かなければならないのだと思うようになった。

友人たちと話し合うようになってから、惇一の気持にゆとりができた。ギターを楽しみながら勉強に励む学生もいる。ガール・フレンドとつきあいながら、勉強をがっちりやっている学生もいる。浪人を三年もつづけて、少しも焦《あせ》らぬ者もいる。誰もがどこかふざけているように見えて、真剣であり、真剣なようで、けっこう生活を楽しんでいることを惇一は知った。それに較べると、惇一の生活は単調だった。予備校と谷野井薬局の間を、行ったり来たりしているだけなのだ。

今日も遊んで来いと陶吉に言われて家を出たが、九時を過ぎると何となく落ちつかなくなって帰って来た。酒はあまり飲めないせいか、十二時過ぎまで遊びまわるなどということは、惇一には何としてもできない。陶吉に時々、

「お前は死んだおやじに似て、小心者だ」

と笑われるのだが、持って生まれた性分だと、惇一は自分自身で諦めていた。

駅前通りを左に折れると急に暗くなった。大きなビルが黒い箱を積み重ねたように立っている。舗道を歩く惇一のスニーカーの音が低くひびく。時に若い男女の二人づれと行き交う。車のヘッドライトが、うしろから惇一の影を大きく映して過ぎて行く。惇一はふっと、東京にいる母に会いたい気がした。母は今日も、生命保険の外交で駆けずりまわって、今頃遅い食事をあの粗末なアパートで取っているかも知れない。そう思うと、自分がとてつもなく贅沢な生活をしているような気がした。勉強をする時間がたっぷり与えられていることが、今更のようにもったいなく思われてくる。

そんなことを思いながら、惇一は歩みを早めた。自分の部屋に帰って、二時間や三時間勉強しなければ、母にすまないような気がした。と、うしろから、こつこつとハイヒールの音が駆けて来た。と思うと、惇一の背中をぽんと叩いた。思わずふり返ると、初美がちょっと息を荒くして立っていた。

「ああ、なんだ初美さんか」

惇一は何とはなしに頭を掻いた。高校三年とは思えぬ、例によって濃い化粧の顔を上に向けて、

「惇一さん、今日遅かったのね」

と、いきなり腕を絡《から》ませた。

「うん、友だちと飲んできたんだ」

生あたたかい初美の腕を外すべきかどうかと、惇一は迷った。高校時代、時折学校の廊下などで、腕を絡ませてくる女生徒がいた。別にどうという魂胆があるわけではないのだ、とは思うのだが、惇一は何となく恐ろしい。しかも今は夜道なのだ。学校の廊下とはちがう。

「惇一さん、友だちと飲んできたなんて、一人前のことを言うのね」

初美は言いながら、頭を惇一の肩にのせた。

「あの……」

「なあに?」

「あの……ぼくのシャツに、初美さんの匂いが移ってしまうよ」

「え? わたしの匂いが移る? いいじゃないの、移ったって」

「いや、困るんだな、それは」

「どうして？」

「どうしてって……」

「誰かに悪い？」

「いや、別に……とにかくぼく馴れていないから」

「じゃ、馴れなさいよ」

初美はそれが癖の、年上のように抑えこんだ言い方をした。

「いや、まだ、馴れなくてもいいです」

惇一は、つい抗議するように言った。と、初美は不意に腕を離したかと思うと、声を上げて笑った。惇一は思わず辺りを見まわした。

「初美さん！　そんな大きな声……」

惇一の言葉に、初美はますます声を高くして、舞台のオペラ歌手のように笑った。

「ぼく、先に帰ります」

困惑して惇一が言うと、初美は再び惇一の腕に、肉づきのよい腕を絡ませて、

「惇一さん、心配しないでよ。取って食べはしないから。あなた、わたしより二つ年上なのに、まるで年下みたいね」

惇一は黙った。年下でも年上でも大きにおせわだという思いが湧いた。別段初美を嫌いではないが、初美はいきなり体をすり寄せてくるところがある。エレベーターの

中で、二人っきりになると、ぴたりと腰をつけてくることがある。コケティッシュでありながら、それでいて不思議に不潔感のないことに、惇一は安心もしていた。

(自分には女きょうだいがいないから……)

女性を意識し過ぎるのだと思ってもみる。とにかく初美は、惇一にとって苦手ではあるが、今のところ谷野井家の中では最も遠慮のない間柄でもあった。

惇一の思いに頓着なく、

「ねえ、そこの喫茶店に寄って行かない?」

と、初美は惇一の腕を強く引いた。

「でも、ぼく、これから勉強しなくちゃ」

「勉強?」

にやりと笑った初美の顔が、傍らの街灯に照らし出された。惇一は心の底を見透かされたような気がした。初美はさほど好きなタイプではなかったが、惇一にとってはやはり若い異性だった。濃い化粧はしていても、その突き出した胸や、形のよい足は、充分に魅力的だった。もう少し初美と二人でいてもいいような気がした。のども乾いていて、コーヒーの一杯位飲んでもよい気がした。だが勉強があると惇一は断ったのだ。初美にはそれが見通しなのだと、惇一はちょっとバツの悪い思いをしながら、初美に手を引っ張られて、近くの喫茶店に入って行った。

テーブルが十ほどあって、その七割に若い男女が向いあって坐していた。まるで申し合わせたようにカップルの客ばかりだった。只一組、片隅に背を丸めた六十代半ばの男女が、何か熱心に話しこんでいるのが見えた。見えたと言っても、丈の高いゴムの木の鉢の陰になっていて、その全貌を捉えることができなかった。何となく気にかかって、惇一はうしろをふり向いたが、コーヒーを運んで行くウエイトレスに遮《さえぎ》られてしまった。その惇一の手を、初美はまたぐいと引いて、

「惇一さん、何をぼんやりしているのよ、早くお坐りなさいな」

と、先に坐った。年輩の女性のうしろ姿が、式子に似ていると思いながら、それを口に出してよいかどうか、惇一はためらった。いつか谷野井陶吉に、

「外で会った人のことを、いちいち正直に言わんほうがいい」

と言われたことがあったからだ。だが何としても、今見た姿が式子に思われてならない。椅子についてからうしろを見たが、惇一の席からは、若い男女の二、三組が見えるだけで、ゴムの木の陰の二人の姿は全く見えなかった。

「初美さん、ここに時々来るの？」

「来るわよ。うちからひとっ走りのところでしょ。自分でコーヒーをいれるより、走ってきたほうが、早く飲めるでしょ」

「そうですか、ぼくは初めてです」

低い天井に、レモン色の電灯がはめられていた。

「レモン色って、妙に実在感を失わせるんだなあ」

「そうね、喫茶店って、やっぱりちょっと社会と隔絶された雰囲気が必要なんじゃない？」

そう言うと、初美はバッグからタバコを出して、口にくわえた。

「初美さん！　君……」

驚く惇一に、

「いやねえ、何を驚いてんのよ。覚醒剤や麻薬じゃあるまいし」

初美はニヤッと笑って、タバコに火をつけた。

「初美さん、高校三年生でしょ？」

「そうよ、だからどうだっていうの」

指に挟んだタバコの吸口に、口紅が赤くついていた。

「しかし、校則違反だろ？」

「校則違反？」

初美は声を出さずに笑った。白いカーディガンの肩が小きざみに震えた。

「惇一さん、タバコを吸うって、そんなに悪いこと？　未成年はタバコを吸っちゃいけないっていうけど、じゃ十九歳になった青年男女を百人、一列に並べてごらんなさいよ。その中に十八の私が入っても、背丈も体重も、決して負《ひ》けは取らないわ。十八と十九とどんな差があるというの？　学校の先生だって、ぷかぷかタバコをふかしているけど、わたしより体格の悪い先生もいるわ」

　それもそうだと惇一は思いながら、しかし高校生でありながら、社会人のような顔をしてタバコを喫《の》んでいる初美を見ると、やはり内心驚いてしまう。一方、「それでいいんだな」と言いたい思いもある。目くじら立てて、禁止するほどのこともないような気もする。が、少なくとも自分は、初美の真似はできないと惇一は思った。

「ねえ、惇一さん」

　運ばれてきたコーヒーを一口飲んでから、初美はじっと惇一を見つめた。何か本気で考えているまなざしだった。

「何だい」

「ね、悪いって、どういうことかしら」

「え？　悪いって？」

「そう。この世のいい悪いってこと、いったい誰が決めたんだろう。うちの学校じゃ制服を着ることになっているでしょ。とにかく、家から外に出る時は制服を着なければ、校則違反なのよね。ところがS高校には制服がないの。制服がないから、びくびくせずに何でも着て歩けるわけ。今のわたしのような格好をしていたって、だあれも何とも言わないのよ。髪型だって、眉毛を隠すなとか、肩に髪が触れちゃいけないだのって、わたしたち決められてるでしょ。S高校には、そんな馬鹿な校則がないの。S校生には何でもないことが、わたしたちの高校では、重大な悪質犯罪なのよ」

悪質犯罪という語に、初美は力をこめて言った。

「なるほどなあ。言われてみれば、おかしいよな」

「ね、おかしいでしょ。惇一さん、これ、たかが制服や髪型だけの問題だと、思わないで欲しいの。わたしね、世界の国々の主な法律を較べてみたいと思うことがあるのよ」

「なるほど、それはグッド・アイデアだ」

「でしょう。もしかしたら、ある国では何でもなく見すごされることが、ある国では刑務所に入れられるってことがあるわけよね。何かの週刊誌に書いてあったけど、フランス人が日本に来て、中学生や高校生の制服姿に、凄く異様な感じを受けたんだって」

「なるほど」

「制服は形に出ているわけだから、すぐに他の国の人たちに気づかれるんだけど、どこかの国では死刑になるような法律が、どこかの国では笑い話にもならないってこと、ないわけじゃないのよね」

惇一は深く腕組みをした。ふざけて生きているように見える初美が、意外にまじめに見えてきた。と、初美は不意に声を落して、

「惇一さん、日本では麻薬は医師以外は使えないのよね。でも、どこかの国では、全く野放しということもあるわけでしょ。わたし、時々そのこと考えるの。絶対に悪いということと、法に触れる罪ということと、ちょっとちがうなあって」

「むずかしい問題を考えてるんだな」

惇一が言った時、初美が、はっとしたように声を上げた。初美の視線は惇一の肩越しにあった。惇一は思わずふり返った。式子が見馴れぬ男と、カウンターに近づいて行くところだった。

覚醒剤

アカシアの花の甘い香りが、部屋にまで漂《ただよ》っていた季節もとうに過ぎた。いつの間にか予備校も夏休みに入っていた。夏休みと言っても、一週間単位の夏期講習がある。正規の授業をきちんと受けていれば、その講習に出ることもないが、惇一は、三週間や四週間は夏期講習に出たいと思っている。東京の母のもとに帰ってみたい気持がないでもないが、夏休みこそ店の手伝いもしなければならぬと思う。

「東京に帰って上げなさい。十日でも帰って、親を喜ばせて上げるんだな」

谷野井陶吉がそう言ってくれたが、その言葉に甘える気にはなれなかった。と、陶吉はその惇一の気持を察して、

「じゃ、お母さんを呼んで上げるといいな。律男君も一緒に来るといい。北海道の夏もけっこう暑いが、東京よりはましだろう」

そう言ってくれたばかりか、早速自分で惇一の母に招待の手紙を書いてくれた。惇一には陶吉のすることが、ひとつひとつ心に沁みる。

今日はしとしとと雨が降って、妙にむし暑くもある。病院も土曜日で、午後からは処方箋の客の足も途絶えた。薬剤師の比田原テル子が、調剤室の中で乳鉢を磨っている。そのテル子に陶吉が大きな声で話しかける。

「な、テル子先生や、毎年インフルエンザがはやったり、風疹がはやったりするが、不思議なことに、すべての人にうつらずに、適当なところで流行が終る。おもしろいことだな」

「え？　何がおもしろいですって？」

乳鉢の音が止まった。同じ言葉を陶吉は繰り返した。

「なるほどね、ヴィルスにも寿命があるのでしょうか。全部の人間にうつる前に、ヴィルスの寿命が尽きるのかも知れませんね」

テル子も声を大きくする。惇一はテル子が薬を磨り上げるのを待っている。患者の家に届けねばならないからだ。陶吉が言った。

「そう考えてみると、不思議じゃなあ。どんな流行性感冒でも、日本国中一人残らず罹《かか》るわけでもない」

「神さまがうまく造っているんですわ、先生」

「しかしなあ、テル子先生、セックスだけは……情欲だけは世界中の人間に一人残らず襲いかかりますぞ。これも不思議だ」

陶吉は声高に笑った。テル子もからりとした声で笑った。惇一は思わず顔を赤らめた。

出来上がった粉末を薬包紙に包み、ビニールの袋に入れて惇一は店を出た。患者の家は二、三百メートルの所にある。いつも行く家だから惇一も気軽だった。歩きながら、何となく今の二人の笑い声が耳にひびくような気がした。気の合う二人だと思う。いや、陶吉と気の合わぬ人などいないような気がする。どうして陶吉の妻の式子だけが、陶吉と仲違いをしているのか。もっとも仲違いをしていると思っているのは式子のほうだけで、陶吉は適当にあしらっているのだろうか。惇一はふと、半月程前に夜の喫茶店で見かけた式子の姿を思い出した。若者の多い喫茶店で、式子が話し合っていたのは、一体何者なのか。近頃はむやみと生き生きとしている式子と思い合わせて、惇一は不可解な気持になる。女が六十五にも六にもなって、夫以外の男に心惹かれるものだろうか。

そんなことを考えながら、惇一は患者の家に薬を置いて帰って来た。傘も要らないほどの雨だと思ったが、傘はしっとりとぬれていた。音もなく自動ドアが開き、店には誰もいなかった。それでも一応、

「行って参りました」

と惇一が声をかけると、

「おお、ご苦労」

と、調剤室から陶吉が出て来た。そのうしろからテル子が顔を出した。

「早過ぎるぞ、惇一君」

陶吉がにやにやした。惇一はキョトンとして陶吉を見た。テル子がちょっとバツの悪い顔をした。なぜか、先程のインフルエンザと情欲の話が惇一の胸に浮かんだ。

と、そこに、珍らしく景子が廊下から入って来た。

「おや、これはこれは景子姫にはご機嫌うるわしゅう……」

陶吉がおどけて言った。景子はそれには答えず、

「絆創膏《ばんそうこう》ない？　お札《さつ》で指を切ったの」

と、つぶらな目を陶吉に向けた。

「おう、おう、お札で指を切ったか。指でよかった。昔から金で首を切られる者が後を絶えない。今朝の新聞にも、どこかの村長が収賄で首を切られた話が出ていた」

陶吉は賑やかに話しながら、試供品の絆創膏の小箱を景子に手渡した。惇一は、半袖の白いセーラー服を着たその景子から視線を外らすことができなかった。惇一が来て以来、初めて景子がこの店に姿を現わしたのだ。いつ学校から帰って来るのか、いつ学校に行くのか、不思議なほどに景子の行動は、惇一には捉えられなかった。惇一は、景子がすぐに自分の部屋に戻りはしないかと、気がかりだった。その思いを知っ

てか知らずか、陶吉が言った。

「景子姫、少し背が高くなられましたな」

「姫？　わたし、姫なんかじゃないわよ」

景子は言い返したが、尖った語調ではなかった。

「あのな、景子や。姫という字は、昔、日女と書いたものじゃ。日光の日、それに女と書いたものじゃ」

「あら、ほんと？　女偏に、大臣の臣じゃないの？」

中学三年生らしい無邪気な調子で景子は言った。

「なるほど、姫は女偏に大臣の臣か。うん、おもしろい。じゃ、景子、嫁という字を知ってるか」

「知ってるわよ。女偏に家でしょ」

景子はさらりと言う。

「さよう。女は嫁になっても家の外にある。中に入れてもらえないよそ者じゃ。それが日本の嫁じゃった。だが今では、嫁をもらうと、婆ぬきだとか言って、姑《しゅうとめ》のほうが外に出される」

陶吉は天井を見上げて笑った。

「あら、先生、笑いごとじゃありませんよ」

テル子が言い、

「漢字っておもしろいのね。女が古くなると姑で……」

「さよう。忙しいというのは心を亡ぼすほど余裕のないことじゃ」

「それから？」

興味を唆《そそ》られたように、景子は陶吉の前のソファに坐った。

「そうだなあ。……愛という字はどう書くかね」

陶吉は景子を見、立っている惇一を見た。

「愛という字は……」

景子はちょっと考えてから、

「片仮名のノを書いて、ツを書いて、ワを書いて……」

と、空中に愛という字を指で書いた。陶吉は、

「景子、愛という字はな、心を真ん中に受け入れている。つまり人の心を受け入れる、人の好意、忠告も素直に受け入れることを示しているのだ」

「あら、グランドパア、それお説教？」

景子がにこっと笑って言った。

「お説教と聞くか、何と聞くか、それは聞く者次第だ」

二人のやりとりを聞きながら、惇一は何となくほっとした。血の通った祖父と孫の

雰囲気になっている。もう景子は以前のように、

「何だよう、うるせえな」とか、「冗談じゃねえや」などという男言葉は使わない。こうなったのは、母親の那千子に向って、「この家には宗教がない」と宣言した頃からの筈だ。惇一がそう思った時、陶吉はうなずく景子に言った。

「わしはな景子、宗教というのはわからんが、お互いを受け入れるということが、宗教心ではないかと思うのだが、お前はどう思う？」

景子はちょっと固い表情になって、

「惇一さん、どう思う？　わたし、悪いことをするのは宗教的だとは思えないわ」

と、口を尖らせた。

「ね、そう思わない？　惇一さん」

惇一は、はたと困惑した。下手なことを言っては、またぞろ景子を硬化させるかも知れない。そんな思いが先に立った。

「そうだなあ。ぼくは……ほんとのことを言うと、中学時代まで教会に行っていたからね、宗教というと、やっぱり拝む対象がなければ、成り立たないと思うんだけど……」

「拝む対象って、つまり、神さまや仏さまのことね、惇一さん」

「そう。その信ずる神さまが、どんな教えをするかが問題なんだよね」

「あら、神さまや仏さまによって、教えがいろいろあるの」

景子が驚いた顔をした。

「そりゃあるわな。いつもにこにこしていろと教える神さまもあるし、人間は罪人だと教えるキリスト教の神さまみたいなのもある。何せ日本だけでも、八百万の神があるんだからな。中には教えらしい教えを言わぬ神もある。親孝行せよでもない、姦淫するなでもない、いい神さまもいる」

陶吉はそう言ってから、またしても愉快そうに笑った。片隅の机に向って何か記帳していた比田原テル子が顔を上げて、

「それに安産のご利益があるという神さまもあれば、結婚の仲立ちをしてくれるという、出雲《いずも》の神さまもあるわね」

と、言葉を挟んだ。陶吉は、

「結びの神もあれば、縁切り寺とかいう仏さんもあるし、学問の神さまもあれば、近頃は交通安全の神さまもある」

と、また笑った。黙って聞いていた景子が、

「グランドパア、わたしがいう宗教心っていうの、ちょっとちがうのよ」

と不満そうな顔をした。

と、その時だった。廊下と店の間のドアが開いて余里子が顔を出し、

「ね、みんな紫色のちりめんの風呂敷包みを見なかった？　グランドマアがどこかに忘れたらしいのよ」

言った途端に、陶吉が椅子から飛び上って叫んだ。

「何⁉　式子が風呂敷包みを忘れた？」

惇一がぎくりとした。余りに素早く立ち上ったのと、その声の大きさに驚いたのだ。が、気がつくと、立ち上ったのは陶吉だけではなかった。机に向っていた比田原テル子も、ソファに坐っていた景子も、一様に立ち上っていたのだ。

驚く間もなく廊下に足音がして、式子が青ざめた顔で入って来た。陶吉は打って変って言葉も鋭く、

「その風呂敷包みには何が入っていたんだ！」

式子はゆっくりとした語調で、

「それはあなたのほうがご存じでしょう」

と陶吉を見た。冷たい目だった。いつもの陶吉と式子ではない。惇一は動悸を覚えた。

「お前という奴は……」

陶吉は激しかけたが、惇一の表情に気づいて、

「昨日、外に出たのか？」

と、問い糺《ただ》した。

「いいえ。この家から一歩も外には出ませんでしたよ」

「本当かね」

式子にというより、陶吉は余里子とテル子に視線を向けた。

「見張ってたわけじゃありませんからねえ」

余里子は無愛想に答えた。

「よし！　じゃ、手分けをして、徹底的に家ん中を探してくれ。余里子君は一階、ママには二階、テル子先生と景子は三階、惇一君とわしは、この店ん中と食堂だ」

陶吉はてきぱきと指示した。陶吉を先頭に、みんなはあっという間に散って行った。惇一は狐につままれたような気がした。たった今まで、神さまがどうの仏さまがどうのと、和気あいあいと語り合っていた陶吉もテル子も景子も、式子が風呂敷包みを紛失したと言うのに驚いて、すぐさま探しに行ってしまったのだ。一体その紫の風呂敷には何が包まれているのだろう。式子は陶吉に、「あなたがご存じでしょう」と冷たく答えた。余里子も景子もあえてそれを追求しようとはしなかった。ということは、二人にもそれが何であるか、わかっていたにちがいない。まるで時限爆弾でも置き忘れたかのように散って行った様子に、惇一は取り残されたような気がした。

昨日の夕刻、確かに式子はこの店の中をうろうろしていた。が、その手に紫色の風呂敷包みを持っていたかどうかは、記憶にない。が、よく考えてみると、式子はホテルの泊り客のように、いつも手にセカンド・バッグか何かを持っていた。自分の家の中を歩くのに、バッグを持ち歩くのはおかしな話なのだが、この家の者たちは、それぞれ個室に住んでいて、どこかホテル住まいにも似た生活感覚がある。そのせいか何を手に持っていても格別気にもとまらなかった。

（一体、何だろう？）

惇一は気のなさそうに、只うろうろと店の中を歩いていたが、確か式子は消毒用アルコールと、綿花を一箱持って行った筈だと気づいた。綿花はワゴンのバスケットに積み上げられている。惇一は急いでそのワゴンに近寄った。店の片隅にあるワゴンに、昨夜以来近づいた者はいない。朝の掃除の時、惇一はいつものように、はたきをかけはしたが、ワゴンの上の籠《かご》に積み上げられたその綿花の山を整理はしなかった。もしかしたら式子は、持っていた風呂敷包みをワゴンに置き、綿花とアルコールを持って部屋に帰ったのかも知れない。

そう思った時、三十過ぎの女性が一人店に入って来た。近所に住む顔見知りの主婦だった。

「いえねえ、何だかむし暑くて、夏風邪引いちゃったの。あら、大先生はいないの？」

「はあ、ちょっと」

「比田原さんもいないの?」

「いえ、あの……」

夏風邪の薬なら、調剤をしないですむ製品もある。惇一が口の中でもごもごものを言っていると、

「いいわ、これちょうだい。あ、ここで服《の》んでいくわ。お水をちょうだい」

と、女はソファに坐った。惇一が急いで調剤室の水道から水を持ってくると、女は赤い舌の上に白い錠剤を二粒のせて、水を飲んだ。と、何を思ったか、

「ね、あんた、ここの大先生と比田原さん、どう思う?」

「どう思うって?……」

「いい仲じゃない?」

女の目はちかりと光った。

「さあ、普通だと思いますが」

「普通? そうかしら。あれでここの大先生、なかなか魅力的じゃない?」

女は意味ありげに笑って、

「院長先生夫妻も、うまくやってるのね」

と、詮索の手をゆるめない。

「初美ちゃんもまだ高校生だというのに、ちょっと目に余るわね。ここんちで景子ちゃんぐらいよ、いい子は」

女は声をひそめた。と、そこに陶吉が足音荒く入って来た。

「あら、大先生いらしたの。お店に大先生がいらっしゃらないと、淋しいわよ」

女はオクターブ高い声を上げた。陶吉は途端に愛想のいい顔になった。

「ああすまんかった。それで、何か？」

「いいのいいの。夏風邪引いたから、お薬もらったわ」

女はそそくさと出て行った。陶吉は乱暴にソファに腰をおろすと、

「なかったろうな、店には」

と、足を組んだ。

「一応は探しましたが……もしかしたら、大奥さん昨日の夕方綿花を持っていかれましたから……」

惇一は急いで綿花を積み上げたワゴンに近づいた。陶吉も思わず立ち上がった。ワゴンにのせた籠はまるい。その深さ二十センチほどの籠に四角い綿花の箱が積んである。籠の縁と綿花の間に隙があった。その隙を覗《のぞ》いて、惇一は声を上げた。

「あ、ありました！」

惇一は素早く風呂敷包みをふり上げた。

「あったか！」

陶吉は思わず吐息をついた。惇一が渡した紫の風呂敷包みは、正しく式子の忘れたものだったのだ。と、陶吉は何を思ったのか、その風呂敷をソファのクッションを持ち上げて、バネとバネの間に隠した。そして素早く惇一にささやいた。

「見つけたのが君でよかった。いいか、惇一君。これは絶対に秘密だぞ」

「はい」

なぜ秘密なのか納得はできなかったが、否とは言わせぬ陶吉の語調だった。

「詳しいことは何《いず》れ話すが、この風呂敷包みの中身は何だと思う？」

「さあ？」

風呂敷の中身は四角い箱のようであった。それは手ざわりでわかった。

「お金……ではないですね」

札束よりも重い感じだった。

「薬だよ」

「薬？」

惇一は、何だ薬かと思った。薬屋の妻が薬を持っていたところで、そんな大騒ぎをすることはない。その惇一の表情を見て、

「薬は薬でも、覚醒剤だ」

と、陶吉は吐き出すように言った。

「覚醒剤？　覚醒剤って……」

惇一の今までの生活には馴じみのないものだった。時々新聞で、「暴力団、覚醒剤云々」の見出しを見た程度だった。覚醒剤なるものが何か、興味もなかったし知ろうともしなかった。

「うちの婆さんが、覚醒剤にやられているんだ」

苦々しげに陶吉は言い、廊下のほうに立って行って、

「念入りによく探してくれよ」

と、大声で叫んだ。余里子たちが店に戻って来るのを牽制《けんせい》するための声だった。

「惇一君には早くから打ち明けておくべきだったが、身内の恥はつい言いそびれてね」

「はあ」

恥と言われても、惇一にはどんなふうに恥なのか、まだ呑みこめずにいる。

「あの婆さんは、もう長いこと睡眠薬をやったり、覚醒剤をやったり、ヤクをやったり……何度病院に入ったかわかりゃしないんだ」

やり切れないようなその陶吉の顔を見つめながら、惇一は何か少しずつ解けてきたような気がした。この春この店に着いた時、陶吉は、「わしの家内ときたら、あの世

に片足を突っこんだようなもうろく婆だ」と、冗談のように言っていた。が、あれは決して冗談ではなかったのだ。薬物中毒にかかると、人間は確かにもうろうとするのかも知れない。なるほどそれで陶吉は、「調剤室に誰も入れるなよ。決して入れるなよ」と、くどいほど念を押して外出する。式子はその調剤室にふらりと入って来て、「薬の壜《びん》を見ると、リルケの書いた『マルテの手記』を思い出して懐しい」などと言っていたが、あれは本当は薬を狙ってのことであったのか。

考えこむ惇一に、陶吉は言った。

「婆さんの奴、今度どこからか、覚醒剤をかなり多く仕入れたらしい。こうなることを、いつもわしらは警戒していたわけだ。那千子なんかは、たくさん与えておいたほうがいいなんて言っていたが、薬屋や医者などが、それをやるわけにもいかんしな。参ったよ」

「…………」

参ったという言葉の内容を探りかねて、惇一はまばたいた。

「あんな、惇一君。多量の薬を手に入れたということは、麻薬の売人なんかにルートを持ったということだ」

「ああ……つまり……」

「そうだ。つまり売人の組織に接触したということだ。もしその組織に警察の手が入ったら、うちの婆さんも網にかかる。薬屋と病院の家族が挙げられてみろ、冗談じゃねえ、週刊誌もんだよ。ようやく築き上げたこの病院の信用も丸つぶれだ」

惇一は俄《にわ》かに、自分のまわりに暗い手が伸びてきたような気がした。

初美が言っていた言葉を、惇一ははっきりと思い出した。

「グランドマアはわが家の癌《がん》よ」

ひどいことを言うと思った。一家は式子のために、実は脅《おび》やかされていたのだ。景子が、「一番生まれたくない家に生まれた」と言ったのも、このことだったのだろうか。

今、陶吉の尻の下にある風呂敷包みを思いながら、惇一は何と言うべきかわからなかった。

「な、惇一君。明日、あいつを病院に入れるよ」

「病院って？」

何となく谷野井病院を思って、惇一は間抜な返事をした。

「精神病院だ」

「どうしてですか」

薬を取り上げたのだから、もう服むことはない筈だ、と惇一は思った。

「どうしてって、惇一君、あいつはすぐにまた売人と連絡をつけるよ。この世には電話という、便利なようで甚《はなは》だ厄介なものがあってね。うちは病院の廊下に様々な人間がうろついている。示し合わせれば、すぐに薬は手に入るさ」

「もし手に入らなければ？」

「いや、どんなことがあっても手に入れるものだ。パチンコ屋かどこかで、僅かずつ手に入れているうちはともかくとして、多量の薬を手に入れるのは、とにかく危険だ」

「じゃ、どうしても病院に入れるわけですか」

「もし家にいて、薬が切れたらそれこそ大変だ。獣のように大声で喚《わめ》くんだ。中毒患者のいることが、たちまちナースたちにもわかってしまう」

惇一は黙ってうなずくしかなかった。

「覚醒剤ってやつは、幻視や幻聴を起こさせる。あいつもよく壁から虫がぞろぞろ出るだの何だのと、妙なことを言うからな」

惇一ははっとした。

「そう言えば、壁から虫が出ると言っていました」

思い出して惇一は言った。庭にライラックの咲いていた頃だった。式子の部屋を訪ねた時だった。式子は壁を指さして、虫がいると言ったのだった。惇一は、「目の錯覚ですよ」と、事もなげに言って出て来たが、あれが症状の一つだったのだ。

二人が顔を見合わせているところに、余里子を先頭に、景子、初美、那千子、比田原テル子、そして式子が店に戻って来た。

「あったか？」

陶吉はいかにも待ちかねていたかのように、立ち上がってみんなを迎えた。

「ないわ、どこにも」

余里子が言った。

「ないか、そうか」

落胆したように陶吉は腰をおろした。

「なくたっていいじゃない。グランドマアが必要としなければ」

初美が冷たく言い捨てた。式子の、いつもは優しい目が、鋭く初美に注がれた。が、みんなは初美の言葉にうなずいた。初美は再び言った。

「そうよね、グランドマアは、片時も手放さずに持って歩くから、時々置き忘れてきたりするじゃない。その度、何度きりきり舞させられたか、わからないわ。もうやめてよ」

「何を言ってるのよ初美、偉そうに。わたしがこんなになったのは、この人のせいよ。嘘かほんとか、この人に聞いてごらん」

式子は別人のようにきつい言葉でそう言うと、店を出て奥に戻って行った。

「明日、病院に入れる」

と、陶吉が宣言するように言った時、式子は哀願するまなざしで、傍《かたわ》らにいた余里子に縋《すが》りついた。余里子がその式子の肩を二、三度軽く叩いた。比田原テル子が、

「惇ちゃん、シャッターをおろして」

と、命令口調できっぱきと言った。式子は、

「いやよ、病院に行くのはいやよ」

余里子に肩を抱かれながら呻《うめ》くように言った。陶吉は突っ立っている一同を見て、

「ま、みんな椅子に坐るんだな」

と、いつもの語調に戻り、優しい視線を式子に向けた。

「そうか、病院はいやか」

式子がこっくりとうなずいた。店のシャッターをおろした惇一は、自分がこの場にいては悪いような気がして、奥に去ろうとした。その惇一に陶吉が言った。

「待ち給え、惇一君」

「は」

惇一は尚《なお》もためらった。が、陶吉は、

「水臭いことをするなよ、惇一君。君はうちの家族だ。比田原君にしても、余里子に

しても、一つ屋根の下にいる以上、みんな家族さ。ばあさんのことは知っておいてもらわないとな」

と、惇一にうなずいて見せた。式子が再び、

「病院はいや、病院はいや」

と、首をふった。細い首だった。黙って見ていた景子が、

「グランドパア、こんなにいやだって言うんだから、今度だけはゆるしてやってよ」

と陶吉を見た。その景子を初美が遮《さえぎ》った。

「何を言い出すのよ、景子。グランドマアはね、今までどれだけわたしたちを悩ましてきたか、景子だって知ってるでしょ？　麻薬で腕も足も、注射の跡だらけよ。麻薬が終ったと思ったら睡眠薬、それが終ったら覚醒剤、それもわたしたちが生まれる前からだっていうじゃないの。何も同情することなんか、ありやしないわ」

嫌悪もあらわな表情だった。惇一はその伸び縮みする赤い唇を、不思議なものでも見るように眺めた。陶吉が何か言おうとして口を開きかけたが、そのまま黙った。何か言えば、初美が更に多くの言葉を返してくると思ったにちがいない。が、初美は言い募った。

「どうしてわたしたちまでが、こんなひとと一緒に暮らさなきゃいけないの。いつ警察の手が入るかどうかと、びくびくしていなければならないの」

惇一は少し離れて丸椅子に腰をおろしてはいたものの、何か落ちつかなかった。今まで四ヵ月近くこの家に住んでいるが、式子から実質的な被害を受けてはいなかった。一体麻薬というものが、そんなに家族に迷惑をもたらすものなのだろうか。それが法に触れる行為であれば、確かに絶えず警察の目を恐れて、びくびくしなければならない。そう思えば、必ずしも初美の言葉が冷たいとも言い切れない。だが、

「今度だけはゆるしてやって」

と言った景子の言葉は、惇一にはうれしい言葉だった。

陶吉は尚も黙っていた。黙っているうちに、初美の舌鋒も鈍くなると思ったのかも知れない。初美は肉づきのよい白い腕を、クリーム色のブラウスの胸に大きく組んで、

「グランドパア、どうしてこんな女を、離婚しようとしないの。離婚してくれたら、谷野井家とは何の関わりもなくなるじゃない。そしたら谷野井病院も、谷野井薬局も、わたしたちも、この人とは赤の他人になれるのよ。そしたらびくびくして暮らすことはなくなるじゃない」

那千子は、それまで何も言わずに、自分の指にはめたオパールの指輪をくるくると廻していた。その那千子が顔を上げて、

「初美、言葉が過ぎるわよ」

と、鋭くとがめた。

「何よ、ママ！　ママだって時々言ってるじゃない。どうして別れないのかしらって」

ぐさりと言い返した初美の言葉に、那千子はあわてて、

「そんな……そんなことをママがいうわけはないでしょ」

と睨《にら》んだ。陶吉はタバコに火をつけながら、

「まあいい、まあいい。そう思うのが当り前だ。しかし、わしも薬屋の端くれだ。薬屋は病人を治すためにある。式子は言ってみれば病人だ。病人を追い出すわけにもいかんじゃろうが」

惇一はその言葉に、はっと胸を衝かれた。ふだんから陶吉は、病人に対してひとかたならず優しい。なるほどその優しさは、式子に向っても発せられていたのか。薬屋が病人を追い出すわけにはいかないという、その言葉に惇一は感動した。が、初美は鼻先で笑い、

「グランドパア、そのグランドパアの建前が、わたしたちには迷惑なのよ。医者や薬屋が病人を大切にする、それはけっこうなのよ。ね、余里子さん」

と、式子の傍らに坐っている余里子に同意を求め、

「でもね、グランドパア、取り返しのきかない毎日を、わたしと景子は子供の時から

怯《おび》えてきたのよ。どこの子供が、いつ警察が来るかなんて、びくびくしながら暮らしているというの」

誰もが黙った。時計台の美しい鐘の音が時を告げていた。

「つまりね、一人の病人を大事にしてくれたお陰で、首を吊りたいような思いにさせられた人間がいるということ、忘れないで欲しいわ。こっちのほうが、もう立派な病人よ」

「わかった、わかった。年寄りをそんなにいじめるもんじゃないよ。なあ惇一君」

不意に名を呼ばれて、惇一がどきまぎした。と、余里子が言った。

「初美ちゃん、今日はまあその位にしておいたら？」

「だって、わたしだって楽しく生きたいのよ」

「それはわかるわよ。あんたがお化粧をして街をふらつくのは、高校生であることも、この家《や》の娘であることも、忘れたいからでしょ？」

初美は素直にうなずいた。余里子の乾いたような語調の底に不思議なあたたかさがあるのだ。惇一は改めて余里子の顔を見た。何となく、この家の者の心を握っているのは、この余里子のような気がした。

「たいていの家にはね、この人さえいなければ幸せになると、うとまれている人間がいるものよね」

る思いだった。と、余里子がまた口を開いた。
淳一は思わず式子を見た。式子は聞いているのか、いないのか、うつろな目を浴衣《ゆかた》の膝に落していた。今の言葉を式子は聞かなかったのだろうか。淳一は、はらはらする思いだった。と、余里子がまた口を開いた。

「ところがね、そのうとまれている人が、誰よりも被害者だということもあるのよ。人間って、一概にいいだの悪いだの、自分だけがひどい目に遭っているなどとは言えないのよ」

唇をきりりと嚙みしめて聞いていた初美が頭を上げ、

「じゃ、余里子さんはグランドマアが憎くないの?」

余里子はちらりと陶吉を見、そして初美を見て、

「憎いと言えば人間はみんな憎い。どんな人間だって、先《ま》ず自分のことを考えて生きているわけだからね。だけど、それが人間でしょ。憎み切ることができるかどうか。とにかくグランドマアは憎めないわ、わたしとしてはね」

言った途端、式子の口から悲鳴に似た泣き声が上がった。思わず淳一は椅子を立った。淳一はかつて、このような哀切な泣き声を聞いたことがなかった。それは孤独な深い悲しみに満ちた声だった。余里子はその背中を、静かになでていた。

夕食を終えた淳一は、部屋に戻ったが勉強が手につかなかった。式子の泣き声が耳

についてならなかった。陶吉は、明日式子を病院にやると言った。が、式子は頑是《がんぜ》ない子供のように、病院はいやだと首を横にふっていた。一体、どうすべきか、惇一にはわからなかった。景子の生活が荒れたのは、多分に式子の存在が影響している筈だ。が、その景子が陶吉に向って、今度だけは入院させないで欲しいと、誰よりも先に願い出た。と言うことは、景子にとって、式子がそれほど憎むべき存在ではない、ということではないだろうか。むしろ景子は、その式子に対する大人たちのあり方を見て、この家には宗教がないと言い出したのではあるまいか。確か景子は、風呂敷包みの紛失事件が起きる直前、陶吉、比田原テル子、惇一などと宗教について話し合っていた時、

「わたしが言う宗教心って、ちょっとちがうのよ」

と言っていた。その言葉が終るか終らぬかに、余里子が式子の風呂敷包みがなくなったと、告げに来たのだ。もしあの事件がなければ、景子はあの時何を言ったのだろう。

勉強も手につかぬままに、惇一はテレビのスイッチを入れた。画面の底から男のアナウンサーが浮かび上がるように映った。と思うと、両手に手錠をかけられたサングラスの男が、肩をゆするようにして歩いているのが映し出された。アナウンサーは、香港帰りの観光客某のボストンバッグの中から、麻薬が発見されたことを告げてい

た。麻薬という言葉が、妙に生ま生ましく惇一の胸にひびいた。不意に惇一は、麻薬について知りたいと思った。麻薬や覚醒剤に関って検挙される者がそう珍らしくないということは、つまり多くの国民がこの薬物に侵されているということではないかと、惇一は思った。法の目をくぐってでも、何としてでも、その薬物を必要とするのは、現実には一体どういうことなのだろう。将来医学の道に進む者としても、あるいは他の道に進む者としても、知っておくべきことではないか。

自分の通る道に何の問題がないとしても、他の道には悲劇がたくさん起きているかも知れないのだ。縁のないこととして見すごしておいてよいものだろうか。少なくとも自分の学資を出してくれる谷野井一家が、このことで悩んでいる以上、少しはその実態を知らねばならない。

テレビの画面には、関係者幾人かが同様に手錠をはめられ、あるいは薄笑いを浮かべ、あるいは口を尖らせて警察署の中に消えて行く姿があった。その姿を見ながら、惇一は落ちつかぬ思いだった。

(誰に尋ねたらよいのだろう?)

陶吉が最も適当な気がした。しかし、式子の夫である陶吉に直接聞くことは憚《はばか》られた。初美は最も言葉を交わし易い相手だが、この件に関する限り尋ねないほうが無難に思われた。当の式子には、むろん聞くわけにはいかない。となると、余里子に問うより仕方がない。余里子ならば、もしかしたら過不足なく麻薬について話してくれるだろうし、なぜ式子が麻薬を用いるようになったかを、教えてくれるかも知れないと思った。

余里子の部屋はすぐ隣りである。今まで二、三度何かの用事で、ドアから中をのぞく程度のことはした。が、部屋の中まで入りこんで話したことはない。余里子と話をするのは、ほとんど食堂においてだけである。余里子はもう自分の部屋に入っている筈である、とは思ったが、何かためらうものがあった。

惇一はふらりと廊下に出て見た。病院の掃除婦が、毎日住宅のほうまで丁寧に掃除をしてくれるので、廊下に敷かれたジュータンには、ごみ一つない。このジュータンが敷かれてあるために、廊下を歩く足音はしない。時に、ドアを開けた途端に初美と顔を合わせたり、景子と顔を合わせたりして、はっと驚くことがある。だから、うっかり廊下を歩く気にもならない。だが今夜は、余里子の部屋の前に立ってみた。部屋の中はしんとしている。その隣りは初美の部屋で、その向うが景子の部屋だった。景子の部屋からでもあろうか、何か音楽が流れていた。

「あら惇ちゃん、何か用事？」

不意にうしろで余里子の声がした。知らぬ間に余里子が、エレベーターのほうから歩いて来たのだ。余里子の部屋の前に立っているのを見られた以上、惇一は覚悟を決

めて、

「ええ、ちょっと……」

と口ごもった。

「そう。珍らしいこともあるわね」

余里子はいつもの調子で言い、

「お入んなさいよ」

と、ドアを開けた。ドアには鍵がかかっていなかった。中には電灯が点いていた。

余里子の部屋は、惇一の部屋の倍も広く、半分は和室になっていた。仕切りの襖が

ひらかれていて、床の間に惇一の読めぬ草書の掛軸が掛かっていた。

「あれは何と読むんですか」

「ああ、あれ？」

余里子はちょっといたずらでも見つけられたような顔になって、

「人、全世界をもうくと雖《いえど》も、己が命を損せば何の益かあらん」

と、すらすらと読んだ。

「誰の言葉ですか」

どこかで聞いた言葉のようにも思いながら、惇一は尋ねた。

「キリストよ」

「あ、聖書ですか。道理で聞いたことがあると思った」

中学二年まで通った教会では、文語体の聖書は読まなかった。口語訳の聖書では確か、〈たとい人が全世界をもうけても、自分の命を損したら、なんの得になろうか〉と書いてあったように記憶する。とにかく余里子が、聖書の言葉を床の間に飾ってあることに、惇一は一歩退く思いになった。

「あのう……余里子さんはクリスチャンなのですか」

掛軸を見ながら、惇一はおずおずと聞いた。

「ま、そんなものかもね」

余里子はあいまいに笑った。エプロンを取った淡いグリーンのブラウス姿は、いつもの余里子の雰囲気とはちがっていた。小学校の教師のようでもあった。惇一の小学校時代に、この余里子に似た女教師がいた。

余里子の部屋は、十畳程の洋間と八畳ほどの和室だった。洋間の片隅はキッチンになっていて、トイレもバスもついているらしかった。この家で優遇されている様子が、部屋の調度からもうかがわれて、惇一は安らぎを覚えた。むろん陶吉の妻の式子の部屋とはちがっていた。一階にある式子の部屋は広びろとした和室に縁側があって、美しい庭が眺められた。

「あのう……ぼく、実は……」

言い澱《よど》む惇一を、余里子はちらりと眺めながら、

「おすわんなさい」

と、傍らのソファを指さし、余里子はその真向いに坐った。惇一は不意に、何か口頭試問を受ける生徒のような思いになった。

「惇ちゃん、グランドマアに驚いたんでしょう」

察しのいい言葉に惇一は頭を掻いた。

「ええ、まあ、それでぼく……覚醒剤や麻薬のこと、何も知らないもんですから、教えてほしいと思って……」

「ああそう。何もわからないと不安だわね」

足を組んだ余里子の膝頭が電灯の下に白かった。いつもはむやみに長い白と黒の縞《しま》模様のエプロンを身につけているのだ。四十五歳の余里子は、若い惇一から見ると、かなりの年上に見えるのだが、まだ充分に若々しいのだ。そのことに惇一は、今初めて気づいたような思いがした。

「そうね。つまり惇ちゃんは、グランドマアのクスリのことを知りたいんでしょ？グランドパアは、惇ちゃんを本気で家族のつもりに思っているらしいから、教えてあげるけど……」

余里子は意味ありげに笑った。が、惇一にはむろんその笑いの意味がわからなかっ

た。

「グランドマアがクスリを使い始めたのは、今からもう三十年以上も前のことなの」

「え？　三十年以上も前!?」

三十年前と言えば、ちょうど日本の敗戦の頃ではないか。とすると、式子は三十三、四歳、陶吉は三十七、八歳の頃である。素早く頭の中で計算する惇一に目を注《と》めながら、余里子は言った。

「つまり、あのひとは三十代の前半だったのよ。今でもきれいな人だけど、とても純真で、誰にでも好かれていたそうよ。わたしも小さい時から好きな人だった」

惇一はうなずいた。十歳頃の余里子の姿が、まるで一度見たかのように、惇一の瞼《まぶた》に浮かんだ。口数の少ない、賢そうな余里子のおかっぱ姿が目に浮かんだ。

「ある時、母につれられて、豊平《とよひら》にあった谷野井の家に遊びに行ったことがあるの。母と言っても、わたしの本当の母は、わたしが小学校に入る前に死んでいて、わたし、他の家にもらわれて行っていたのよ」

惇一は大きくうなずいた。そのことは陶吉からも、初美からも聞いていた。

「その育ての母につれられて……四年生の時だったかしら、遊びに行って、グランドマアが自分の左腕に注射をしているのを、見かけたのよ。注射は病人にするものだと思っていたから、伯母さん病気なの？　って聞いたら、そう病気なのって、とても優しい顔をしてね。でも余里子ちゃん、伯母さんが病気のこと、誰にも言わないでね、心配をかけるといけないから、と言ったのよ。その時の哀願するようなまなざしが、子供心にも気になってねえ」

「誰かに言ったんですか？」

「ううん、子供って、意外に口が堅いものなのよね。何となく言っていいことと、悪いことと、ちゃんとわかっているのよね。しばらく誰にも言わなかったわ」

「その時、大先生や余里子さんのお母さんは、どこにおられたんですか」

「大先生はお店にいたし、母はお風呂に入っていたわ。わたし、母より先にお風呂を出てね、茶の間に来たらグランドマアがいないので、奥に行ってみたら注射をしていたというわけ」

「なるほど、ではずいぶん昔からクスリを使っていたわけですね」

「そうよ。グランドパアの話では、初めてそのことを知った時、文字どおりびっくり仰天してね、ちょうど旧制中学時代の友だちに精神科の医者がいて、相談に行ったらしいの。そして、すぐに病院に入院させることになったわけ」

「入院して、どんな治療をするんですか」

惇一は全く麻薬について知らない。

「治療はつまり、クスリを断つわけよ」

「ああ、じゃ、打たなきゃいいわけですか。それならわざわざ入院させなくても、中断させたら……」

余里子はちょっと笑って、

「そんな簡単なものなら、誰でもそうするわ。クスリが切れるとね、そりゃあ大変なのよ。殺されそうに吠《ほ》えるのよ。その声と言ったら、人間の声じゃないわ。獣の声よ」

「獣の声？」

「そう。その使っていたクスリの質や、頻度によって個人差はあるけど、そりゃあ大変なものよ。この家のどこの部屋に寝せておいても、外まで聞えるわ」

余里子は痛ましそうに眉をひそめ、

「覚醒剤でも、睡眠薬でも、お酒でも、依存症……いわゆる中毒になったら、それを断つのに似たような苦労をするそうよ。ま、このことはよくわからないけど、少なくともグランドマアの場合は大変なのよ。鼠がその辺を走っているように見えたりね、味噌汁の実が毛虫のうごめくように見えたりね、様々な幻覚も出てくるの」

「本当ですか！」

「本当よ。自分でもなるべく我慢しようとしているらしいのよ。でも我慢すると壁から虫が出てくると言ったり、蜘蛛《くも》がぞろぞろ出てきたと言ったり、それは大変なのよ」

惇一は相槌を打つことも忘れた。式子の住む世界は、何と薄気味の悪い世界であろう。どうしてそんな世界にあの式子が落ちこんでしまったのであろう。リルケを好み、トルストイを愛する式子が、なぜそんな世界に迷いこんだのか、言葉も出ない惇一に余里子が言った。

「だから、病院に送るより、しようがないのよ」

「病院に入ったら、もう注射を打たなくなるんですか」

余里子は頭を横にふった。そして、「だめ、だめ」と言葉に出し、手も横にふり、

「三日ともたないわよ。すぐにどこかへ行って、クスリを手に入れてしまう。少なくともあのひとの場合はそうよ。何度病院に入れても、すぐ元の木阿弥《もくあみ》なのよ」

惇一は吐息をついた。

「そしてね、惇ちゃん、次は睡眠薬を使ったり、覚醒剤を使ったりするわけよ。あの人たちは絶えずクスリに頼っていなければ、生きていけないの。だから、いつだってクスリを肌身離さず持ってるわ」

「体だって弱るでしょう」

「そうよ、弱るわよ。入れば三ヵ月は入院なの。半年のことも、一年近いこともあった」

「でも、クスリを使っていても、そうふつうの人とちがいはないですね」

「ちがいはないわ。ちょっと見た目にはね。でもどこかちがうでしょ。あの人たちは自分の世界で遊んでいるのよ。クスリでこの世の憂《う》さを忘れるのね。現実から逃避するのね」

「逃避？　大奥さんに、逃避しなければならないほど、辛いことがあるんですか？」

思わず惇一は尋ねた。余里子は視線を外らした。その横顔がきりりと引きしまって、いつもの余里子より美しく見えた。余里子は立ち上がって窓辺に寄った。白いレースのカーテンを余里子はそっと指であけ、外を見ていたが、惇一に背を向けたまま、低い声で言った。

「惇ちゃんに知らせるのはそこまで。わたしも深いことは知らないわ。只言えることは、あのひとが誰にも言えない大変なものを見たにちがいない、ということだけよ」

余里子はゆっくりと、元の椅子に戻った。惇一は、今の余里子の言葉を胸の中で反芻して見た。

（大変なものを見た、とは何だろう）

一体あの上品で美しく、そして賢くさえある式子が、こともあろうに麻薬中毒患者にならざるを得ぬほどの、何を見たのだろう。惇一にわかる筈がなかった。

いつか式子の部屋を訪ねた時、式子は冗談とも本気ともつかぬ言葉を、次々に惇一に聞かせた。

「わたしたちは家内別居をしているのよ」と言った。そしてその理由を、

「あの人と一緒の部屋に住むのは、生理的に耐えられないの。鳥肌が立つの」と言った。そんないやな人間と、どうして一緒にいるのかと尋ねる惇一に、

「嫌いだから一緒にいるの。嫌いだから別れてあげないの。嫌いというより憎いのよ」確か式子はそう言った。そしてこうも言った。

「わたしね、一日に一度は殺人遊びをするの。あの人をどうやって殺そうかと想像するの」

それらの言葉を、今ありありと惇一は思い浮かべた。もしあれが式子の本音だとすると、式子の麻薬中毒の原因が、陶吉にあることになる。「薬屋が病人を追い出すことができるか」と言ったあの、あたたかい陶吉が、一体何をしたというのだろう。そう思った時、余里子が言った。

「惇ちゃん、この家は大変よ。あなた、早く出たほうがいいかも知れないわ。もしかしたら、もう一人グランドマアと同じ中毒患者がいるかも知れなくてよ」

惇一ははっとして余里子を見た。

霊園

式子が札幌郊外の精神病院に入院してから、一ヵ月が過ぎた。

「明日は入院させる」と、谷野井陶吉は言っていたのだが、実際に入院させたのは、その四日後の午《ひる》まえであった。陶吉と那千子に付添われて、式子は機嫌のよい笑顔を見せ、車から白い手をひらひらとふって去って行った。

「入院はいや、入院はいや」

と、頑是《がんぜ》ない子供のように首を横にふっていた式子だったが、その日は上機嫌で病院につれて行かれた。惇一にはそれが不思議に思われてならなかった。遠ざかる車に手をふりながら、余里子が言った。

「きっとクスリを打ったのよ」

「え？」

聞えるか聞えないかの余里子の声に、惇一は聞き返した。が、余里子は誰よりも先に、家の中に姿を消した。そのあとを比田原テル子が追い、院長の浜雄と、惇一がそ

の場に残った。浜雄は空を見上げて、

「今日もいい天気だな」

と呟き、クラブを振る真似をした。惇一は白い手をひらひらとふって去った式子が、不意に無性に哀れに思われた。

あの時から今日までの一ヵ月の間に、惇一は幾度も式子のことを思ってきた。式子を病院に見舞いたいような思いに駆られることもあったが、陶吉が、

「当分誰も見舞わないほうがいい」

と言って、見舞うことを許さなかった。それでも陶吉自身は、週に一、二度は見舞いに行っていた。が、帰って来ると、どこか気の抜けたように、店のソファに腰をおろして、何かぼんやりと考えているようだった。陶吉はどちらかと言えば賑やかな質《たち》で、一人もの思いに耽《ふけ》るなどということは、ほとんどなかったから、そんな陶吉を見ることは惇一にも淋しかった。

植物園を前に、谷野井薬局には朝から夕刻まで、観光バスを誘導するガイドの笛の音が絶えず響いてくる。東京の母が来たら、先ず真っ先にこの植物園に案内しようと思っていたが、母も律男も、陶吉のていねいな招待に辞退してきた。いかに陶吉の心からなる招待とはいえ、惇一がせわになっている上に、母と弟まで陶吉の言葉に甘えるわけにはいかないと思ったのだろう。心待ちにしていた惇一はがっかりしたが、一

方、のこのこやって来られては、やはり恥ずかしかっただろうと思った。

惇一は、初美や景子が夏休みに入るのを楽しみにしていた。高校や中学は、大学や予備校より夏休みの始まるのが遅い。夏休みという自由な時間の中で、何かいいことがあるような気がしていたのだ。が、期待に反して、二人が夏休みに入っても楽しいことは何も起こらなかった。高校三年の初美は、いち早くクラスの女子高生達と阿寒のほうに旅行に行ってしまったし、景子は高校受験を来年に控えて、勉強に打ちこんでいた。

（人生、そうそうおもしろいことばかりないものだ）

と、そんなことを思っている矢先、食堂で余里子が言った。

「惇ちゃん、あんた、わたしと一緒にお墓参りに行かない？」

「お墓参りですか、行きますよ。つれてってください」

惇一は内心、（何だお墓参りか）という思いがないではなかったが、父親を早く亡くした惇一にとって、墓参には母と弟との楽しい思い出がまつわっている。多摩川の墓地に、盆と、春秋の彼岸には、母につれられてよく行ったものだ。そしてその帰りに、アイスクリームだの、牛丼だのを食べさせてもらった思い出がある。墓参は必ずしも陰気なものではなかった。

「あら、そう、惇ちゃん行ってくれる？　初美ちゃんも景子ちゃんもきっと喜ぶわ」

珍らしく余里子の声が弾《はず》んだ。

「初美ちゃん？　初美ちゃんは阿寒に行ってるんじゃないですか」

「行ってるわよ。でもね、毎年初美ちゃんと景子ちゃんと、わたしの三人で、旭川にお墓参りに行くことになっているの。だから、その日までには、必ず初美ちゃんは帰ってくるわ。行くんなら大先生に断って上げる」

「え!?　旭川までですか」

札幌に墓があるとばかり思っていただけに惇一は喜んだ。しかも初美と景子が同道するというのである。札幌に来てまだ四ヵ月、惇一は札幌以外の土地を知らないのだ。旭川には余里子の夫、林光次郎の墓があったのである。余里子が言った。

「大先生は谷野井家の次男坊でしょ？　ご存じのように。だからこの家には仏壇がないでしょ。お墓もないわけよね」

「あ、なるほど」

「ところがお盆になると、みんなお墓参りに行くでしょう。景子ちゃんが一年生の時だったかしら、自分もお墓参りに行くって、駄々をこねたの。谷野井の本家のお墓は札幌にはないし、病院があるので本州までお墓参りというわけにもいかないでしょ？でもわたしの主人の墓が旭川にあるので、つれて行こうということになったのよ。それから毎年、当然のごとく初美ちゃんと景子ちゃんが、わたしについて旭川に行くようになったの。おかしいでしょ？」

「いいえ、おかしくはありません。景子ちゃんって、宗教がこの家にないと言い出すだけあって、小さい時からお墓参りをしたいなんて気持が、あったんですね」

惇一はそんな景子が可愛いと思った。

その墓参の日が来た。

八月も十日を過ぎると、朝夕肌寒い日がある。が、日中はけっこう気温が上がって、この日も入道雲が輝いていた。余里子が黒いワンピースを着、初美と景子は白いTシャツに、青いジーパンを穿《は》いていた。汽車は混んでいたが、運よく席が取れて、惇一の隣りに余里子が坐り、初美と景子が椅子を回し、惇一たちに向い合って腰をおろした。この日を楽しみにしていた惇一だが、今現実に、初美と景子がはちきれそうなももをジーパンに包んで、前に坐っているのを見ると、つい視線は窓外にいってしまう。汽車は広い石狩平野をぐんぐん北上する。どこまでも稲田がつづき、所々に散在する防風林や、遠い地平線も惇一には珍らしかった。景子と初美は、惇一の知らない共通の知人の話をしていたが、余里子は眠っているのか、窓にもたれるように目をつむっていた。と、不意に初美が惇一を見て、

「何を固くなってんのよ惇一さん、おつにすましちゃって。美少女が二人、でんと前に坐ったら眩《まぶ》しいっていうわけ？」

と、チョコレートを差し出した。

「いや、そんな……もう、美少女にも馴れましたよ」

惇一はチョコレートを受取りながら笑った。

「惇一さん、今の答は失礼よ。美少女には馴れてはいけないの。いつ見ても目がさめるようだと、言わなきゃならないのよ」

初美は真面目な顔で言い、すぐに声を上げて笑った。車内には子供づれの客が多く、その子供たちの声で、かしましいほどの賑やかさだ。初美の笑い声も、その子供たちの声に掻き消された。

「この賑やかさが好きなのよねえ、わたし」

惇一がうなずき、景子が言った。

「景子ちゃんは子供が好きだからな」

と、優しい語調で答えた。いつか植物園で子供たちと遊んでいた景子の、明るい姿を思い出したからだ。

「うん、わたし子供が好きよ。だけど、あの大好きな子供たちが大人になったら、どうしていやな大人になるんだろ」

「大人は嫌いですか？」

「嫌い。大っ嫌い。余里子さんみたいな大人もいるけど」

「また始まった、景子ったら……」

　初美が眉根を寄せた。今日の初美は、珍らしくおしろいもつけていなければ、口紅もつけていない。初美が化粧するのは、多分厳しい校則への反発からであって、学校が休みになれば本来の自分に戻るのかも知れないと、惇一は思った。眉根を寄せた初美に、景子が突っかかるように言った。

「大人の悪口言っちゃ駄目なの？」

「折角《せっかく》惇一さんと一緒に旅行するのに、嫌われたらどうするの、そんなこと言って」

「嫌われたら、嫌い返してあげる」

　景子はにこりともせずに惇一を見た。惇一はあわてて、

「ぼくは、景子ちゃんを嫌ったりなどしませんよ」

　と、早口に言った。初美は椅子の上に片足を立てた。すぐ前の余里子との間が狭いので、長い足のやり場に困るのだろう。が、惇一にはひどく大胆なポーズに見えた。

「惇一さん、うちの大人たちは何を考えてるか、知ってる？」

　初美が意味ありげなまなざしを見せた。

「は？」

　つい惇一の視線が、初美の立てた太股の辺りにいく。と、

「ああ、その話？」

眠っていると思った余里子が、目をあけて口を挟んだ。

「あら余里子さん、その話って、どの話？」

「え？　あらいやだ、わたし夢を見ていたのかしら。もう少し眠るわ、いいわね」

余里子は傍《かたわ》らの惇一を見、ついで景子を見、初美を見て目を閉じた。惇一は余里子が、初美の発言しようとする内容をいち早く察知して、牽制《けんせい》したのではないかと思った。と、景子が、

「ねえ、この列車に乗っている人たち、みんなお墓参りかしら」

と初美を見た。

「かも知れないわ」

「人間それぞれ、死んだ家族がいるのね。どんな思い出を持っているのかしら。一人々々に聞いてみたいわ」

「けど、そんなこと聞いたって始まらないでしょ？」

初美はあっけらかんとして言った。

「始まるか始まらないかはわからないけど、どんな悲しい思い出があったか、どんな苦しい思い出があったか、知りたいのよ」

「知ったって、どうしようもないでしょ」

「そりゃそうだけど……惇一さんはどう思う？　聞いてどうしようもないことだと思

う？　聞かないほうがいいと思う？」

「さあ、むずかしいなあ」

惇一は両腕を組んで、ひたすらな表情の景子を見た。景子の目の中で、炎がちろちろと燃えているように見えた。

「あのね、景子ちゃん。人間って、全部話してしまいたい時もあるけど、誰にも聞いて欲しくない時もあるんじゃないかな」

惇一は景子の気持を考え考え、遠慮勝ちに言った。初美がその惇一の言葉を受けて、

「そうよ。誰だって話したいことと、話したくないことを持っているのよ。話を聞くほうだって何の力もないわけだから、みんな聞かされちゃたまらないのよ。景子だってそうでしょ。景子は自分のことは何も言わないで、人のことは聞きたがる。それは勝手というものよ」

いかにもきょうだいらしい遠慮のない言い方だった。景子は意外と素直に、

「そうね、何もしてやれないものね」

と言い、ちょっと考えてから、

「でもさ、何もしてやれないからと言っても、聞いて上げることも必要なんだよねえ」

と、考え深げに言った。惇一はふと、いつか聞いたことを思い出した。確か余里子と那千子が食堂で話し合っていた。景子が初美に、「妊娠すると吐き気がするものか」とか、「胎児をおろすのに幾らかかるのか」と尋ねたことを話していたのだ。惇一は見るともなく景子の腹部に目が行った。ジーパン姿の景子は、いかにも健康そうに引きしまった体だった。

惇一の初めて見る旭川の街は思いがけなく活気があった。駅前の広場が札幌のそれよりも広かった。話に聞いていた日本で初めての歩行者天国だという買物通り公園が、駅から北に向って延びていた。木立や彫刻のあるその通りを、四人はぶらぶらと歩き出したが、途中から仲通りに折れて、『名人傍《めいじんぼう》』というそば屋に入った。歯ごたえのある手打そばを食べた四人は、車で二十分もかからぬ墓地に向った。

『観音霊園』と言われるその丘の上の墓地は、マリーゴールドや真紅のサルビヤが、花壇のように植えこまれてあって、墓参の人で賑わっていた。低い山並がすぐ近くに見え、その彼方に十勝連峰の稜線が青空の下に僅かに見えていた。

「公園のような墓地だなあ。うちのおやじの墓地とは全然ちがう」

惇一は思わず声を上げた。ここには花と光が満ちあふれていた。死が何か楽園と直結しているような錯覚を感じさせた。初美や景子が、毎年ここに墓参に来たくなるのも無理がないような気がした。霊園には丈高い木がなかった。黄楊の木が丸く刈りこまれて、それぞれの墓を囲んでいた。どの墓もほとんど同じ広さで、金持ちと貧しい者との差がここにはなかった。

　余里子の夫の墓は、霊園の右手の一画にあった。「林家の墓」と刻まれた文字の上に、十字架が彫りこまれていた。墓石の裏面に、林光次郎の名と命日が記されてあったが、次の文字に目を注めて、惇一は思わずはっと息をのんだ。そこには、まだ生きている余里子の名が記されていたのである。命日こそ刻みこまれていなかったが、余里子は既に、林光次郎と共にこの世を去ったつもりでいるのだろうか。僅か二年余りの結婚生活だったと聞いていたが、惇一はずしりと重いものを感じないではいられなかった。

　惇一は墓の前に、余里子と共に屈みこんだ。余里子は霊園の事務所の前で買った菊と百日草の花を供えた。景子も初美も共に屈みこんで手を合わせた。

　一番先に初美が立ち上がり、次に惇一が立ち上がった。が、景子は、余里子が立ち上がってもまだじっと手を合わせている。惇一は、そんな景子が不意に愛《いと》しく思われた。

　やがて景子も立ち上がった。

「景子、何をお祈りしてたのさ」

初美がからかう語調で言った。

「うん、何ていうことはないけど」

大人っぽく答えて、

「お姉さんは、何てお祈りしたの」

「わたし？　わたしはね、旭川はいつ来ても暑いですね、ご機嫌いかがでしたか、来年また会いましょうって、それだけよ」

思わず三人が笑った。余里子は、

「初美ちゃんはいいね、全く陽気なお嬢さんだこと」

と言い、

「惇ちゃんは？」

と惇一を見た。

「ぼく？　……」

惇一は、ちょっと言葉に詰まった。祈る姿勢は取ってはいたが、祈ってはいなかった。只、余里子の夫はどんな人物だったのか、短い結婚生活でも二人は幸せだったのだろうとか、それにしても自分の名前まで刻みこんだ妻の生きる姿勢は凄いとか、取りとめもないことを思っていたのだ。惇一は正直にそう告げると、余里子はうなずいて、

「なるほどね。でもそれでいいんじゃないの。お墓参りというのは、故人のことを記念することだから。初美ちゃんみたいに、こんにちはと言ってくれるのもいいけど」

「そうですか。では余里子さんは？」

惇一が尋ねた。

「わたし？　わたしはね、キリストの神さまに、私たち生きている人も、死んだ人も神の御手の中にお守り下さってありがとうと祈ったの、つづめて言えばね」

「あら、旦那さんにお祈りしないの!?」

初美が頓狂な声を上げた。

「あ、わたしはね、神さまにはお祈りするけど、死んだ人には祈らないのよ。ま、ご挨拶ぐらいはするけど」

「ふーん」

初美はわかったようなわからないような顔をした。景子が尋ねた。

「余里子さんに一度も聞いたことないけど、恋愛結婚だったの？」

まじめなまなざしだった。その顔を見てから、余里子は十勝岳の遠い山並に目をやった。そしてぽつりぽつりと語り始めた。

「林はね、わたしと五つちがいだったから、今生きていたら、五十になるかしら。わたしが勤めていた病院の患者だったの。楽しい人でね。同室の患者さんたちを、朝から晩まで笑わせていた、そんな人だったのよ。わたしはあまり笑顔のないほうだけど、あの人といると楽しかった。わたし、小さい時に母が死んで、よそにもらわれて育ったでしょ。だから尚更明るい人が好きだったの」

余里子と景子の視線が合った。景子が大きくうなずいた。

「その人は胃癌だったの。本人は知らなかったけど。手術のあと一応は復職も出来たわけだけど、医者たちは二年と持つかどうかって、言っていたわ」

「ちょっと待って」

初美が言葉を挟んだ。

「じゃ、余里子さんは、その人が長い命じゃないとわかっていて、結婚したの」

「そう。長い命じゃないとわかっていたから、結婚したの。押しかけ結婚よ」

「ふーん。知らなかった。凄いわ、余里子さん」

初美と景子がうなるようにうなずいた。

「林は小学校の先生でね、教会で日曜学校の教師もしていたの」

「それで余里子さんもクリスチャンになったわけですか」

「そうよ、惇ちゃん。ま、わたしは大したクリスチャンじゃないけど、彼は立派でしたよ。いや、立派というより明るいというかな。でも、癌の末期は辛いから……」

言いかけて余里子は歩き出した。惇一には、余里子が何か言いかけて止めたように思われた。誰もが黙って、余里子と共に歩いた。と、余里子が誰へともなく言った。

「とにかく、もう人の死んでいく姿は見たくない。そんなこと、生きている限り無理な相談だけど。少なくともナースをつづける気にはなれなかったの。いや、ナースをつづける資格はないと思ったわ。だからわたし、大先生に、谷野井病院のナースをするようにって言われた時、ありがたいけど断わりつづけたのよ。そして、谷野井家のお炊事を引受けたわけなの」

　惇一はその林光次郎なる人物に会ってみたかったような気がした。病床にあっても、いつも人を笑わせていたというその人が、普通の人間より幾回りも大きな人間に思われた。惇一に父がないだけに、そんな人間像が好ましかった。

　霊園の向いに遊園地があった。緑の芝生があり、花時計の針がゆっくりと回っていた。遊園地の中ほどに、二、三十本ほどの柏の木立があった。午后の日がその樹間にも明るく差していた。キリギリスの声が妙にのどかに聞え、子供たちが大きなボールを投げたり、走りまわっていた。四人は木立の傍らの芝生に腰をおろした。

　惇一が近くの店から缶ジュースと、アイスクリームを買って来た。惇一は、墓参に来ているのに今ここに四人でいることが幸せだと思って苦笑した。惇一の手渡したアイスクリームを一口なめて景子が言った。

「人間って、死んでどこへ行くのかしら？」

初美が笑って、

「あらいやだ。死んだら焼かれて、灰になって終りじゃないの。ねえ、余里子さん」

と余里子を見、惇一を見た。惇一はとっさには答えられなかった。中学まで日曜学校に通ったとは言え、自分が死んで天国に行けるという確信はない。余里子がアイスクリームの蓋《ふた》を開けかけて、

「本当にね、死んでどこへ行くのかしらね。人間それぞれ信じている所へ行くんじゃないかしら」

と微笑した。

「行くと信じている所へ行くって？　何だか恐ろしいわ、わたし」

景子は眉をひそめた。

「景子、何も恐ろしいことないじゃない？　行けると信じたら天国へも行けるというんなら。ね、惇一さん」

初美はあくまで屈托がない。景子はそれにはふれず、

「わたしね、さっきお墓の前で、谷野井の家にもいつかお墓ができるんだなって思ったのよ。と思ったら、急に恐ろしくなって……」

誰もが黙った。

「ねえ、うちで誰かが死ぬとしたら、一番先は誰だと思う？　お姉さん」

「そんなこと、わかりゃしないわよ、景子。年の順ならグランドパアだけど。その逆なら景子じゃない？」

初美がずけずけと言った。景子が答えた。

「そうよね。さっき歩きながら、いろいろのお墓の死んだ人の歳を見たの。八十歳の人もいれば一歳の赤ちゃんもいたわ」

「景子、一歳ならまだましよ。堕《お》ろされた子供たちだっているんだから。日の目も見ずに死んだ子もいるのよ。そう思ったら、わたしたちなんか、この年まで生きてきてありがたいじゃない？」

惇一はぎくりとした。堕胎にいくらの金が要るか、と言っていた景子の言葉を思い出したからだ。が、景子はさしたる動揺もなく、しかししみじみと、

「可哀想だよねえ、お腹の赤ちゃん。この頃は小学生でも堕ろす子がいるんだって」

「えっ!?　小学生が？」

惇一が顔を上げた。

「そう。わたしのお友だちも、三ヵ月で堕ろしたんだって。平気な顔してるけど、ほんとに平気なんだろうか」

景子の言葉に、惇一は意外に傷つき易い柔らかな魂を感じた。

「平気な人は平気なのよ、景子。ボーイ・フレンドのいない子を馬鹿にしちゃったり

してさ。そんな子もいるのよ」

「考えると、いやになっちゃうことばかり……。さっきのつづきだけど、わたし、うちの誰に死なれてもいやだなあって思って。グランドマアに死なれたら、何だかたまらなくいやじゃない？　時々死んでくれたらいいって思うこともあるんだけど。ほんとにうちの癌だって思うこともあるんだけど。折角生まれてきて、あんなクスリ、クスリの一生じゃ哀れじゃない？」

「景子、グランドパアならどうお？　あのおじいちゃん、いつでもご機嫌でさ、死んでもすぐに友だちができそうで、何か賑やかなところがあるじゃない」

「でもお姉さん、グランドパアがお店からいなくなったら、何もかも火が消えたようになるわ。ね、余里子さんもそう思わない？」

「ま、そういうことね。あの人はみんなに元気をつける名人だから」

「でしょう。パパやママも、小うるさいからいないほうがいいと思うこともあるけど。でも永久にいなくなったら……特にママったら金髪やら栗色やらのかつらをかぶってさ、しきりに外に出歩いて、みんなに悪口言われて、そんなのやっぱり可哀想と思わない？」

「何さ景子、大人が嫌いだと言ったくせに、急に慈悲深くなったりして。お墓参りにきて仏心が出てきたの？　じゃパパならどう？」

「お姉さん、家族って、やっぱりみんな生きていたほうがいいんだよね」

「あら、わたしも」

「いや、お姉さんならいつ死んでもいい」

景子は白い歯を見せて、にこっと笑った。余里子は二人の話を聞いているのか、いないのか、遠く近く走りまわる子供たちに目をやっていた。惇一は図らずも景子の心の中をのぞいたような気がした。景子は、いわゆる家庭内暴力を働いた少女だった。が、その時期が過ぎて、今景子は家庭に深い愛を再び抱き始めているのだ。景子に対する惇一の気持が俄《にわ》かに熱くなったようであった。

景子の言葉に、惇一は死んだ父や、東京にいる母や、弟律男などが不意に懐しく思われた。何となく、まだまだ母は死なないような気がしていたし、まして弟の律男が死ぬことなど考えてみたこともなかった。だが、人間は皆死ぬのだ。順序不同で死ぬのだ。いつ死別するかわからないのだ。そしてこの自分も、いつ死ぬかわからないのだ。そう思うと、いつ襲いかかってくるかわからぬ死に対して、人間は何と無防備に生きているのかと思わずにはいられなかった。そんなことを思いながら、惇一は新たな想いを持って景子に目をやった。

鴨

旭川への墓参は日帰りだったが、惇一には楽しかった。ようやく惇一も谷野井家に融《と》けこんだような気がした。

それから三日も経たぬうちに、今度は谷野井陶吉から、

「惇一君、今日は午後から、ばあさんの見舞に、わしと一緒に行かないかね」

と誘われた。それまで陶吉は、「当分誰も見舞に行ってはいかん」と言っていただけに、惇一は驚いて、

「えっ!? ぼくがですか」

と問い返した。一瞬、景子や初美も一緒かという期待が胸をかすめた。

「うん、実はね、ばあさんが君に会いたいって、この前からしきりに言っているんだ。変なばあさんだよ、あのばあさんは。初美や景子には会いたいと言わないんだからね」

惇一は少し落胆した。が、しかし惇一も式子の顔は見たかったから、喜んでついて

行くことにした。

式子の病院は札幌市の南西の郊外にあって、谷野井病院から車で一時間近くもかかる所にあった。近くに農家が散在する一画に、二階建の真四角な病院が建っていた。どうしたわけか庭木がほとんどなく、病院の白い壁が、いかにも人目にさらされている感じだった。面会室で待っていた二人を見て、式子はにこっと笑った。式子特有の、少女のような表情だった。式子は近寄って来て、いきなり惇一の手を取って言った。

「会いたかったわ。もう惇ちゃんが谷野井の家からいなくなったかと思って、心配していたのよ」

式子は惇一の手を強く振った。その振り方が駄々っ子のようだった。が、陶吉のほうには目もくれず、ちょっと声をひそめて、

「惇ちゃん、わたし、妊娠したらしいの」

と惇一の目をじっと見つめた。惇一はぎょっとした。覚醒剤の中毒患者は、こんなことを言い出すようになるのかと驚いたのだ。と、式子は手の甲を口に当てて笑った。

「ほうら、惇ちゃんも驚いた。わたしがこう言うと、誰でもみんな驚くのよ。あ、頭にきたと思うらしいのね。これはね、惇ちゃん、わたしが人を驚かすために考えた言

葉よ。看護婦さんでも、お医者さんでも、患者さんでも、みんな驚くのよ」

「そりゃあ驚きますよ、誰だって」

「そうね、誰だってね。でも二十年前までは、誰もきっと驚かなかった筈よ」

式子は淋しい顔をした。惇一は何と答えてよいかわからずに、

「顔色もいいし、お元気そうで安心しました」

と優しく言った。式子はそれには答えず、

「惇ちゃん、女と男って、ずいぶんちがうものね。わたしはもう六十六、自分の子は生めないわ。でも、この人なんか、いつでもまた父親になれるのよ。こんな不公平なことってありますか」

と、憎々しげに陶吉を見た。陶吉は苦笑して、

「言われてみれば本当だなあ。わしはこれからでも、自分の子を膝に抱くことができるんだ。いいことを教えてくれたよ、お前さんは」

と、冗談を言った。と、式子は惇一の耳に口を寄せてささやいた。

「やりかねない人よ、この人。この人は一時に女を二人も抱いた人なんだから」

惇一はまじめにうなずくわけにもいかず、困惑した表情で陶吉に視線を移した。

「惇一君、ばあさん、なんて悪口を言ったのかね」

陶吉はにやにやした。

「いえ、何も……」

口ごもる惇一に、式子は何も言わせず、

「あのね、あなたなら、若い女の子に子供を生ませかねない、と言ったのよ」

「これはこれは、偉いほめ言葉だ。ありがたいお言葉ですな」

陶吉は顔色も変えなかった。

帰りの車の中で、惇一は遠ざかる式子の病院を幾度もふり返った。薄曇りの空の下に、病院だけがいやに白く見えた。

「わたしね、妊娠したの」

そんな悲しい言葉で、自分を狂気のように見せかけようとした式子の心の動きは、むろん惇一にわかる筈もない。にもかかわらず、その言葉は惇一に深い悲しみを感じさせた。要するに式子は、人の注目を引こうとしているのだ。そしてそれはまた、一日に一度は陶吉を殺す方法を考えると言った怨念にも似ていると思った。今日式子は、「この人は一時に二人も女を抱いた人なんだから」と、謎めいたことを言った。惇一はそれを、「妊娠した」と言った言葉と同様に、式子の単なる思いつきの言葉と思いたかった。

眠っているのか、陶吉は車のシートに深くもたれて、口をかすかにあけ、目を軽くつむっていた。が、車ががたんと揺れた時、目をあけて言った。

「惇一君、ご苦労だったな」

「いえ、何も……」

「また来てやってくれるかね」

「はい、もちろん」

惇一はそう答えたが、何か重い荷物を背負わされたような気がした。今度会った時式子は一体何を言い出すことだろう。式子という女は、体にめりこむようなことを、平気で言い出す人間だと思った。そんな惇一の心を知ってか知らずか、陶吉は、

「あいつがなあ、嫁に来た頃は人形のように愛らしかったもんだ。そのあいつが、ヤクをやるようになるとはねえ」

運転手はラジオの野球番組に耳を傾けているようだが、「ヤク」という言葉を陶吉はさすがに低く言って、タバコを口にくわえた。

「でも、ぼくはあの大奥さんが好きです」

「そうか、好きか。好いてやってくれるか。それで安心した。わしもな、あいつが好きだ。可哀想な奴だと思ってもいる。わしの死後、心にかかるのはあいつのことだけだ。息子はあそこまで病院を大きくした。あとは何とかやっていけるだろう。ま、もろいところのある奴だがなあ。幸い二人の娘がいる。これは親たちよりは上等だ」

言ってから陶吉は低く笑って、

「おい、惇一君。あの初美と景子に、上等などという言葉は、使っちゃならないんだな。お粗末と言うべきか」

　と、タバコの灰を灰皿に落した。

「いいえ、上等です」

　惇一は早口で言った。何となくそう言うことが恥ずかしかった。だが嘘ではなかった。どこか素頓狂な初美だが、性根はしっかりしている。妹の景子も、惇一が来た当座は、「何だよう、冗談じゃねえや」などと、乱暴な言葉を使って、惇一を驚かせたが、心底は生きることに懸命な少女とも思った。二人共、決して質は悪くないと思う。つまり上等だと思うのだ。その言葉を聞いて、

「そうか、上等か、惇一君」

　広い四つ角に来て、赤信号になった。とまった車のフロント・ガラスの前をとんぼが幾つか低く飛んで行った。

「あ、とんぼだ！」

「ああ、とんぼだな。とんぼを見ると子供の頃の自分が思い出されるなあ。よく頭をもいだり、しっぽをもいだりしたものだ。羽を短くちぎって飛べないようにしたり、考えてみると人間というものは残酷なものだ」

「はあ」

東京育ちの惇一は、とんぼにそんな記憶はなかった。群をなして飛ぶとんぼなど、絵かテレビでしか見たことはなかった。

信号が青になった。車が動き出した。ラジオからスタンドの歓声が聞えた。ホームランが出たらしい。

「人間って、一体何かね、惇一君。とんぼの首どころか、人間の首だってころりんと切り落す。戦争に行ったおれたちの世代は、多かれ少なかれ、それに似た経験をしてきた」

「はあ」

話が戦争になると、惇一にはぐんと遠い昔の感じになる。中国大陸に日本兵が何十万となく渡ったということさえ、信じられないのだ。大人たちというものは理性を持っている筈だ。大人の世界で、話し合いがつかずに殺し合うことになるとは、まだ二十歳の惇一には何としても理解できない。理性が戦争を認知しようとすることがわからないのだ。が、わかろうとわかるまいと、確かに戦争はあったのだ。惇一は陶吉の言葉に耳を傾けた。

「惇一君、全く人間って何だろうなあ。人間には確かに弱い者いじめの根性がある。相手が怯《おび》えれば怯えるほど、おもしろくなる。相手が恐ろしがっていることを、いいかね、おもしろがる。気の毒とは思わないのだよ。だから学校でも、弱い子はいつもいじめられる。しかし、まあ人生はいつの時もそんなものさ。とんぼの頭を捩《ねじ》るように、どこかでいじめることが楽しいことになっている。ちょっと力があると威張りやがる。金があると金で人の面を引っぱたく」

「はあ」

人間はそんなものかと、惇一はちょっと淋しくなった。惇一の同じ返事に気づいて、陶吉は、

「あ、そうそう。うちの孫娘たちを上等と言ったのは、わしのどら息子に比べてだよ。なに、谷野井家に上等なものが出るわけはない。じじばばのわしらを見たら、たいてい見当はつく」

「いえ、大先生もご立派です」

惇一はむきになった。惇一にとって陶吉は、事実優れた人間に見えた。この陶吉に恨《うら》みを抱く式子の気持は、何としても惇一にはわからない。

「ま、いつか、わかる時がくる。それまでは、わしも上等な人間の部類に入れてもらおうか。ところで、さっきのつづきだ」

陶吉は腕を大きく組んだ。

「さっきのつづき？」

「うん。一応うちの娘共が上等だと話が決まれば、言い出しやすい。実はだな、これ

は息子たち夫婦と内々に相談してのことだが、惇一君、君、あの二人のうちのどちらかをもらう気持にはならないかな」

「ええっ!?　何ですって?」

冗談好きの陶吉が、自分をからかっているのだと思った。

「驚くのはもっともだよ。君が来て五ヵ月そこそこだからね。しかし、まあ人間なんてものは、どんなに長いことつきあっていても、お互のよさも悪さも、本当のところはわからないものさ。何十年も信じ合っていて、ある日突如として、裏切られるということもあるものだ。とにかく五ヵ月も同じ屋根の下にいれば、何となくその人間の見当はつく。あんたにとっては迷惑な話だろうが、つまり惇一君は、われわれの眼鏡にかなったんだなあ。こんな青年が家族になってくれたらいい、式子だってそう思っているんだ」

「……院長先生もですか」

「ああそうだよ。あいつは乱暴な男だが、滅法意気地のない奴だ。君のような気持のいい若者がそばにいてくれたら、うれしいのだろうな。陰でほめてるよ」

信じられないと惇一は思った。

「しかし……当の……」

言い澱《よど》む惇一に、陶吉は肩を叩いて、

「ああ、初美と景子な。二人共君を嫌いじゃなさそうだ。むろん結婚を考えるには、二人共齢《とし》は若過ぎるからね。そこまでには気持は育ってはいまいが、こりゃまあ、大丈夫だな」

「しかし、ぼくは長男ですから……」

「ま、それも何とかなるさ。君には律男君という立派な弟さんもいる。両家が立ちゆくようにすればいいのだろ」

こともなげに陶吉は言った。

陶吉と惇一の乗った車が、北海道庁の横を通りかかった時だった。

「あ、運転手さん、ここで下りるよ」

と、陶吉があわてたように言った。谷野井薬局とは、ほんの目と鼻の先だった。何をあわててここで下りるのかと、惇一は訝《いぶか》りながら車の外に出た。金を払って陶吉も下りた。

「惇一君、君は帰っていいよ」

陶吉はそう言って、そそくさと歩きかけたが、何を思ってか、

「そうだ、君も一緒に来てくれ給え」

と、道庁の西の門に入って行った。何が何やらわからぬままに、惇一は陶吉のうし

ろに従った。門を少し入った所で陶吉は立ちどまり、

「五時五分か」

と、自分の時計を見て、確めるように言った。赤煉瓦の庁舎は、深緑の木立に映えて、優れた絵を見るような心地よさがあった。道庁正門の内側の左右に蓮池《はすいけ》があって、芝生に腰をおろしたり、ぼんやりと突っ立っていたり、画架に向って絵筆を動かしている人々がいる。まだ八月も二十日前のこととて、それとわかる観光客も少なかった。惇一は、この道庁の構内にもう幾度も足を踏み入れている。陶吉の使いで街に行く時、よくこの広い庭を通り抜けるのだ。陶吉は珍らしくむっつりと口をつぐんで、池のほとりの小道をゆっくり歩いて行く。

（一体、どうしたのだろう）

尋ねるわけにもいかず、二、三歩離れて後についた。そのうちに、陶吉が池の向う岸に鋭く目を走らせるのに気がついた。ちょうど退庁時で、構内に人数が俄《にわ》かに増え始めた。と、その人群の中に、惇一は院長の浜雄の姿を見た。背が高く、肩巾の広い浜雄が、白いスポーツウエアを着て、大股に歩いて行く。急いでいる歩き方ではない。

「大先生！　あそこに院長先生が……」

「惇一君、探偵ごっこだよ、探偵ごっこ。大声で呼んだりしちゃいけないよ」

冗談のように言ったが、陶吉の目は笑っていない。惇一は少し不安になった。二人は正門の右手の池の端を過ぎ、左手の池の端にさしかかった。池のほとりには太いポプラや楡《にれ》の木が、空に向って伸びやかに立っている。そのポプラの一本の太い幹の陰にかくれるように、陶吉は立ちどまった。向う岸の浜雄の動きがよく見える。浜雄は長い足を投げ出すように歩いていたが、ふっと立ちどまった。池の端には三歳位の男の子をつれた女が屈《かが》みこんでいた。女は池に泳ぐ鴨に餌を投げていた。男の子は時々手を叩きながら、何かうれしそうに叫んでいる。誰が見ても頬笑ましい姿だった。と、浜雄はその傍《かたわ》らに屈みこんで、自分もまたポケットから何かを出して、鴨に向かって投げ始めた。子供が何かを言い、手を出すと、浜雄は持っていた餌を手渡した。餌と言っても、おそらく食パンか何かであろう。女が浜雄を見て何か言い、浜雄がうなずいた。浜雄はポケットから何かを出し、それを女に渡した。女もまたシガレットの箱二個程のものを浜雄に手渡した。誰が見ても、何の不自然さもなかった。そのまま浜雄は、五分程池の端に屈んでいたが、それは仲のよい夫婦とその子供のように見えた。

やがて浜雄が立ち上がった。女も立ち上がった。二人は手を差し伸べて、軽い握手をした。しっかりと手を握りしめるという感じではなかった。それだけに二人の関係は深いものに見えた。女が先に去って行き、子供がうしろをふり返って手をふった。

その女とすれちがって、警官が二人やって来た。警官は浜雄のそばに来て、ふと立ちどまった。が、浜雄に用事があるのではなく、池の鴨に足をとめたようであった。その警官たちも去って行った。浜雄の姿もいつしか人群の中に紛《まぎ》れて見えなくなった。一部始終を見ていた陶吉が、

「鴨とは考えたものだ。大したシャレだ」

と苦笑して、池の端に腰をおろした。何を言っているのか、惇一にはわからなかった。陶吉はじっと蓮の花を見つめていたが、

「地獄極楽って、本当にあるのかねえ。極楽では蓮のうてなに坐るというが、よほどでっかい蓮なんだろうねえ、人間さまが坐るとなれば。いや、もしかしたら、極楽に住む人間は、人形のようにちんまりと小さくなるのかな。何《いず》れにしても、わしの無縁のところだよ」

陶吉は何か別のことを考えながら、そんなことを言っているように惇一には聞えた。惇一が黙っていると、

「惇一君、何と見た？　あの浜雄とあの女」

惇一はちょっと頭をかしげた。

「思ったまま、正直に言いなよ」

「あのう……何か親しそうに見えました」

「うん、そうだろうな。しかしだよ、惇一君。親しいのなら、もっと長く話し合ってもいいんじゃないのかね」

「はい。でも、女の人にも家があって、二人はちょっとした時間しか、会えないのかも知れません」

「ははあ、なあるほど。君は意外とロマンチストだね。そこでだ惇一君、頼みがあるんだよ。明日も明後日も、ちょうど今頃、この池のほとりに来て、また鴨に餌をやる人間がいるかどうか、見て欲しいんだ」

「は？」

「いや、わしの見当では、あの女が毎日現われるとは思えないんだ。あるいは男が来るかも知れん。そして、誰が現われるか、ま、見ていて欲しいんだよ」

「それが探偵ごっこですか」

「うん、探偵ごっこだ。ばあさんの時も、わしはよく探偵ごっこをしたもんだ」

（ばあさんの時？）

心の中に呟いてから、惇一はぎょっとした。ばあさんとは式子のことだ。式子はクスリに魅入られている。「ばあさんの時も」ということは、もしや院長もクスリに手を出しているということではなかろうか。外科医の浜雄がクスリへの誘惑に溺れる機会は少なくない。と言って、モルヒネや覚醒剤は自分の意のままにならぬ筈だ。随時麻薬検査官の立入があるからだ。そのぐらいのことは、すでに惇一にもわかっていた。

(冗談じゃない!)

肝腎要《かなめ》の院長がクスリに手をつけるようになったとしたら、病院は一体どうなるのだ。しっかりした副院長がついてはいるものの、これは大変なことになると、惇一は俄かに動悸がした。

翌日、五時近く、惇一は言われたとおり、昨日の場所に行って見た。惇一はおもくるしい気持で、昨日陶吉と共に坐った畔に、持って来た画集を開いた。惇一の好きなミレーの絵があった。有名な「晩鐘」の絵だった。ミレーの絵は、何となくその描かれている人物の心の中がわかるような作品が多い。教会の鐘の音を聞きながら、一日の労働を終えた感謝の思いが、見ている者の心をも和《なご》ませてくれる。

(まだ来ないな)

誰も鴨に餌をやるほどの人がいないのか、昨日のような光景は見られなかった。

惇一は次の頁をひらいた。やはりミレーの作品で、「落ち穂拾い」の絵であった。この絵も落ち穂を拾う人の気持がよくわかるような気がした。惇一は中学まで教会の日曜学校に通っていたから、旧約聖書の「ルツ記」を学んだことがある。ルツはイスラエルの人々からいうと、モアブの女で異邦人であった。イスラエルの人々は国粋主義者で、異邦人を神の宮の中に入れないほどであった。しかしルツは、姑《しゆうとめ》思いの心優しい嫁であった。ルツの夫が死に、孤独になった姑と共にルツは一生をイスラエルに住むつもりでいた。この貧しいルツが、姑の命令で落ち穂拾いに出かけた。イスラエルにはおきてがあって、

〈畠のすみずみまで刈りつくしてはならない。またあなたの穀物の落ち穂を拾ってはならない。貧しい者と寄留者（外国人）のために、それを残しておかなければならない〉

と、定められていた。だが人々の中には、落ち穂を拾わせて欲しいと乞われても、いい顔をしない者もいた。拾わせても、突っけんどんな者もいた。

ところがルツが偶然落ち穂拾いに入った畠の主人ボアズは、彼女の姑孝行を聞いていたので、ルツのために、束から故意に抜き落して拾わせてやるように、と使用人たちに命じ、決して叱ってはならぬ、と言った。

このミレーの「落ち穂拾い」の絵を見ると、惇一は自然とルツ記の物語を思い出す。そしてなぜか自分の母を思い出す。そしてまた自分たち母子に親切な谷野井陶吉が連想される。自分はまさしく落ち穂を拾わせてもらっていると思う。陶吉は、束から抜き落してさえくれたボアズのようなものだ。ミレーはおそらく、このルツ記が心にあって「落ち穂拾い」を描いたのだと思う。

そんなことをとりとめもなく思いながら、惇一はひょいと向う岸に視線を移した。惇一ははっとした。いつの間にかいたのだ。昨日と同じ場所に、あの男の子をつれた女がいたのだ。惇一は胸をとどろかせて、女を見つめた。

が、女に悟《さと》られてはならない。時々頁を繰りながら、さりげなく女に視線を向ける。女は何か子供に話しかけながら、終始微笑を浮かべているようだ。惇一と対岸の女の距離は三十メートルはある。子供に何を言っているかは聞えない。が、子供が時折上げる笑い声は、池を渡って聞えてくる。

と、一人の紳士が女に近づいて来た。昨日の浜雄と同じように、四十代と見えるその男は立ちどまり、女の傍らに屈みこむと、寄ってくる鴨に餌を投げ与えた。女が素早く男の手に何かを渡し、男の手から何かが女の手に渡った。

昨日とちがったのは、二人がすぐに立ち上がり、男と女は子供を中にして手を引き、仲のよい親子づれのようにして帰って行ったことだった。惇一はしばらく三人の去って行ったほうを眺めていた。

薬局に帰ってから陶吉にそのことを報告すると、

「ふーむ、敵もなかなかやりおるわい。さりとて、感心ばかりしているわけにもいくまいて」

と、肩をすくめて見せた。惇一は、翌日も、またその翌日も、同じ時刻に、同じ池の端に出かけて行った。が、再び同じ女に会うことはなかった。が、ある時はその女の代りに中年の男が、あるいは二十代の男が、あの女のしたように、傍らに来た人間に何かを手渡すのを見た。次第に惇一は、その姿を見ることさえ恐ろしい心地になった。どうか再び院長が現われないようにと、祈る思いになった。

が、九月を間近に控えたある日、恐れていた浜雄が現われた。浜雄は例によって気のなさそうな歩き方でやって来た。惇一は鼓動の高鳴るのを覚えた。しかしその日、例の場所にはまだ誰も現われてはいなかった。浜雄はその場にちらりと視線を投げかけて、そのまま通り過ぎて行った。

（もしや場所を変えたのでは……）

そう思った時だった。あの時の女が浜雄の現われたほうから、男の子の手を引いてやって来た。女は辺《あた》りをちょっと見まわし、すぐに腰をおろして鴨に餌をやり始めた。最初の日と全く同じ情景だった。浜雄が、先程去った方向から戻って来た。浜雄もまた池の端に寄って腰をおろした。女が子供に餌をやる序《ついで》に、浜雄の手にも餌を渡した。女が故意にか否か足もとに何かを落した。浜雄はさりげなくそれを拾い、ポケットに入れた。そして子供と共に餌をやった。

と、その時、いつかのように二人づれの警官が小道を歩いて来た。警官の足が二人のうしろにとまった。ふとふり返った浜雄が、ぎくりとしたように立ち上がった。惇

一は思わず、

「まずい！」

と呟いた。警官が浜雄に何か言った。浜雄が首を横にふった。何と訊かれ、何と答えているのか、惇一からはわからない。惇一は思わず息を詰めた。警官がまた浜雄に何か言った。すると思いがけないことが起きた。ピンクの派手なワンピースを着た那千子が小道を駆けて来たのだ。那千子は浜雄に駆け寄ると、子供づれの女に向って指をさし、身をもむようにして何か言った。浜雄が首を横にふった。二人の警官が顔を見合わせて笑い、浜雄の背をぽんと叩いて離れて行った。那千子は地団駄を踏むように、浜雄と女にしきりに何か言いつのった。惇一は警官の去ったことで、ひと先ず安《あん》堵《ど》の息をついた。池の水に青い空と白い雲が映っていた。


「日曜日の朝ご飯とかけて何と解く？」

味噌汁をすすっていた陶吉が、テーブルの上に椀を置いて、誰へともなく言った。この二、三日、朝夕めっきりと涼しくなったが、今日は意外に暖い。谷野井家の食堂は、午前十時の今、陶吉、惇一、そして珍らしく院長の浜雄那千子夫婦が顔を揃えていた。余里子がキッチンのほうで大きな声で言った。

「え!? 日曜日の朝ご飯とかけて何と解くですって？」

「そうじゃ」

相変らず陶吉の声は明るい。那千子はつまらなそうに陶吉の顔を見た。浜雄が、

「気のすすまぬ見合……はどうかな」

と、にやにやした。

「その心は？」

陶吉が尋ねた。

「仕方なしに席につく」

「うん、ま、浜雄としてはいい出来だ」

余里子がハムエッグを運んで来て、

「せめて九時に起きてくれるといいんだけどねえ。ここの家の日曜日ときたら、朝寝坊ごっこなんだから」

「景子と初美はまだ寝てるのか」

「あの二人は暁方に寝たんじゃないですか」

浜雄の言葉に、那千子は人ごとのように言い、ハムを口に運んだ。惇一は何となく陶吉のあの日の言葉を思い出した。もう一週間になる。式子の病院の見舞に行っての帰りだった。

「あの二人のうち、どちらかをもらいたい気持にならないかな」

と、陶吉は惇一に言ったのだった。それ以来今日まで、事あるごとにその言葉が胸に浮かぶのだ。

惇一としては、景子と初美のどちらが好きなタイプなのか、まだはっきりとしていない。胸の豊かな初美が、明るい声で話しかけてくると、悪い気はしない。心に安らぎに似た思いさえ湧く。初美と二人でいて飽きることはない。一見ズベ公ふうの、初美にすりよられてきて、女性に馴れない惇一は辟易《へきえき》したことがある。が、嫌悪を感じたというわけではない。

一方、景子に対してどんな気持を持っているかと言われれば、景子に対しては惇一は緊張を感ずる。初美に対するように安らぐというわけにはいかない。何かの小説に、「光った魂」という言葉があった。その光った魂を、惇一は景子に感ずる。滅多に巡り合うことのできない純粋な魂を、景子には感ずる。景子の視線が惇一には眩《まぶ》しい。景子と二人でいる時間が、ひどく貴重なものに思われる。

(妻として選ぶ時、どちらがよい女性なのだろう)

昨夜風呂の中で考えたことを、惇一は今もまたちらっと考えながら、まだ眠っているであろう二人の寝姿を思った。景子はいとおしく思われ、初美は悩ましく思われた。

「那千子、まだ寝てるんじゃないかって？　なぜ起こさないんだ」

浜雄が少し尖った声で言った。

「なぜ起こさないかですって？　起きるものなら起こしますよ」

那千子が妙にのろのろと答えた。こんな言葉遣いをする時も、那千子の機嫌があまりよくないことを、誰もが知っていた。那千子はグリーンのワンピースに、今日は金髪だった。那千子が金髪のかつらをかぶっている時は、一種の警戒警報だ。

「わたしを怒らせないで！」

というしるしだ。ところが不思議に、那千子が金髪のかつらをかぶると、いち早く浜雄がいらいらし始める。不機嫌に巻きこまれる。その二人の様子を陶吉は見て見ぬふりをしながら言った。

「浜雄、昨日店に来た客だがねえ。今年七十三だそうだ」

「はあ？　それで？」

浜雄は父親の陶吉には大体において従順だ。

「その男は、昭和の初めに水害に遭ってな、家もろとも、妻と子も流されてしまったそうだ」

「まあ！　かわいそうに」

余里子が相槌を打って、いつになく眉根を寄せた。

「その時子供は四つだったそうだ。女の子でね。妻君はまだ三十前。一時は自分も死のうと思ったそうだ」

「それはそうでしょうよ。ね、那千子さん」

余里子の言葉に那千子はうなずかなかった。

「しかしおやじさん、その男は再婚したわけだろう? 大した珍らしい話じゃないな」

「いや、話は終りまで聞くもんだ。確かに彼は再婚したよ。そしてまた女の子が生まれたよ。幸せな結婚だったそうだ。ところが、たった一人のその女の子は嫁入り直前に死んでしまった。そのあとを追うように、二度目の妻君も死んでしまった。二十年余の結婚生活も消えてしまったわけだ」

「それがどうしたというんですか、おやじさん」

浜雄は妻の那千子を鋭く一瞥《べつ》して言った。陶吉はいよいよ上機嫌で、

「さてそれからだ。わしは彼に、今はもう家族はないんだねと聞いた。ところがだよ、ところがだ。彼は言ったんだ。五つの娘がいます。三度目の妻は三十七で初婚だったとね」

「へえー、つまりその男は六十六、七で三十七の初婚の女をもらった。そして今、五つの娘がいるというわけか。そりゃおもしろい」

「おもしろいだろ。何十年前の家族構成と同じなわけだ。初めの結婚の家族状態と同

じなわけだ。男はいいよ、わしは希望が持てた」

陶吉は大きく口をあけて笑った。惇一はふっと、この間式子を見舞った時のことを思い出した。式子は惇一の顔を見るや否や、「惇ちゃん、わたし妊娠したの」と言ったのだ。驚く惇一に、「ほうら惇ちゃんも驚いた」と笑い、「女は六十六にもなると、子供は生めない。でもこの人なんかまだ父親になれるのよ」と、憎々しく言い、そして惇一の耳に、

「やりかねない人よ。この人は一時に女を二人抱いた人なんだから」

とささやいたのだ。そして、若い女に子供も生ませかねないと、面と向かって式子は陶吉に言ったのだった。

そんなことがあったばかりだから、今の陶吉の話は惇一には何となく聞き流すことのできない話だった。

「な、浜雄、男には夢があるぞ、夢が。しかし夢だけだ。六十過ぎた男が、子供を生んでくれるような女に、そうそうは巡り合えるわけではない」

陶吉は、不機嫌な那千子を前に、なぜそんな話をするのか、惇一には見当もつかなかった。と、那千子がゆっくりと首を上げて言った。

「大先生、大先生の子供なら、たいていの女は生みたいと思うんじゃない？」

惇一はどきっとした。思わぬ言葉に陶吉が驚くと思いのほか、くわえていたパイプ

を手に持って、

「おや、那千子さんもなかなか社交的になられた。さてはいいお友だちができましたな」

「ええ、おかげさまで。女ばかりですけど……でも、本当よ、大先生。誰でもおっしゃるわ。大先生って不思議な魅力の方ねって。向い合っているだけで……何かを感ずるそうよ」

浜雄はじろりと那千子を見、

「余里子さん、コーヒーおねがい」

と、妙に優しく言った。陶吉は、

「ああ、今日はいい日だ。ゴルフをやる連中が、ホール・イン・ワンをやったら、こんな心地だろうな。ところで院長、お前は小さい時から魚や小鳥が好きだったな」

巧みに話を外らした感じだった。

「はあ?」

浜雄が怪訝《けげん》な顔をした。キッチンでコーヒーを淹《い》れている余里子が言った。

「そうそう、浜雄さんったら、小さい時、いつも池の縁で遊んでいて、池にすべり落ちて、溺れそうになったことがあったじゃない」

「そう言えば、そんなことがあったな、浜雄」

「どなた、その時この人を助けたのは？」

那千子が咎《とが》めるような声で言った。まるで要らぬことをしたというような、そんな声だった。

「おふくろさ。おふくろは命の恩人だ」

浜雄は恩人という言葉に力を入れて言った。那千子は答えなかった。陶吉がにやにやして、

「お前に言っておくがな、浜雄。お前に池の縁は鬼門だぞ。命取りになるかも知れん」

浜雄ははっとしたように陶吉を見た。惇一はあわてて、余里子の運んで来たコーヒーに口をつけた。陶吉は、あの鴨に餌をやっている浜雄のことを言っているのだ。那千子が尋ねた。

「大先生、池の縁は命取りになるって、どういうこと？」

惇一は陶吉が何と答えるか、ひやひやした。ところが、陶吉はあっさりと言った。

「いや、浜雄が道庁の池の縁で鴨に餌をやっていた姿を、二度も見たと惇一君が言っていたんでね。なあ惇一君」

浜雄はこわばった表情で惇一を見た。意外な陶吉の言葉に惇一は仰天した。

「いや、あの……」

まさか陶吉に命ぜられて監視したとは言えない。

「惇一君!」

浜雄は気色ばんで、

「ぼくを道庁の池の端で見かけたって?」

「はあ、でも……」

「女の人と会っていたんでしょう」

黙っていた那千子が、ずばりと言った。

「いえ、それは……」

「やっぱり。女と会っていたんだわ」

那千子は立ち上がった。金髪が激しくゆれた。と、陶吉が声を上げて笑った。

「那千子さん、まあおちつきなさい。浜雄、惇一君が見かけたのじゃあない。惇一君に池の端で誰が来るか見張ってろと命じたのはわしだ」

「そしたら、この人が女と会っていたというわけね」

先ほどのゆっくりした語調はどこへやら、口早に那千子が言った。と、余里子が自分もコーヒーを飲みながら言った。

「わたしの料理じゃスパイスがきかないのか、時々やってくれるわね」

余里子はいつものように泰然としていた。惇一は陶吉の言葉に一応ほっとはした

が、妙に落ちつかなかった。余里子がつづけて、

「那千子さん、これは女の話なんかじゃないわよ。池の縁が問題なのよ。いつ大雨が降って、ずり落ちるかわからない。そうなったらお母さんに助けてもらうわけにはいかないのよ。大奥さんは病気だからね」

「ま、そういうことだな、那千子さん」

那千子がいきり立った。

「ごまかさないでくださいよ。子供じゃあるまいし、この大の男が池に溺れて死ぬもんですか。女ですよ、女」

浜雄は黙って立ち上がった。

「浜雄」

陶吉が呼びとめた。

「あのな、浜雄。世の中にはひどい人間もいるもんだ。そいつの言うことは、たとえ、東から日が昇る、西に日が沈むと言っても信じられんような人間がいるもんだ。気をつけろよ、浜雄」

妙にどすのきいた声だった。

惇一は、その夜予備校の帰り、友だちと久しぶりにビールを飲んでおそくなった。

飲むと言っても、小瓶の半分も飲めるわけではない。その友だちの西崎克郎と、よく席が隣りになる。最初は偶然だったが、今年で二浪だというその西崎が、惇一には妙に好ましく思われた。とぼけているのか、まじめなのかわからないが、いつも金がなかった。誰かが飯を食いに行こうと声をかける時、西崎は大声で「金のないのもついて行っていいか」と堂々と言う。みんなは何となく笑ってしまって、「いいとも」と西崎を仲間に加える。

惇一はそんな西崎を見ると、一度真似をしてみたいと思う。が、惇一はまちがってもそんなことを言う勇気はない。それはともかく、西崎がその場にいると、不思議に座が湧き立つ。西崎はよく本を読んでいて、時には小説も書いているらしかった。そして時々妙なことを言う。

「おい、あのおにねえちゃんがな、どういう風の吹きまわしか、口紅なんかつけてきた」

おにねえちゃんという言葉を初めて聞いた時、惇一はキョトンとした。それはどうやら西崎の造語であるらしく、「おにいちゃんのようなおねえちゃん」の意味らしかった。予備校にはこの呼名にふさわしい女の子が一人いたから、たちまちその子の綽名《あだな》になってしまった。日焼けした顔、ボーイッシュに短く刈り上げた髪、これ以上洗えないと思われるような、洗いざらしに似たジーパン、真っ黒いTシャツ、すり切れたズックのバッグ、踵《かかと》の低いスニーカー、それでいて目鼻立は悪くはない。とにかく「おにねえちゃん」という言葉がぴたりなのだ。

西崎はまた「おねにいちゃん」という言葉も造った。これは予備校にも大学にもごろごろいる。長髪の、赤いジャンパーを着、歩き方もなよなよとした色の青っちろい若者、つまり「おねえちゃんのようなおにいちゃん」だ。

今夜はその西崎に誘われて、聞いたことのなかった西崎の家庭のことなど聞いてきた。西崎は言っていた。

「お前、おやじさんがいないんだってな。でも顔は知ってんだろ。おれときたら、生まれた時にもう、おやじはおふくろを捨てて、どこかへずらかっていた」

いきなりそう言われて、打つ相槌の言葉もなかった。

「なあに、驚くことはねえよ。人類の救い主キリストにだって、本当の父親はなかった。母マリヤは聖霊により妊《みごも》れり、さ」

西崎は屈託なく笑った。西崎が女手一つで育ったことは知っていたが、生まれた時、既に父親がいなかったと知ったのは、今日が初めてであった。何となく似た環境ということもあって、親しみを感じていたのだが、今日の西崎のその言葉は、更に惇一の心をぐいと捉えた。

(一度、おれの部屋に呼んでやりたいな)

そんなことを思いながら、惇一は谷野井家に帰って来た。入る前に、いつもの癖で腕時計を見た。十一時ちょっと前だった。

(しまった、遅くなった)

惇一はふだん遅くても、九時をそう過ぎることはない。陶吉が、

「春青時代は生涯の友を探すためにある」

などと言って、時には遊ぶことを勧《すす》めるのだが、その言葉に甘えるわけにはいかない。それが今日は、何と十一時に近い帰宅となった。鍵は惇一も持っていて、誰も起こすこともないのだが、惇一は身の縮む思いだった。足音をしのばせて廊下を通り、エレベーターのボタンを押した。音もなく登るエレベーターは、いかにも夜の時間を感じさせるようで、惇一は息を詰めるようにして乗っていた。

自分の部屋のドアが開いた時、惇一ははっとした。部屋をまちがえたのかと思った。惇一のベッドの上に、グリーンのワンピースを着た女が横たわっていたのだ。あわてて、

「先礼しました」

と外へ出ようとした時、

「あら惇一さん、待っていたのよ、わたし」

と、那千子がゆっくりと身を起こした。

「あっ奥さん！」

惇一は、よくやくまちがいなくここが自分の部屋と知る余裕を持った。だが心臓の鼓動はまだ高鳴っていた。いまだかつて、自分のベッドの上に女性が横たわっているのを見たことがない。いや、男性だって寝たものはいない。惇一は当惑して、

「あの……ぼくに何か、ご用でしたか？」

「そう、用事があったのよ。わたしの用事って、惇一さん、何かわかるでしょ」

那千子はそう言い、

「ちょっと疲れたの。寝たままでいい？」

那千子は流し目で惇一を見た。そんな目を那千子が惇一に見せたのは初めてだった。惇一は後ずさる思いで、

「しかし、時間が遅いですから」

「わたしはかまわないのよ。あなただって、まだ寝る時間じゃないでしょ。いつも一時や二時まで勉強するんじゃない？」

那千子はベッドに横たわったまま、惇一を見上げた。惇一は、

「はあ、まあ、しかし……」

と、答にならぬ答をした。

（この人は一体いくつだろう）

電灯の下の那千子は、黒い髪をきれいにとかし、顔も化粧のあとがなかった。それが却《かえ》って初々しく見える。いつもの強いアイシャドーや、マスカラのくどい化粧ではない。景子と初美の母親なのだから、四十にはなっている筈だ。だが、自分のベッドの上に寝ている姿を人に見られたら、きっと誤解を受けるにちがいない。浜雄が見たら激怒するだろう。初美や景子が見たら、二度と口を利いてくれないかも知れない。

と言って、那千子から見た自分は、まだ一人前の男ではないのかも知れない。変に勘ぐっては、これまたもの笑いの種になる。

「あのう……やっぱり、ちょっとそこでは、ぼく、話しづらいんです」

「あら、どうして？　どうして寝てちゃ駄目なの？」

惇一はうつ向いた。そんな自分を那千子はおもしろがっているように思われた。

「惇一さんも、そばに来て横になったら？　何も遠慮することないわ」

那千子は起きようとしなかった。惇一は仕方なく自分の机の前に腰をおろした。

「あのう……お話って、何ですか？」

「あら、いやに切口上ね。じゃ聞くわ。惇一さん、あなた大先生の命令で、院長の行動を見張っていたんですって？　ほんとうなの？」

二、三日前の日曜の朝のことを那千子は言い出した。惇一は覚悟を決めた。あの食堂で、陶吉はいきなり、惇一を監視に立てたことを自らすっぱぬいたのだ。今更秘密にすることはないと思った。那千子は足を組み、両手を首の下に組んで、惇一をじっと見つめた。

「はい」

「ということは、大先生は院長が池の端に行くことを、前もってちゃんと知っていたわけね」

「さあ、それまではわかりません。当てずっぽうで、院長先生がそこに来られるかも知れないと思ったようです」

惇一は、式子を見舞った日の帰りのことを詳しく話した。浜雄が道庁の門に入るのを、偶然見かけたに過ぎないと、惇一は言った。

「そう。そこであんたがたが見たのはなあに？　女の人と会った院長でしょ？」

仰向けになっていた那千子は、横向きになってひじ枕をした。

「あのう……ぼくには、女の人というより……何と言っていいのかな、院長はそこで会うのは、女でも男でもよかったような気がします」

陶吉はあからさまには言わないが、式子の入院と思い合わせて、惇一にも大体の見当はついていた。が、なぜか陶吉は浜雄の行動を嫁の那千子には知らせてはいないのだ。おそらく陶吉としては、自分の妻がクスリに誘われ、そして今また、自分の息子が同じ道を行こうとしている、その事実を那千子には知られたくないのかもしれない。それとも、もっと深い考えがあって、那千子にはある時まで知らせずにおこうとしているのか。その辺のことは、惇一には全くわからなかった。夫がクスリに溺れていることさえ知らぬ妻を、陶吉はあるいは信用していないのかも知れない。何せこの家は奇妙な家なのだ。みんなが鍵のある部屋に住み、好きな時間に食事をし、好きな時に外出をする。とにかく見るからに、みんなの心がばらばらなのだ。ふつうの家庭ではあり得べからざることが、常に起きていた。

那千子が言った。

「女でも男でもいい？　それ、どういうこと？」

「ぼくが思うのに、女の人と会うのに池の端で二、三分なんて……本当に二、三分、お互いに鴨に餌をやって、大した話もしない。ぼくが見たのは、そんな姿です。二度とも。女の人とつきあうんなら、ホテルにでも行くんじゃないですか」

惇一はふっと、那千子がひどく愚かに見えた。と同時に、幼なく見えた。那千子には何も見えていないのだ。しかし軽蔑する気にはなれなかった。

「でも、そのホテルに行く前の段階ってあるわよ。少しずつ近づいて行く、そんな時期が恋愛にはあるわよ」

「あれは、恋愛なんかじゃありません」

惇一はやや大きな声で言った。

「じゃ何なの？　男が女に会う、それは一つしかないわ。忙しいあの人が、わざわざ病院を抜け出して……ほかに何が考えられて？」

惇一は黙った。事実を告げるつもりなら簡単だった。が、告げてよいものなら、とうに告げられている筈だった。陶吉が告げない以上、自分は沈黙を守るより仕方がない。

「相手は売人《ばいにん》です」

のどまで出かかった言葉を、惇一はのみこんだ。

「惇ちゃん、本当のことを言って。わたし、あの人の女性問題には馴れてるのよ。何を聞いても驚かないわ」

惇一は、「女性問題に馴れている」という言葉に違和感を感じた。違和感というより滑稽《こっけい》に思われた。馴れているのなら、放っておけばいいと思う。浜雄のあとを尾《つ》けて行き、人目も憚《はばか》らず、女を前に夫を詰《なじ》っていた姿を、惇一は思った。

「ね、惇ちゃん、大先生はどうしてあなたに監視など頼んだの？　大先生はきっと、もっとたくさんのことその女について知ってる筈よね」

「さあ、どうしてか、ぼくにはわかりません。大先生は只、あの池の端で本でも読んでいろって、言っただけですから」

そう言ってから、惇一は何となく陶吉の気持がわかるような気がした。那千子には何か信頼のおけない浅はかさがある。ヤクの問題は絶対に口外は許されないのだ。しかも病院の院長として、浜雄は社会の中にいるのだ。万一そのことが発覚したら、病院はどうなるか。那千子には実家がある。もし、ヤクのことがわかれば、那千子は思いあまって実家に相談するにちがいない。いや、実家だけならまだしも、あの友人、この友人と、見境もなく愚痴ってまわるかも知れない。学校時代の友人、カルチャー教室の友人と、那千子にはけっこう似たような軽薄な友人がいるのだ。那千子が惇一を追及すればするほど、惇一は那千子に心もとなさを感じた。

「そう。これだけ聞いても教えてくださらない。惇ちゃん、すっかり大先生に丸められているのね」

「丸められてなんかいません」

惇一は思わずきっぱりと言った。

「無理もないわ。大先生という人はね、あなたにまだ正体を見せていないのだわ」

「正体？　そんな言い方はやめてください。ぼくは大先生を尊敬しています」

「尊敬？　そうね、わたしも尊敬するわ。誰にでも優しくて、明るくて、見るからに頼母《たのも》しくて、誰でも頼りにしたくなる人よ。でも、それだけではないの」

那千子はさっとベッドから下りて立った。惇一ははっとした。那千子が自分に一歩近寄ったからだ。

「惇ちゃん、また来てもいい？」

那千子の目が妖《あや》しく光った。惇一はあわててうなずいた。

魔性

調剤室の前のソファに坐って、陶吉は三十分も前から、女客の話を聞いていた。客は七十過ぎと見えた。土曜日の午後は、たいていこの手の客が多いのだ。客は始め、

「腰が痛くてたまらない、婦人科が悪いのだろうか。それとも腸が悪いのだろうか」

と、低い声でぶつぶつ言っていた。陶吉は、

「そりゃああんた、医者に聞く話だよ。わしら薬剤師に診断の資格はないんだ。答え方如何では医師法違反になるんでね」

と、それでもうなずきうなずき聞いている。その客は、

「医者はもう五軒も歩きましたよ。友だちがね、ここの薬局の先生と話をしていたら、たいていの病気が治るよって言っていましたんでね」

と、少しも動じない。調剤室から出て来た比田原テル子が惇一を見て、にやりと笑った。注文の品を紙袋に入れていた惇一とテル子の視線が合った。

今まで腰痛の話をしていた客が、不意に話題を変えた。

「先生、先生に奥さんがおられるんですか」

「いや、いないよ」

「あら独りもんですか」

客は手を打ってうれしそうに笑った。

「ああ独りもんだよ。十年前に女房は逃げた。男をつくってね」

「まあ!!　ほんとですか」

テル子と惇一の目がまた合った。惇一は、ちらりと入院中の式子を思った。この間、式子から電話がきた。ちょうど受話器を取った惇一に、

「雪が降らない前に帰りたいわ。惇ちゃん迎えに来てよ」

と、哀れな声で言っていた。

「それで、先生の奥さん、無事でいなさるのかねえ」

「ああ、元気らしいよ。もっとも一緒に逃げた男をとうに捨てて、今三人目の男と暮らしているらしいよ」

「へー、ひとりでおさまらんもんかしらねえ、そういう人は」

客の声が深刻になったところで、テル子が言った。

「お客さん、この先生のおっしゃることは、本気にしちゃいけませんよ」

「あら、どうして?」

「先生は冗談が好きなんですよ。きれいな奥さまが、ちゃんといらっしゃるのよ」

「まあひどい！　先生って……」

客は声を上げて笑った。そこまで聞いて、惇一は配達の品を持って外に出た。澄んだ高い秋空が真上にあった。道路一つ隔てた向いの植物園の大きなポプラが、さやさやと風に鳴って白い葉裏を見せていた。

惇一の目にふっと那千子の姿が浮かんだ。幾日か前、自分のベッドの上に寝ていた那千子の姿だった。女とは何と魔性のものだろう。あの日まで、惇一にとって那千子は、単に初美と景子の母親に過ぎなかった。四十過ぎの女は、遠い世界のものでしかなかった。それが、あの夜から那千子は一人の女に変った。ベッドの上で、あの足を組んだ大胆なポーズと言い、不意にベッドから下りて、近々と惇一の前に立ち、惇一に見せたあの妖しいまなざしと言い、それはまさしく女そのものだった。中学三年の景子などは、足もとに及ばぬ女に見えた。

（恐ろしいものだ、女という奴は）

そう思う自分が異常なのかと惇一は思う。友人の西崎克郎にでも聞いてみたい思いだった。

那千子は昨日突然旅に出た。京都の寺々を訪ねてみたいと言うのだ。誰も反対する者はなかった。只余里子だけが、

「行くとしても三泊が限度よ」

と、きっぱりと言った。

「いつ帰るか、わからないわよ、そんなこと言ったって」

「わからないじゃ、すまないわ。あなたは主婦なのよ」

「あら、わたしが主婦？　あらいやだ。余里子さんが主婦かと思っていた」

那千子はそう言って出て行った。その時のことも惇一には気にかかる。

「余里子さんが主婦かと思った」と言った時の、余里子と那千子の間に一瞬火花が散ったのを感じた。ほんの一瞬だったが、はっとするような何かがあった。あれは何だろうと惇一は思う。何もかも、ため息の出てくるような思いに襲われる。が、それでも今日は惇一には楽しみがあった。土曜日で景子も初美も、早目に学校から帰るからだ。惇一自身は予備校だから、普通の学校に行くように、毎日一日も欠かさずに行くということはなかった。

初美と景子の顔を思い浮かべると、帰りの足は早くなった。先程の腰痛の客はまだいるかと思ったが、店にはもう客の姿はなかった。陶吉とテル子が向い合って何か話し合っていた。

「ああ、お帰り」

陶吉が惇一を見ずに言った。テル子がふり返って「ご苦労さま」と言ったが、

「というわけでね」

惇一にはかまわずに、テル子は話をつづけた。

「うん」

「お見合してみようかなと、思うようになったの」

「ふーん、そりゃ結構な話じゃないか。惇一君。ま、ここに来なよ」

陶吉が手招きした。惇一はためらった。

「かまわないわよ」

テル子が再びふり返った。もう客はほとんど来ない筈だ。自分の部屋に戻ったほうが、この場合いいような気がした。が、初美や景子が帰宅した時、話し合う場所はたいていこの店の中だから、店から離れたくない思いもある。

「大先生、これが見合の相手よ」

テル子は茶色のバッグから写真を取り出した。

「惇ちゃんも見てよ」

惇一は仕方なくテル子の傍に坐った。

テーブルの上におかれた写真を、陶吉は受取って眺めた。陶吉の口の辺りに、かすかな笑みが浮かんだ。

「どう？　大先生、この人、わたしに」

「君次第さ。君の見合の相手だもの」

珍らしく突っぱねるように言って、

「惇一君、君の感想はどうかな」

と、写真を惇一に手渡した。自分では感想を述べずに、人には感想を述べよと言うのかと思ったが、惇一は渡された写真をまじまじと見た。免許用の写真のような、半身を写したその写真はひどく律義に見えた。まちがっても勤め先を遅刻したり、怠けて休んだりすることなどなさそうな顔だった。

「まじめそうな人ですね」

惇一が控え目な語調で言うと、陶吉は、

「まじめそうか。いや、なるほど」

と、声を上げて笑った。が、どうやら陶吉の胸の中では、別の評価がなされているような笑い声だった。

「あら、まじめがそんなにおかしいの、大先生？」

テル子が惇一の手から写真を取り戻して、自分でも改めて見つめた。

「いや、まじめはいいよ。しかしさ、テル子嬢とまじめは、取り合わせが悪いんじゃないの？」

「取り合わせ？」

「さよう。食べ合わせというべきかな。君、腸カタルを起こすんじゃないかな」

陶吉はにやにやした。

「まあ！　それ、ほめてるの、けなしてるの」

テル子の声が妙になれなれしく思われた。惇一は、おやと思った。もっともテル子は、時々陶吉に自分が雇主のような言葉遣いをすることがある。親しさのなせる業だとは思うが、惇一にはなじめない。陶吉が答えた。

「もちろんほめてますよ。テル子嬢のようなチャーミングなお嬢さんは、そうだなあ、三船敏郎のような、あるいは三国連太郎のような、あんな深いかげりを持った感じの男のほうが似合いますよ。その写真の青年もわるくはないが、生まじめ過ぎて、そりゃ小学校の一年生だよ」

再び陶吉が笑った。惇一は笑ってよいのか悪いのか戸惑ったが、言われてみれば、陶吉の言葉は確かに言い得て妙であった。テル子も笑って、

「大先生、毎日一緒に住む相手には、こんな男がいいような気がするわ。三船敏郎や三国連太郎じゃ、女にもてすぎて、こっちの神経が参っちゃうわよ」

と立ち上がり、

「ご意見聞かせて下さってありがとう。じゃ、明日精々おめかしして小学一年生とお見合してみるわ」

陶吉はパイプにタバコを詰めながら、低い声で何か言った。テル子はその陶吉を見ずに、

「じゃ失礼します」

と、さっさと店を出て行った。陶吉は、

「見合か」

と呟いて、

「ま、それもよかろう。どうせ結婚なんて、ひと苦労も、ふた苦労もするものさ」

「比田原先生が、もし結婚したら、新らしい薬剤師先生を必要としますね」

「うん、もし結婚したらな」

陶吉は何か考える目になって、

「婆さん、病院で何をやってるかな、このいい天気の日に。さて、わしも散歩にでも出かけるか」

と、腰を上げた。

陶吉が出かけて行って、十分も経った頃、景子と初美がほとんど同時に帰って来た。

「あら、グランドパアは？」

店に入るや否や、二人共同じことを言った。惇一はちょっと淋しい気がした。二人が学校から帰って真っ先に店に顔を出すのは、自分がいるからではないかと、時折うぬぼれることがあった。が、今日の二人を見ていると、陶吉の顔が見たくて店に顔を出したように思われた。そんな自分に気づいて、惇一は苦笑した。

「大先生は、どこかに出て行きましたよ」

初美と景子は手を打って、

「よかった！　鬼のいない間に命の洗濯」

と、何がおかしいのか、くすくす笑った。

「ねえ、今日は絶好よね。グランドパアもいない、グランドマアもいない。その上キャンキャンマアも京都に行っていない。パパだってきっと、ゴルフかどこかよ」

はしゃぐ初美に景子が言った。

「パパはこの頃、いやに外に出かけるわね。何だか浮き浮きしているわ」

「そうみたいね」

「時には落ちついて何か勉強したらいいのにね」

「とにもかくにも、わが家は今のところ平穏無事というわけね」

「ま、そういうこと」

「そこでこの貴重な午後を、どうして使おうかということね」

景子が惇一を見て、

「グランドパアがいないと、店を閉じても、惇一さん、外に出づらいんでしょう？」

「まあね」

「じゃ、やっぱり、食堂でケーキと紅茶のパーティーね」

余里子が夕食の支度をするには、まだ少し時間がある。余里子と四人の楽しいひと時は、既に幾度か持っていた。店のシャッターをおろして、惇一が食堂に入った時、初美は白いセーター、景子はクリーム色のセーターを着て、もう席についていた。

「今頃ママどこに行っててんのかな。ママに京都のお寺を巡る趣味があるなんて、思ってもみなかったわ」

初美は紅茶を四つ、キッチンで淹《い》れて持って来た。こんな時、初美は意外と腰が軽いのだ。景子が冷蔵庫のチーズケーキを既に用意していた。余里子が、

「あんたがたのお母さんて、おそろしく誤解を招くタイプなのよね。本当はけっこうしっとりとした一面もある筈なのに……」

と、紅茶を口にした。

「へえー、景子、そんなこと信じられる？　今日は金髪、明日は栗色、そして明後日は黒髪などと、髪の毛だけでも何通りにも変る。落ちつきないったらありゃしない。ね、景子」

「うん、けど落ちつきないのはパパも同じ。グランドパアだって同じじゃない？　余里子さんだけよ、どっしり落ちついているのは。ね、惇一さん」

惇一さんと呼んだ声に親しみがあった。惇一はどきりとして、

「は、皆さん、落ちついて……」

言った途端に初美の声が飛んだ。

「嫌いっ！　そんな出たらめ言う人。何が皆さんよ。わけてもわたしを見てよ。わたしも皆さんの一人よ。どこが落ちついていて？」

「いや、あの、ぼくより落ちついています。景子さんだって落ちついてるし、大先生だってびくともしない。ある意味では若奥さんだって……」

言いながら惇一は本当だと思った。この家では自分だけがきょときょとして生きている。他人の家庭に住みこむということは、自分の家に生活するのとは全くちがう。根無し草のような部分があるのではないかと惇一は思った。

「惇ちゃんの今言ったこと、わたしにはよくわかるな。惇ちゃんは本当のこと言ってるのね。ものの感じ方って、その人の置かれた場所で、それぞれちがうのよ」

と余里子が言い、

「ほら、川端康成の『山の音』を読んだ？　あの小説の中で、家族がいつも同じ場所で食事をするのよね。ところがある日、坐る場所がちがったら、自分がいつもの場所

で見る光景とはちがう庭の木を見るのよ。只それだけのことだけど、妙に心に残っているの。置かれた立場々々で、かなり影響されているのよ。惇ちゃんは、第三者の目で、一番公平に見てるかも知れないわ」

あたたかい人だと、惇一は改めて余里子に感謝した。黙ってケーキを食べていた景子が言った。

「話は変るけどさあ、宿題出されたんだ」

「宿題？」

初美は大げさに眉根を寄せて、

「男の子と仲よくする法とか、親をだまして小遣いをせびる法、なんていう宿題なら、わたしの得意とするところだけどね」

惇一は、初美には祖父の陶吉に似たところがあると思った。

「そんなんじゃないわよ。マジなんだ、『学ぶとは何か』という作文を書いていくの」

「ふーん、学ぶとは何か？　それは学校に行くことじゃないの。学校という字には学ぶという字がついてるじゃない」

初美は簡単に言ってのけた。余里子が、

「学ぶとは何かなんて、おもしろそうじゃないの」

と身を乗り出した。

「おもしろそう？　ほんと？　うわあよかった。じゃ教えて。何て書けばいいの」

景子がにこっと笑った。その笑顔を余里子に向け、惇一に向けた。惇一はまたどきりとした。初美の視線を受けても眩《まぶ》しいとは思わないが、景子の視線を受けると、なぜか胸がときめくのだ。

（ぼくはやはり、景子のほうが好きなんだろうか）

そう思った途端に、またしても那千子のベッドの上の姿が目に浮かんだ。自分がひどく悪い人間に思われた。

「何と書けばいいって？　それは景子ちゃんが考えなくちゃあ。只ね、書くのに参考になる話を、みんなでしたら？」

「わかった。こういう時、余里子さんが一番頼りになるんだから」

景子の言葉に初美が大きく目を剝《む》いて、

「あら言ったわね。この姉上だって、学ぶことはまねぶことじゃ、ぐらいは言えるのよ」

「なあに？　その学ぶことはまねぶことって」

「読んで字のごとし、学ぶことは、真似をすることがそもそもの始め、っていうことよ」

「うーん、ほんと、お姉さん？」

「ほんとよね、余里子さん」

「そうね。よく言うわ。あのね、誰だったかしら、こんなことを書いていたのを、うっすらと覚えてるわ。夏目漱石と……知ってる夏目漱石って、小説家よ」

「知ってるわよ、そのぐらいのこと。教科書に出てくるもん。ねえ、景子」

「初美ちゃん、威張れないわよ。教科書に出てこなければ知らない名前じゃないの。今の子ったら、ほんとに小説読まなくなったんだから。ま、それはそれとして、夏目漱石先生が、その弟子たちと一緒に生鮨《なまずし》を食べたんですって。そしたらね、漱石がトロを食べるとみんなもトロを食べる。白身を食べるとみんなが白身を食べている、というのね。これが学ぶの、最も基本的なことだと、わたし思うわ」

「へえー、じゃ、そのお弟子さんたち、よっぽど没個性的だったのね。鮨ぐらい自分の好きなの食べたらいいじゃない。ね、景子」

　惇一は、漱石の弟子たちが、何《いず》れも名のある錚々《そうそう》たる文学者であることを知っている。その人たちが漱石と鮨を食べて、漱石の食べる物にいつの間にか箸《はし》が動いていたという事実に感動した。それだけ傾倒できるものを漱石に抱いていたということ、そのことに惇一は心打たれた。自分が学ぼうとする師の陰口を言い、いささかの尊敬の念を払わず、ということでは学ぶことはできないのだ。

「いや、何となくわかるわ、わたしだって」

景子も同感したようであった。

「わかる？　この位先生を尊敬できたら、学ぶということが大方できてるようなものよね」

「そうかなあ？　それは単なる右ならえよ。おかしいわよ」

初美は赤い口を尖《とが》らせた。惇一は、

「初美ちゃんのいうことも、むろんぼくはわかるよ。確かにさ、犬養道子だったかな、小学生の時に、学ぶことは疑うことだと、父親に聞かされたと、何かに書いてあったよ」

「そう。それも大事よね。感心して聞き入ることも大事だし、それはほんとかなと疑ってみることも大事だし……もっと大事なのは、何を学ぶかということでしょ。くだらないことを学んでいたって仕方がないもの。ね、景子ちゃん」

「なるほどねえ。やっぱり余里子さんはいいことを言う。でも何を学んだらいいのかなあ、惇一さん」

景子の生き生きとした目が惇一に注がれた。

「そうだねえ。いかに生きるかってことじゃないかな。知識ばかり詰めこむのは、どこかまちがっているような気がするし……」

余里子がうなずいて、

「そうそう、そこに気がついてくれるといいのよ。わたしたちの少女時代から、知育偏重主義はいけないと、よく聞いたもの。人間にとって一番大事なのは、真に人間になるってことでしょ」

余里子が言った時だった。勢のよい足音がして、思いがけず院長の浜雄が入って来た。赤いスポーツウエアを着た浜雄が、

「何々？　人間になること？　みんな人間じゃないか、お互い」

と、天井を見て笑った。惇一はおやと思った。ここしばらく浜雄と顔を合わせる機会がなかった。時々会っていた朝の食堂でも、浜雄の姿はなかった。昼は惇一は予備校に行くことが多いし、夕刻には病院を終えた浜雄が、いち早くどこかに出かけて行った。以前のように、薬局に折々顔を出すということもなかった。浜雄の頰が少し瘦せたように思われた。肌が変にざらついているようだった。胃でも悪いのかと思った。が、目には活力があった。

景子が言った。

「あのね、パパ。景子ね、『学ぶとは何か』という題で、作文の宿題出されたの。それで今、人間になることを学ぶべきだって、話が出たのよ」

「なるほど、何を学ぶべきかか。つまりいかに生きるべきかを学ぶということか。余里子さんらしい答だよ。大体余里子さんっていう人は、台所でスープを煮ながら、飯

を炊きながら、いかに生きるべきか、いかに生きるべきかといつも考えている人だよ。まるで修道女だよ。そうだ、余里子さんには修道服が似合う。そう思わないか、みんな」

惇一は不審に思った。ひどく機嫌がいいのだ。どちらかと言えば無愛想な浜雄が、今日は多弁なのだ。初美が、一口残っていた紅茶をすすってから、ちょっと小馬鹿にした顔で、

「パパ、ママがいないとご機嫌なのね」

「ああそうだよ。ママのいない世界は、パパにとって天国だ。しかし聞くがねえ、誰があの女と一緒にいて幸福な気分になれるかねえ。あいつと一緒にいると、次に出てくる言葉が一体何なのか、見当もつかないんだ。機嫌は一日のうちに十回は変る。今泣いていたと思ったら、笑い出す。優しい声を出していたと思ったら、怒り出す。神よどうか、彼女があと一年は戻って来ないように。この祈りをサタンの名によって祈りますだ」

思わずみんなが笑った。が、余里子だけがすぐ真顔になって、じっと浜雄を見つめた。

「ああ信仰篤《あつ》きパパよ、神よ憐れみ給え」

初美が両手を合わせて祈る真似をした。それにはかまわず浜雄は言った。

「しかしおもしろいもんだなあ。医者になるのには医者の学校に行く。学校の教師になるのには教育大学に行ったり、教職課程を取ったりする。だが人間になるための学校というのを聞いたことがない。おぎゃあと生まれてきた時に、人間になるための大学に行ってきたなどという赤ん坊はいない。なあ初美、おかしいとは思わんか」

「何もおかしくないわ。ねえ余里子さん、学校なんて人間になるためには、どれほども役に立たないわけでしょ。何十年学校に通ったって、ほんとうの人間にはなれやしないのよ。そうか、人間になるってほんとにむずかしいんだ」

　初美はひとりで合点し、ひとりでうなずいた。余里子は立ってキッチンに行き、水の入ったコップを運んできて浜雄の前に置き、

「院長、人間という動物は、どんな人間になろうかなんて努力するより、簡単に自分を壊してしまう動物なのよ。酒を飲んでアル中になったり、麻薬や覚醒剤で体をぼろぼろにしたり……毎日のように覚醒剤の記事が、新聞を賑わしているじゃない？　覚醒剤って恐ろしいのよ」

　そう言って余里子はみんなを順々に見た。

「そうかねえ、そんなに恐ろしいかねえ」

　浜雄は軽く指でテーブルを弾《はじ》きながら、そ知らぬ顔で言った。惇一はその時の余里子の顔と浜雄の表情に、思わずあっと声を上げるところだった。

（もしや……）

浜雄の行動が不審であったことは、あの道庁の池の端の一件で知っていた。クスリを使っているらしいことに気づいたのもその時だった。だが、惇一から見れば浜雄は医者である。しかも、浜雄には薬剤師の陶吉がついている。事は穏便のうちに終りを告げたと思っていた。が、どうやら、浜雄が覚醒剤をつづけているらしい。今、病院に入っている式子も、覚醒剤で入っているのだ。覚醒剤の作用は人によってちがうと聞いていた。式子にはまだ人に危害を加えるほどの事態は起きてはいなかった。だが浜雄にはどんな幻覚が起きているのか。人が賊に見えたり、怪物に見えたりすることがあるときく。自分が人に襲われる被害妄想も生じたりするという。浜雄は外科医なのだ。メスを持って万一人を殺《あや》めたとしたら……惇一は思っただけでも身の毛がよだった。初美と景子の、この屈託のない笑顔が、いつ突如として失われてしまうか、わからないのだ。惇一は、不安な思いで浜雄を見つめずにはいられなかった。

奇妙なほどに多弁な今日の浜雄に、惇一は心が重かった。一体、医師である浜雄は覚醒剤を何と思っているのか。少なくともまともであれば、「そんなに恐ろしいかねえ」などとは言わぬ筈だ。「ああ、あれは恐ろしいよ。暴力団や、一般の人たちにまで広がっているということだが、困ったものだ」ぐらいの返事があって然るべきなのだ。

（大先生も大先生だ）

浜雄がしきりにジャズ音楽のよし悪しを語っているのを聞き流しながら、惇一は改めて谷野井陶吉に不審の念を抱いた。薬害の恐ろしさを誰よりも知っている筈の薬剤師の陶吉である。その妻がクスリで精神病院に入院したり、そのまた息子が覚醒剤を使っているらしいことに、陶吉は一体何と思っているのか。なぜ厳然とした態度で臨まないのか。それが解《げ》せないのだ。

陶吉は今日も、散歩に行くと言って出かけて行った。土曜日の夕方というと、陶吉は散歩に出かけるのだ。そしてその帰ってくる時間は、夜であったり、あるいは翌朝であるらしいことも、惇一はうすうす感じていた。

「何を考えているんだい、惇一君？　疲れているんじゃないのかい？」

浜雄が言った。

「いえ、あの……」

よほど、「院長のことが心配なんです」と言ってやりたい思いをのみこんで、惇一は言葉を濁した。浜雄は別段惇一の答を聞こうともせず、

「とにかくなあ、彼は当代きってのジャズ・シンガーだ。ああ、おれもせめて正月には、ハワイまで行ってくるかな」

と言って、いきなり立ち上がり、風のように部屋を出て行った。その浜雄を今まで
じっと見ていた余里子が、太い吐息を洩らした。

初美が言った。

「どうなってるんだろう、うちのおやじは」

「蛙の子は蛙か」

余里子が言った。景子が首をかしげて、

「蛙の子は蛙？」

と余里子を見、惇一を見た。

「そう」

余里子が大きくうなずいた。

「一体何のこと？」

「つまりそういうこと」

余里子が再び断定的に答えた。

「何が何だか、さっぱりわかんない」

「さ、わたしは夕飯の仕度よ」

余里子がテーブルを離れると、

「じゃ、わたしは受験勉強といこうか」

と、初美が腰を浮かした。が、

「一体、何のために勉強するのかしら」

と、また腰をおろした。

「あら、さっき話し合ったじゃない？　人間になるためだって」

景子が言うと、

「あ、そうそう、そうだったわね。でも人間になるためだったら、何だかもうちょっと遊んだほうがよさそうな気もするわ」

と笑いながら、それでもコーヒーカップをキッチンに運んで、自分の部屋に引き上げて行った。

残された惇一と景子は、何となく顔を見合わせた。

「景子ちゃんも勉強があるんだろ」

もっと二人でいたい思いを押し隠して、惇一は言った。

「うん、あることはあるけど……わたし、本当はちょっと数学を教えて欲しいの。惇一さん時間ある？」

初美は高校三年、景子は中学三年、惇一は予備校生だ。三人が三人共、来春に受験を控えているのだ。

「ぼく？　ぼくはいいよ」

「あらほんと？　じゃ、わたしの部屋に来てくれる？」

キッチンで何か刻んでいた余里子が言った。

「よかったじゃないの、景子ちゃん。惇ちゃん、景子ちゃんね、前々からあなたに数学教えて欲しいって、言ってたのよ」

「はあ？」

惇一は間の抜けた答をし、景子は小さな舌をちらりと出した。惇一の胸はときめいた。景子の部屋に行くというだけで、惇一は興奮した。初美の部屋には、五分程入ったことがあるが、景子の部屋は初めてなのだ。

エレベーターの中で、二人はほとんど口をきかなかった。景子の部屋は、惇一と同じく三階にあった。一番出口の近くに惇一の部屋があり、次が余里子、次が初美、そして一番奥が景子の部屋であった。

景子の部屋に一歩入って、惇一は思わず微笑した。狭い靴脱ぎがあって、その向うに薄紫のカーテンが下りていた。その薄紫のカーテンだけは、二、三度見たことがあるが、その奥がどうなっているかわからなかった。カーテンをあけて中に入ると、思いがけなく、中は畳敷であった。窓際に文机があり、赤い可愛い座布団がおかれてあった。その外は少女らしい飾りもなにもなく、クリーム色の壁に、「克己」の二字が書かれた色紙が掲げられてあった。何となく、惇一の気持が楽になった。

「景子ちゃんらしい部屋だなあ」

畳の上にどっかとあぐらをかいて、惇一はもう一度部屋を見まわした。

「男の子の部屋みたいでしょ」

「いや、男の子なんてのは……女の子の写真をべたべた壁に貼ったりしてさ……」

「惇一さんの部屋もそう?」

「ううん、ぼくはそれだけの勇気はない。女の子になんか、見向きもしないというような部屋だよ」

もう半年にもなるのに、お互いの部屋に入ることはなかったのだ。

「そう。今度見に行く。いいでしょう?」

景子は、自分の赤い座布団を惇一の前に押しやって、こだわりのない表情を見せた。

「ああいいよ。この部屋みたいにきれいじゃないけど。床に本がちらかっていたりして」

「そんなの好き。男の子の部屋が、妙にきちんと片づいていたりするの嫌い。惇一さんなら、女の子の部屋が、こんなに殺風景なの嫌いでしょ」

「いや、新鮮だよ」

「新鮮か。なるほどそんな言い方もあるんだな」

男の子のような言い方をして、景子は膝小僧を抱いた。

「さて、数学の勉強をしようか」

惇一が改まった顔をした。景子が不意に笑った。

「どうしたの、何がおかしいの？」

惇一はちょっとうろたえた。

「だって惇一さんったら、全然わかっていないんだもん」

「わかっていない？」

景子の顔はもう笑っていなかった。

「そうよ。女の子が男の子に、勉強教えてっていうのは、たいていは口実よ。そんなことも知らないの」

そう言われれば、知らないというのもまことに頓馬《とんま》に思われた。

「惇一さんって、東京育ちなのに、意外と何も知っていないのね。あのね惇一さん、ノートを貸してとか、勉強教えてとか、本を貸してとかいうのは、お近づきになりたいわ、ということなのよ。お話ししたいということなのよ。仲よくしたいわということなのよ」

「あ、そうか、それは知らなかったなあ」

惇一が頭を掻いて、

「ぼく、君とはとうに仲よしのつもりだったんだが……」

「仲よし？　うそよ、惇一さんの仲よしはお姉ちゃんじゃないの。お姉ちゃんとは喫茶店に行ったり、いろいろ話し合ったり。ね、そうでしょ？」

「だからって景子ちゃん、必らずしもぼくと初美ちゃんが仲よしとは限らないよ。ぼくは、景子ちゃんと話したくても、ここに来た早々、怒鳴られたじゃないか。ぼく、もうびっくりして……」

「ああ、そう言えばそうだったわね」

間の悪そうに景子は笑った。が、すぐに顔を引きしめて、

「惇一さん、わたしね、女きょうだいだけでしょ。お兄さんが欲しかったの。惇一さんがうちに来てくれて、ほんとうにうれしいの」

「ほんとう？」

「ほんとうよ。だけど、わたし、あの頃ちょっと突っ張っていたでしょ。ちょうど時期が悪かったのよ。でもね、ほんとうの話、まじめにわたしの話聞いてくれる？　お兄ちゃんが欲しかったこと。お兄ちゃんになってくれる？　惇一さん」

惇一と景子は五つちがいだ。景子の言葉はやや幼なく思われたが、惇一にもよくわかった。

「わたしがなぜ突っ張っていたか、大体見当がついたでしょう」

「さあ……」

まさか、すぐうなずくわけにはいかない。

「ほんと？　ほんとにわからない？」

景子の目がひたすらな色を見せた。惇一はそのまなざしに答えねばならなかった。

「いや、全然わからないわけじゃないけど、でも詳しいことは……」

「そうね、詳しいことは、まだわからないかも知れないわね。でも惇一さん、わたしまだ十五よ。中学三年生よ。自分の人生に大きな夢を描く時よ」

抱いていた膝小僧を正座に変えて、

「ね、そうでしょ？」

と、景子は惇一を見た。惇一は大きくうなずいた。

「それなのにね、わたしこの家の誰を信じたらいいのか、わからなくなったのよ。惇一さん、わたしの父を尊敬できる？」

景子は惇一をひたと見つめた。惇一は、北海道庁の池の端に見たあの浜雄の、不審な行動を思い浮かべた。

「わたしの母を信じられる？　毎日髪の色を変えるような、そんな母にわたし育てられてきたのよ。髪の色が変る度に、母が変って見えたわ。そんな母を信じられる？」

惇一のベッドの上に、大胆なポーズで横たわっていた那千子の姿が目に浮かんだ。

思わず惇一は吐息をついた。

「わたしの姉を信じられる？　家族の中では嫌いじゃないけど、姉を見ていたら、何か自分の胸を掻きまわされるような気がするのよ。人生の先輩とは言いかねるのよ。グランドマアを見てよ。時々クスリに手を出しては、家族中に不安を抱かせるなんて……。あんな祖母を持ってるお友だちなんて、いないと思うの。それにグランドパア、あの人は頼母《たのも》しく見えるけど、わたし、本能的に信用できないの。とても立派な人に見えることがあるけど、女には汚ないんだって。薬剤師のテル子さんとの噂も、わたし二、三度友だちから聞いたわ。それなのにあのグランドパア、とてつもなくいい人に見えることがあって、それでわたし、もしかしたら大悪人じゃないかと思うことがあるの。父がクスリを使っているらしいこと、姉も心配してるわ。グランドマアの例を知ってるもの。わたし、叫び出したくなるのよ。何もかも、この家のもの、打ち壊したくなるのよ。できたらこの家を目茶苦茶にしたくなるのよ。一からやり直すために」

「なるほど、よくわかったよ、景子ちゃん。君が大変な家に生まれたってこと、よくわかったよ。君がゲバったとしても、それは当然だよ。ぼくだってこの家に育ったら、とうに飛び出しているかも知れないね」

景子の目に涙が光った。何となく、部屋を飾ろうともしない景子の気持が、沁み通ってくるようであった。

「わかってくれて、うれしいわ。こんなこと、学校の友だちには言えないし、先生になんかも言えないわ。一人の先生に洩らしたら、たちまち全部の先生に伝わってしまうようで……わたし、人間なんて信じられないの」

人間は信じられないという景子が、今自分に正直に打ち明け話をしてくれることに、惇一は重いものを感じた。

「でもね、景子ちゃん。余里子さんは信じられるだろう」

景子はうなずいて、

「あの人がいるから、わたし、まだこの家にいられるような気がするの。あの人も、隠していることがたくさんあると思うの。でも、口から出す言葉がうそでないと思うから……」

「景子ちゃん、一人だけでもいいよ。信じられる人がいれば」

「…………」

「突きつめて考えると、家族の誰をも信じられないで生きている人間って、意外と多いかも知れないよ。お互いを裏切って生きている、そんな夫婦や親子が、案外多いんじゃないのかな」

「そう言えばそうかもね」

「それから考えると、ぼくの家なんか、母と弟の三人で、ふた間暮らしだったけど、信じられないということは、なかったもんなあ」

「惇一さん、それよ、それが欲しいのよ、わたし。家族の誰もが、お互いがお互いを信じられる、これ以上の幸せって、ないんじゃない？」

惇一は再び黙ってうなずいた。この景子の信頼を、せめて自分だけでも裏切らずに生きたいと思った。

「景子ちゃん、ぼくのことは信じてくれるんだね」

「もちろん信じるわよ」

景子は明るく答えて、

「わたしのことも信じてくれる？」

と念を押した。

「むろんだよ」

答えてから、惇一はふっと不安になった。人間の社会には誤解ということがある。善意さえ裏切りと錯覚されることがある。

「ところで惇一さん、グランドパアから話を聞いた？」

「話？　話って？」

「惇一さんが、わたしか、姉か、どっちかを選んで、病院を継いでくれるっていう話」

その話を惇一も聞いてはいた。だが、そのまま景子に伝えてよいか、どうか。もし否定すれば、それが即ち裏切りということになるのだろうか。少し考えてから惇一が言った。

「ああ、大先生はいつも冗談を言うでしょう。だから、ぼくも冗談かと聞いていたけど……」

「それが冗談じゃないらしいの。惇一さん、どちらを選ぶかしらって、わたし、時々考えちゃうの」

「……ぼく、まだ、何も考えてやいませんよ」

惇一は重たい靴を穿《は》かされたような、妙な感じだった。

案の定、夕食の時間になっても、陶吉は帰って来なかった。もっともこの家の食事は、全員揃うなどということはないので、誰もそのことを気にかける者はいない。自分たちが夕食を取っている時に、家族の誰彼がどこかで何かをしていることに、無関心だということ自体、考えてみれば恐ろしいことなのかも知れぬと、惇一は思いながら、今目の前にいる景子と、初美と余里子を、見るともなく見ていたのだった。

「ママは三日ぐらいで帰るって言ってたけど……」

景子がポテトサラダを食べながら言った。

「あら、この牛肉、凄くおいしいわ。和風ステーキっていうの？」

初美は景子の言葉には答えず、肉の味をほめた。

「おや、わたしの料理をほめてくれるなんて、珍らしいじゃないの、初美ちゃん」

と、余里子は言い、

「景子ちゃん、ママは明日あたり帰るんじゃないの？」

と、優しい声になった。景子は黙ってうなずいた。

ちょうど惇一が食べ終った時だった。電話のベルが鳴った。電話の近くにいた初美が受話器を取った。

「もしもし谷野井です」

豊かな胸をそらせるように、初美が言った。

「もしもし、谷野井ですが。もしもし、もしもし……何よ、失礼な。無言電話なのよ、いやがらせかしら」

初美が舌打ちをして受話器を置いた。

「もしかして、パパの手術でも失敗したのかな。それでいやがらせかな、景子」

景子はちらっと初美を見て、

「この家には、いやがらせの電話をかけたい人が、いくらでもいるんじゃないの。手術の失敗だけじゃない筈よ」

「景子、言うじゃない」

笑った途端に、また電話のベルが鳴った。

「またいやがらせよ。いやがらせ電話って、つづくんだから」

初美は立とうとしなかった。電話は食卓から数歩離れた所にある。惇一が立ち上がって受話器を取った。

「もしもし、谷野井ですが」

言った途端、

「もしもし、惇ちゃん、この電話内緒よ。わたしの電話だって誰にも悟られないで」

思いがけず那千子の声だった。

「はあ」

「OK？　イエスかノーかだけで答えて」

「はあ」

「惇ちゃん、わたしね、今、札幌のPホテルのロビーにいるのよ、すぐに来て」

「はあ。わかりました。今行きます」

「至急よ、大至急よ」

那千子のほうで電話を切った。

「誰から？」

耳を澄ましていた初美が、いち早く尋ねた。

「ああ、先輩です」

「先輩？」

「ええ。ぼく、ちょっと出かけて来ます」

「男の人？　女の人？」

食堂を出ようとした惇一の背に、初美が問いかけた。

「女です」

「あら、女の先輩？」

惇一はちらりと景子の顔を見、余里子を見たが、次の瞬間、廊下をエレベーターのほうに向って走っていた。

通りに出て、車を拾った惇一は腕時計をのぞきこんだ。七時半を過ぎていた。すっかり日の暮れた街に、車の赤い尾灯と、黄色いヘッドライトが絶えず流れていた。

（一体何が起きたのだろう？）

那千子は明日京都から帰ってくる筈なのだ。それがもう札幌に来ている。しかも真っすぐに帰宅しようとはせず、Pホテルにいるのだ。なぜ家族にそれを内緒にしなければならないのか。なぜ自分を呼びだすのか。あの電話では、聞くにも聞けなかった。大至急とは、何を急いでいるのか。

車は駅前通りを、すすき野に向って南に走っていた。車がひどく渋滞していた。近くで交通事故があったのかも知れないと、年輩の運転手は途中から裏道に抜けてくれた。それでも、裏道も混んでいて谷野井の家からホテルまで、ふつうの倍の三十分もかかった。

Pホテルに飛びこむと、広いロビーの中に、那千子の姿がすぐ目についた。惇一を見て、手を上げたからである。大きなシャンデリアの点《とも》っている豪華なロビーに、那千子の華やかな雰囲気がマッチしていた。

「いつお帰りになったんですか？」

惇一は、一礼してから言った。その惇一の手を軽く取って、

「ああよく来てくれたわ。わたし、惇ちゃんに会いたくて、会いたくて」

「…………」

二人は向い合ってロビーの椅子に坐った。

「いつお帰りになったんですか、奥さん」

惇一は再び同じことを聞いた。何も用事がないのに呼び出されたような気がして、不愉快だった。何事が起きたのかと、驚いて飛んで来ただけに、からかわれたような気がした。

「惇一さん、ご飯は？」

「今、終って来ました」

「そう、じゃ、コーヒーを飲みましょう」

那千子はコーヒー・ラウンジのほうに先立って行った。すらりとしたうしろ姿だ
が、肩や腰に張りがあって、那千子は充分に美しかった。

「惇ちゃん、怒ってるみたいね。でも、怒らないで話を聞いて」

惇一は黙って、ウエイトレスの運んで来たコップの水を飲んだ。少し気持が落ちつ
いた。

「惇ちゃん、実はね、わたし京都には行かなかったわ」

「え？　京都には行かなかった？」

「そう。車でね、日高のほうに行って来たの。サラブレッドを見たくてね。日高の厩《きゅう》
舎《しゃ》はきれいね。童話の国みたいよ。今度惇ちゃんをつれてって上げる」

「…………」

「日高に二泊して、今日はここに泊るの」

「どうしてですか？」

「どうしても」

意味ありげに、那千子は惇一の顔を見つめた。思わず惇一が視線を外《そ》らすと、

「それはね、惇ちゃん、大先生が今日ここに、比田原さんとお泊りになる筈だからな

の」

惇一は息をのんだ。

「惇ちゃん、わたしね、大先生と比田原さんのこと、うすうすは感じていたのよ。ちょっと気をつけて見ていたら、比田原さんの土曜日に帰られる時間と、大先生の散歩に出られる時間が、ほとんど同じなのね。そしてその散歩は、夜おそくまで、あるいは次の朝までかかる大変な散歩なんですもの」

言われて初めて、惇一にも思い当るところがあった。確かに土曜日は、陶吉のいわゆる散歩の日と決まっていた。比田原テル子は店を出るとすぐ左のほうに歩いて角を曲る。一方、その数分後に出て行く陶吉は、決して左には行かずに右に行く。だが考えてみると、店を左に出ようと右に出ようと、もし落ち合うつもりなら、実に簡単なことなのだ。そんなことにも気づかなかったのは、陶吉とテル子の年齢が余りにかけ離れているからかも知れなかった。どう考えても、六十九歳の陶吉と、三十一歳のテル子では結びつきようがない。今、那千子から、このホテルに二人が泊る筈だと言われても、それは親子のような親しい関係ではないのかと、惇一は心の底で思った。

「でも奥さん、どうしてぼくをここに呼んだんですか」

控え目ながら、惇一は詰《なじ》る語調で言った。

「どうしてここに？　惇ちゃん、あなた、大先生に言われて、院長が道庁の池の傍に現われるのを張っていたじゃない？」

「…………」

「どうして大先生が惇ちゃんに張らせたと思って？」

「…………」

「惇ちゃんは信じられる人だからなのよ」

「信じられるなんて、そんな……」

「惇ちゃん、信じられるって、怖いのよ。下手をすると、共犯者に引きずりこまれるのよ」

おかしそうに那千子は笑った。家の外で見る那千子は、水を得た魚のように生き生きとして見えた。惇一は当惑した。つい先程、惇一は景子に、決して裏切らないと約束したばかりだった。が、それからどれほども経たぬうちに、先輩に会うなどと言って、今ここに那千子と会っている。しかもそれは、陶吉とテル子の動かぬ証拠を目撃するためなのだ。確かに那千子は人生の先輩だ。しかしそれは、所詮ごまかしの言葉に過ぎなかった。また、恩ある陶吉の、見てはならぬ姿を見るというのは、大きな裏切りだった。

「奥さん、二人の姿を見てどうするんです？　ぼくはいやです。帰ります」

惇一は立ち上がった。その立ち上がった惇一の手を、那千子は強く引き据えた。

京都に行くと言って出かけた那千子が、帰宅してから一ヵ月が過ぎた。目を覚ました惇一はベッドからおりて、いつものように窓のカーテンを引いた。いきなり白い路面が目に飛びこんできた。

「初雪か⁉」

惇一は新鮮な感動を覚えた。十一月になったばかりで雪が降るとは、思いもよらなかった。知識としては知っていたのだが、東京育ちの感覚では、当り前のことには思えなかった。既に手稲の山に降った雪を見ていたのだったが、カーテンをあけると同時に、路面が白く目に迫ってくる感覚は確かに北国のものだった。

(東京では、これから紅葉が始まるのだ)

惇一は久しぶりに、母や弟の律男が懐しく思い出された。

「一ヵ月か」

惇一は独りごとを言った。谷野井家はこの一ヵ月、おだやかに毎日が過ぎているように見えた。

あの翌日、那千子は京都の八橋《やつはし》を土産に帰って来た。日本中の名産はデパートに行けばたやすく手に入る。初美も景子も、その八橋を食べながら、あまり興味もなさそうに、那千子の語る銀閣寺と苔寺の庭の話を聞いていた。惇一は内心啞然としていた。もしかしたら那千子は本当に京都に行って来たのではないかと思ったりもした。どこまでが本当で、どこまでが嘘かわからないような気がした。

那千子は惇一をPホテルに呼び出したが、惇一はそこで陶吉と顔を合わすことを避けたかった。

「ぼくは帰ります」

と立ち上がった惇一の手を、那千子が強く引き据えた時、

「やあ、佐川じゃないか」

と、磊落《らいらく》に声をかけたのは、思いがけなく予備校で親しくなっていた西崎克郎だった。克郎は、克郎独特の人なつっこい笑顔を見せて、

「どうも……ぼく、西崎と言います」

と、那千子に頭を掻いて見せ、

「佐川君のお姉さんですか」

と声をかけた。その「お姉さん」という言葉が気に入ったのか、那千子は手の甲を口に当て、

「まあ！　お姉さんだなんて」

と、華やかに笑った。西崎克郎は当然のごとく、惇一の隣りの椅子に坐り、

「ぼくもコーヒーをもらっていいかな」

と、惇一へとも那千子へともつかぬ口調で言った。那千子は、

「どうぞどうぞ」

と愛想よく答え、バッグの中から一万円札を取り出して、惇一の手に握らせた。

「じゃ、ごゆっくり」

あっという間に、那千子は椅子を立って、その場を去って行った。そのうしろ姿を惇一はぼんやりと見送った。

「誰だい、あの人？」

西崎があごで那千子のうしろ姿をしゃくりながら言った。

「うん、ぼくの世話になっている病院の奥さんだ」

「口説かれていたのか」

「まさか。そんなんじゃないよ」

「しかし、おれはそっちの席で見ていたが、お前、立ち上がって帰ろうとしていたじゃないか。ただならぬ顔をしていたぞ」

「何だ、見ていたのか」

惇一は、不意に恥ずかしさで、顔を赤らめた。

「何か知らんが、ちょっとしたこわいばちゃんだな」

「こわいばちゃん？」

「そう、こわいおばちゃんのことさ」

「ああ……」

惇一は思わず微笑した。西崎克郎は時々人々の言う「こわい子ちゃん」をもじって「こわいばちゃん」と言うのだ。怖い小母ちゃんのつもりなのだろう。

「気をつけろよ、佐川。あれは相当色気のある小母ちゃんだぜ。迫られると逃げられないぜ」

と、コーヒーを一口飲んだ。

「じゃ何か、君は助け舟を出したってわけか」

「そうさ。迷惑だったかな」

「いや、助かったよ。でもね、あのひとは、ぼくの母親に近い年齢だ。高三と中三の娘がいてね。あぶないのは、むしろそっちのほうだよ」

「ふーん、女三人に悩まされているのか」

「そんなわけじゃないけど……」

「しかしな。あのこわいばちゃんは、只者じゃないぜ。やはり迫っていたという感じだな」

「ちがうったら。ぼくに会わせたい人がいて、ぼくをここに呼んだんだ。だけどぼくは、その人に会いたくなくて逃げ出そうとしたんだよ」

「ふーん。それもこわい子ちゃんか」

「うん、まあ」

惇一は、曖昧に答えた。六十九歳の谷野井陶吉と、三十一歳の比田原テル子の情事を口に出すことは到底できなかった。第一、どこまでが事実か、惇一にはわからぬことだった。

別れる時に惇一は、那千子からもらった一万円の半分を、克郎に分けてやろうかと思った。が、那千子が自分に一万円をくれたのか、コーヒー代を払っておけと言ったのか、わからぬままに渡しかねて、そのまま克郎と別れた。克郎は、これからこのホテルで、楽団のアルバイトが始まるのだと言っていた。

どういうわけか、あれ以来那千子には数回しか顔を合わせていない。惇一と顔を合わせても、自分から声をかけてくることはなかった。それが惇一には、どうも気にかかってならなかった。もしあの時、西崎克郎が現われなければ、惇一は席を蹴って立ち去ったにちがいない。何れにせよ、那千子が気を悪くしているのも無理はないと思っている。だが惇一は、自分の保護者である陶吉を、裏切ることだけはしたくなかった。惇一の心のどこかで、開き直る思いがあった。

景子も二、三日は、惇一を見ると、ついと目を外らした。しかし一週間も経たぬうちに、夜、姉の初美と共に惇一の部屋に遊びに来た。二人は長い花模様のナイトガウ

ンを引っかけて入って来たが、

「何しに来たと思う？」

と、初美が惇一のベッドに腰をかけて、長い足をぶらぶらさせた。景子も、初美と並んでベッドに上がったが、横ずわりに坐った。

「さあ、わからないな」

惇一は何となくどきりとした。

「裁判よ。裁判に来たの」

景子が言った。初美のゆれていた足がとまって、

「裁判じゃないわよ、景子。尋問よ。起訴するかどうかは、尋問のあとよ」

「あっそうか」

二人は顔を見合わせて笑った。

「怖いなあ。何の尋問です？」

「こないだのことよ」

初美が椅子にかけている惇一を見据えるように見つめて、

「ほら、変な電話がかかってきたでしょう。あわてて惇一さん飛び出して行ったでしょう。その人、ほんとに先輩？」

惇一は内心戸惑いながらもうなずいて、

「先輩ですよ」

「年幾つ？」

これも初美が尋ねた。

「答えなければなりませんか、ぼく」

「これはね、警察ごっこだから……いや、ほんとの警察でも、答えたくないことは答えなくてもいいのかな。ね、景子、テレビでどうなってる？」

「うん、テレビでは刑事が二人いて、たいてい一人が怒鳴って、一人はちょっとものわかりのよさそうな顔をして……黙ってたら、どうなるのかな」

「黙っていいんなら、黙ってるよ、ぼくは」

「駄目っ！」

景子が不意に大きな声を出して、

「黙ってちゃ、遊びにならないもの」

「遊びなのか、これが？」

「そうよ。遊びだけど、まじなのよ。惇一さんを電話でいきなり呼び出す女がいるなんて、これ一大事だもん。ね、お姉ちゃん」

「そうよ、まるで、あの時の惇一さんったら、やくざの親分から呼び出し食った子分みたいに、は、は、すぐ行きますなんて……そんな女の人、許せないって感じなのよね」

　二人は、本当に許し難いという顔をした。

「どうして？　ぼくにだって、いろんなつきあいはありますよ」

　惇一はわざと、そんなことを言った。二人は顔を見合わせ、目顔でうなずいていたが、

「その人、年幾つ？」

　景子が聞いた。

「さあ、三十から四十までの間だと思うけど」

「まあ！　そんな年？　きれいなひと？」

「きれいだけど、あんたたちよりはきれいじゃないよ」

「じゃ、恋人じゃないのね」

　景子がまじめな顔で言った。

「ぼくに恋人はいませんよ。ぼくはまだ二十だから」

「あら、惇一さん、景子が好きなんでしょ？」

　初美がからかうように言った。景子がその初美の肩をつついて、

「いやなお姉ちゃん」

　と、頰をふくらませた。

「ぼく、景子ちゃんも初美さんも好きです。でも、恋人というのとはちがうような気がする。今は只、友だちというだけです」

不意に初美が声を上げて笑った。

「惇一さんって、まじめね。本当に尋問されてるような答えだわ。そうね、惇一さんはそう簡単にキスしたり、体を求めたりしないから、好きという言葉一つ考えるにも、慎重なのよね。そんなところが、わたしみたいなわるには、ちょっとした魅力だけど」

初美の言葉に、惇一はどぎまぎした。惇一は景子を好きだと思う。が、一昨夜夢に現われたのは初美だった。惇一は夢の中で、初美のむき出しの肩に、歯型のつくほど強く口を当てた夢を見た。そして覚めてから思ったのは、自分が現実にこんなことをする相手は、もしかしたら那千子ではないかと思ったのだ。

「わるはぼくだよ」

惇一はそう言わずにはいられなかった。

そのあと三人で三十分ほどトランプをし、

「勉強、勉強」

と、十時前には初美も景子もそれぞれ自分の部屋に引き上げた。

二人が出て行った途端に、惇一は妙な気分に襲われた。自分は男だと思った。

幻覚

初雪が消え、幾日か暖い日がつづいた。谷野井家の庭のどうだんつつじの赤が、初雪のあとも鮮かだった。

時折式子が病院からかけてくる電話が、唯一の谷野井家の不安をかき立てる材料のように思われた。式子は、電話に出る誰彼の区別なしに、

「すぐ迎えに来て」

とか、

「お腹が痛いのに、ここの医者は薬をくれない」

とか、

「みんなにいじめられて辛い」

とか、子供のように泣き声で訴えるのだ。しかし式子は病院の中にいる。鉄格子の中にいる。それが谷野井家の人々を結局は安心させていた。

(淋しがっているだろうな)

惇一がそう思っても、口に出すことはできなかった。陶吉が週に一度は几帳面に見舞に出かけて、

「婆さん、結構気楽そうにやっているよ。ナースの話じゃ、一日に三、四回着物を取り替えるそうだ」

などと、家の者に話して聞かせる。初美は、

「グランドマアは若い医者にでも、お熱じゃないのかなあ」

などと相槌を打つ。笑い飛ばしているのだ。

確かにこの家は一見、何の波風も立っていないように見えるのだ。が、惇一としては、那千子にPホテルに呼び出されて以来、重苦しい思いだった。一歩ぬかるみに踏みこんだ思いだった。西崎克郎の助け舟で、陶吉と比田原テル子の姿に会うことをまぬがれはした。が、何となく二人の顔をまともに見られぬ思いがした。自分をホテルに呼び出した那千子にも、顔を合わせるのが、おっくうだった。何事も起きてはいないのに、既に何かが起きているような、いやな気分だった。

それに、院長浜雄の覚醒剤使用の問題がある。そんな次第で、惇一はともすれば勉強を口実に、部屋にこもることが多くなった。何としてでも、大学に合格しなければならぬと思った。この家を出るにせよ出ないにせよ、大学だけは合格しておかねばならない。惇一は何かに追いかけられる思いで、勉強に打ちこむようになっていた。

ふと気づいた頃には、もう札幌の町は根雪になっていた。クリスマスが近づくとか、正月が近づくという思いよりも、受験が近づくという思いがひしひしと感じられた。高三の初美も、中三の景子も同じ思いであるらしく、二人共食堂で食事をしながら、辞書を繰ったり、ノートを開いたりするようになっていた。

正月四日、久しぶりに惇一は朝から店に顔を出した。陶吉が受験勉強を気遣って、夕刻一時間程顔を出すのさえ、案じてくれていた。比田原テル子は、いつものと同じ服装で出勤し、真っ白な白衣を自分と陶吉のために、初卸《はつおろ》しをした。陶吉の背に白衣を着せかけながら、

「今年もよろしくね」

と、テル子は快活に言った。惇一はふっと、

(あの見合はどうなったのだろう)

と、写真の男を思い浮かべた。まじめそのもののようなあの男が、比田原テル子の夫にふさわしいとは思わなかったが、テル子に断わられてしょんぼりとしている姿を思うと、見も知らぬその男が気の毒に思われた。

「テル子先生、今年もよろしくとは、どういうことかね」

と、陶吉が例の上機嫌な声で言った。

「あら、どうして？」

「だって君、三月にはお嫁に行く筈じゃなかったのか」

惇一は、悪いと思いながら聞き耳を立てた。

「そのつもりでしたけど……」

ちらりと陶吉を流し目で見、

「やめました」

「やめた？」

どうやら陶吉は、テル子が三月に結婚すると思いこんでいたらしい。惇一は、あの見合のあと、話がどうなったか全く聞いていなかった。那千子に、陶吉とテル子の話を聞かされても、見合のことなど探ってみる気にはなれなかった。とにかく、どうやら三月に結婚ということになっていたらしい。それをやめたと、テル子は言うのだ。

「どうして？」

陶吉の声が大きかった。

「どうしてって、暮のボーナス、先生がたくさん下さったからです」

テル子が笑った。陶吉が一瞬間を置いてから、声を高く上げて笑った。

「ボーナスが多かったのは、最後のボーナスだと思ったからさ」

「手切金？」

テル子が冗談めかして言った。

「手切金は退職金だよ」

陶吉がわざと大きな声で言った。明らかに惇一を意識しての言葉らしかった。何でもないと思えば何でもない言葉だった。が、気にすれば妙に気になる会話だった。

その日の夕刻、惇一は食堂で陶吉と那千子と一緒にテーブルについていた。余里子が、黒と白の縞の、裾までの長いエプロンをいつものようにつけ、妙にむっつりとしていた。テーブルの上には、三つ重ねの重箱の中に、おせち料理が、元日とはちがった取り合わせで盛られていた。余里子の口数の少ないのは、誰もが馴れている。気にせずに陶吉が言った。

「『目出たさも中位なりおらが春』と言ったのは、良寛だったかね、一茶だったかね」

「一茶でしょ」

じっと陶吉の顔を見つめながら、那千子が言った。

「ほんとに一茶は、中位の目出たさだったのかなあ。もしそうだったら、こりゃあ大したもんだよ」

誰も相槌を打つ者がいない。惇一は黙ってうなずいた。

「一茶は貧しかったわけだろう。『貧すれば鈍する』というあの言葉は、わしにはどうも胡散《うさん》臭い言葉に思われる。金持なんぞは、一茶の、中位なりおらが春、の境地にはなれないよ。金持になると、人間見えるべき筈のものが見えなくなる。わしはそう思うがね、惇一君はどう思う？」

「ぼくは貧乏ですから、答えにくいです」

余里子がこの時始めて笑って言った。

「大先生、まだ一本もあけないうちから、ご機嫌ですね」

「ご機嫌？」

陶吉はちょっと真顔で余里子を見、再び声高く笑った。口の中から、ハという字が順序よく出てくるような、そんな感じだった。確かに陶吉は機嫌がいい。心の底で何かが弾んでいる。目出たさも中位どころか、大位なのだ。惇一がそう思った時、

「大先生、テル子さんの結婚、取り止めになったんですってね」

無表情に那千子が言った。

「ほう、そうかね。それは知らんかった」

陶吉がとぼけた。

「何でも相手の人が、興信所を使っていろいろ調べたらしいわね」

「ほう、なるほど」

陶吉は顔色を変えなかった。

「わたしにも興信所から電話がかかって来たわ。興信所に調べられては、テル子さんも……」

言いかけた時、余里子がぴしゃりと言った。

「今の世の中じゃ、興信所に調べられて困るのは、嫁入前の女の子ばかりじゃないわよ。主婦たちだって、相当のものらしいわ」

惇一には那千子の言っていることも、余里子の言っていることも、よくわかった。いや、よくわかるようになったのだ。陶吉は、銚子をふって、

「余里ちゃん、もう一本」

優しい声で言った。

那千子が何か言おうとした時だった。廊下にあわただしい足音がした。駆けこんで来たのは、初美と景子だった。

「グランドパア、パパがおかしいわ」

初美の声に、

「何？　パパがおかしい？」

陶吉が思わず立ち上がった。景子が言った。

「パパがね、わたしの部屋のドアをあけて、誰か怪しい者が隠れていないかって、真顔で言うのよ」

「わたしの部屋にも、おなじこと言ってきたのよ。いないって言っても、押入の戸を叩いたりして……一体、どうなってんのパパは？」

　陶吉はがっくりしたように腰をおろして、

「怪しい奴が隠れていると言ったか。被害妄想か。それはともかく、院長はどこにいる？」

　と初美を見た時、荒々しい足音が聞えて、浜雄が入って来た。浜雄は食堂の入口に仁王立ちになって、

「やっぱりここだ。怪しい奴がいる」

　と、陶吉を指さした。

「あなた！」

「浜雄！」

「院長！」

　那千子と陶吉と余里子が、同時に叫んだ。惇一は呆然とした。浜雄は、

「警察を呼べ、警察を！」

　と陶吉を見つめ、

「ママがいない。ママはどこへ行った？」

　と、ふっと子供のような表情を見せた。その時、不意に景子が叫んだ。

「冗談じゃないわよ。何よこの家《うち》！　グランドママアも、パパも、一体何なのよ。冗談じゃないわ、もう……」

言葉の半ばで涙声になった。と、余里子が、

「院長、怪しい者はみんなで捜すわよ。まあ一杯飲もうじゃないの」

と、ワインの罎《びん》をテーブルの上に置いた。余里子の視線が陶吉に走り、陶吉がうなずくのを、惇一は見た。惇一は余里子の落ちついた態度に舌を巻いた。惇一の足はがたがたふるえているというのに、余里子は顔色一つ変えてはいない。

それからどれほども経たぬうちに、喚《わめ》いていた浜雄の呂律《ろれつ》が怪しくなり、いつのまにかテーブルに突っ伏した。その姿を見て、惇一はワインに余里子が何を入れたかを知った。浜雄は直ちに、一階の陶吉の部屋に運びこまれた。その間も、景子は憑《つ》かれたように罵りつづけた。

「一体、うちの大人たちは、何をしてるのよ！　娘が受験期だというのに、自分だけクスリを打って、いい気になって、何が怪しい奴が忍びこんだなんて言えるの。怪しい奴は自分自身じゃないの」

初美が言った。

「怒ったって無駄よ。景子、世の中を見な。大のおとながつくっている世の中だって、何を言っても無駄じゃないの。子供に平和憲法習わしといて、現実にはどうなのよ。景子があんなに突っ張ったって、一体誰が悔い改めたのよ。何を言っても無駄よ。無駄々々々々。それより余里子さん、わたしにも一服盛ってよ」

陶吉は一人あわただしく、式子の入院している院長宅に電話をかけていた。

那千子が白茶けた顔をうつ向けたまま、浜雄の傍に坐っていた。惇一も余里子に、浜雄の傍にいるように言われて、部屋の片隅に控えていた。那千子の乱れた金髪のかつらの下から、幾本か黒い髪がのぞいているのも哀れだった。

「惇ちゃん、こっちに来てよ」

那千子が少ししゃがれた声で言った。惇一は黙って傍に行った。

「わたし……」

那千子は何か言おうとして黙った。惇一もあえて聞かなかった。那千子には言いたいことがたくさんある筈だ。惇一自身にも、那千子に聞きたいことがたくさんあった。

(このひとは、院長の覚醒剤使用を知っていたのだろうか)

あの夏の日、北海道庁の池の縁で、那千子は浜雄を詰っていた。浜雄が女性問題を惹き起こしていると思っているらしかった。あの時点では、那千子は浜雄の覚醒剤には気づいていなかった筈だ。不思議に思った惇一は、家族の覚醒剤使用を、身近にいる者が気づかぬこともあるのかと、陶吉に尋ねたことがあった。陶吉は、

「気づかぬ筈はないと思うだろう。それがあるんだよな。家族ってものは、ありがたいもんで、みんな身びいきだからな。検事の目では見ちゃあいないのさ」

釈然としない惇一の表情を見て、

「肉親の欲目でな。自分の子供が分裂病だの躁鬱症だのになっているのを見ても、気づかない親はよくいるんだよ。それが、中毒になって、あらぬことを口走っても、何だか変だと思うくらいで、まさかわが子が、と思うんだな」

そんなことを陶吉は言っていた。しかし、那千子が浜雄の覚醒剤に気づかなかったのは、そんな身びいきからではなく、無関心からではなかったかと、惇一は思った。あるいは近頃、浜雄に不審の念を持っていたかも知れないが、今日の今日まで、薬物中毒におちいっていたとは気づかなかったにちがいない。果たして那千子が呟いた。

「医者が覚醒剤に手を出すなんて」

冷たい語調であった。

浜雄の大きないびきを聞きながら、惇一は那千子の傍《かたわ》らに坐っていた。時々浜雄の胸が大きく起伏する。電灯が妙に暗い感じだった。

（一体、この家はどうなるのだろう）

惇一は不気味な気がした。陶吉の妻の式子が、若い頃から睡眠剤、覚醒剤、麻薬にと手を出してきたことは、陶吉の口から聞かされてはいたが、その息子の医者である浜雄が、先程のように自分の父親を指さして、

「やっぱりここだ。怪しい奴がいる。警察を呼べ、警察を！」

と叫んだのだ。惇一がそんな人間を目のあたりに見たのは初めてだった。

（あれこそ、中毒患者ではないか）

惇一の背筋が今更のように冷たくなった。あの浜雄の手に今日までメスが握られ、手術がなされてきたということが、言い様もなく恐ろしかった。父親の陶吉は、浜雄が覚醒剤を使っていたことは百も承知なのだ。薬剤師として、クスリの副作用がいかなるものか、充分に知悉《ちしつ》している筈なのだ。

（それなのに、なぜ然るべき手を打たなかったのか？）

惇一は暗い気持に襲われた。どんな職業の人間よりも、医師は覚醒剤や麻薬に対して、厳しく己れを持さなければならない筈だ。

（それにしても、この家の大奥さんと言い、院長と言い、なぜクスリの誘惑に負けたのだろう。その負けた陰に何があったのだろう？）

惇一は不安の中でそんなことを思った。不意に那千子が言った。

「こんな男、どうなってもいいわ」

吐き出すような語調だった。

「奥さん！」

惇一は驚いて那千子を見た。

「そうじゃない？　惇一さん。こんな甘ったれ、わたし許せないわ。女には手を出す、自分のしたいことは何でもする、それで足りなくて、ヤクにまで手を出して、人間の屑じゃない？　もしかしたら、患者を何人殺したかわからないのよ。こんな男、精神病院に入れたら二度と出してやらないわ」

那千子の血走った目は凄味を帯びて、美しくさえあった。何となく惇一は、那千子から少し離れた。

どこかに電話をかけている陶吉の声が店のほうから洩れてきた。陶吉という人間は、こんな時でも、さしてあわてることはないように見えた。

「惇一さん、おねがい！　わたしの力になってね」

にじりよって那千子が惇一の手を取った。一瞬惇一は身を固くし、息をのんだ。

「ぼくには……何もできません」

惇一は真っ正直に答えた。那千子は黙って惇一の手を固く握った。が、すぐに、

「ちょっと髪を直してくるわ」

と言うや否や、部屋を出て行った。

(髪なんて……)

惇一は、那千子という女が一層奇妙な女に思われた。こんな切羽詰まった状況の中で、那千子は自分の髪が気になるのだ。むろん、今日の那千子の髪は金髪のかつらだった。その金髪をかなぐり捨てたかったのかも知れない。

余里子や初美、景子はどこにいるのか、食堂のほうからは何の声も聞えてこない。惇一は浜雄の布団の裾のほうに坐っていて、不意に浜雄の死体を見守っているような錯覚をおぼえた。いびきをかき、時折胸が大きく起伏しているのを見ても、睡眠薬を服《の》まされた浜雄の眠りは、死を連想させた。

那千子の少し冷たい手の感触が、惇一の手に残っている。惇一は、目に見えぬ渕に巻きこまれていくような、恐れを感じた。たとえ、北大の医学部に合格したとしても、この家に残ることは危険だと思った。一度クスリに手を染めた院長がいる以上、この谷野井病院は爆弾を抱えているようなものなのだ。ふっと惇一は、景子を思った。この家の娘に生まれた景子の不幸を、今ほど感じたことはなかった。ひたすらな、汚れのない景子の目を思うと、この家からつれ出してやりたい衝動に駆られた。

ややあって、廊下に幾つかの足音がした。惇一は立ち上がってドアを開けた。陶吉と余里子が副院長の笹木満と婦長の花岡ひろ子を伴なって近づいて来た。

「一体、どうなさったんです？」

部屋に一歩入るなり、いびきをかいて寝ている浜雄の姿を見て、副院長と婦長が同時に言った。

「うん。まあ、とにかくお坐り下さい。惇一君、そこの押入から座布団を出して」

陶吉の声はいつもの声だった。惇一は何となくほっとした。が、一方、陶吉という人間に、底知れない不可解さを感じた。実際は落ちついていられる場合ではないのだ。谷野井病院の存亡に関わる時なのだ。日頃は温厚な笹木副院長も緊張した面持で、

「ちょっと拝見」

と、紫の絞《しぼ》りの掛布団をめくって浜雄の手を取り、脈を診《み》た。愛嬌者の花岡ひろ子も、固い表情で浜雄を見つめている。脈を取りながら頭をかしげていた副院長は、陶吉をふり返って、

「急病だとおっしゃっていましたが……」

と、不審なまなざしになった。と、そこに入って来た那千子が、

「まあ！　笹木先生、婦長さん……大先生がお呼びになったの？」

と、挨拶ともつかぬ調子で声をかけた。髪の毛が金髪から黒い髪に戻っているのを素早く見、惇一が部屋を出ようとした。が、陶吉は、

「惇一君、君はずっとこの部屋にいてもらおう」

と言い、副院長と婦長に向って言った。

「正月早々、いやはやとんだご迷惑をおかけしましたな。実はですな、これからお話申し上げることは、谷野井病院にとって一大事のことです故、そのつもりでお聞き願います」

二人は惇一の出した座布団に坐って陶吉のほうを見た。惇一は再び腰を浮かしそうになった。

「惇一君、君はここにいて」

おさえこむように陶吉は言った。しかし惇一は、副院長や婦長と共に、谷野井病院の重大事を聞くことは憚《はばか》られた。いや、重荷に感じられた。聞いた以上、負わねばならぬ責任が生ずるような気がした。そんな惇一には頓着なく、陶吉は大きく腕組みをして、

「実はですな、まことに申しわけないことだが、浜雄は覚醒剤をやっていたらしい。つい先程、その幻覚が出まして、わしをサタンかなんぞのように指さして、警察を呼べと言い出しましてな」

副院長と婦長が顔を見合わせた。そのまなざしに大きな驚きがないことに惇一は気づいた。陶吉がその視線に気づいたかどうかは、惇一にはわからなかったが、陶吉は言葉をつづけた。

「これではメスを持たせるわけにはいきません。全くとんだことを仕出かしてくれたわけですが、問題は明日からの病院のことです。一体どうしたらよいのか、ご両所にご意見を伺いたいと思いましてな」

笹木副院長と花岡婦長は再び顔を見合わせた。二人の顔にありありと困惑の表情が

浮かんだ。どちらも口をひらこうとはしない。惇一は当然だと思った。この二人は雇われ人なのだ。今、辞表を申し出て、すぐに自由となれる存在でもあるのだ。院長が覚醒剤で入院したあとの始末を、自分達でつけねばならぬ義理はない。下手をすると、院長諸共覚醒剤の共犯者にされかねない。二人は今大変な危機に立たされているのだ。返事の仕方一つで運命が左右される。

二分、三分と沈黙がつづいた。陶吉は二人の沈黙をじっと見据えるように眺めている。ここで何か言うべきなのが陶吉だと、惇一は思った。が、陶吉も沈黙を守ったまだ。息苦しい雰囲気のまま、更に時間が流れた。

沈黙に耐えかねて先に口をひらいたのは、副院長であった。副院長は大きく吐息を洩らして、

「今、すぐ、お返事をしなければなりませんか。何しろ突然のことで、頭が混乱しておりますので……」

「無理もありませんな。しかし、とにかく入院患者もいるわけでしてなあ。できればご意見は早く頂けたらと思います。いや、まことに申し訳ありませんな」

黙って自分の膝頭を見つめていた婦長が顔を上げ、

「大先生、明日から病院をどうしたらよいか、とおっしゃるのですね」

と、念を押し、

「わたくし、三つの道を考えました。一つは病院を止める、院長がクスリに手を出した以上、これは当然だと思います」

ふだん笑顔の多い婦長の表情が、ひどく冷たく見えた。陶吉は大きくうなずいて、

「うん、それは当然でしょうな」

と、ゆるがない。言い出した婦長のほうがあわてて、

「まあ、それはひとつの案ですけれど……。二つ目の道は休院です。院長が完全に治るまで休院です。三つ目は、院長の入院中、誰かが代診するのです。その誰かは必ずしも副院長とは限りません。ね、笹木先生」

笹木先生と呼んだ時の婦長の声が優しかった。

「まあ、そんなところでしょうなあ。多分大先生は、その三つ目の案を希望していらっしゃると思うのですが、わたしたちとしましても、危ない橋を渡るのは……何ですなあ、出来れば全く院長を知らぬ人間がやってくれるといいんですがねえ」

首を上に曲げ、左に曲げ、言いづらそうに副院長は言った。陶吉は、

「わかりました。無理もありません。ま、病院は休みましょう。患者を幾つかの病院に移すことにして」

と、あっさりうなずいた。副院長と婦長が三度顔を見合わせたが、婦長はついに体ごと陶吉のほうを見て、

「大先生、院長は二、三ヵ月もすれば帰って来られるでしょうか」

と、いつもの笑顔で尋ねた。

「ま、ケース・バイ・ケースですからな。……しかし三ヵ月もあれば、とは思いますが、あとは本人の意志の問題ですな。むろん、退院後は厳重に監視するとして……なあ、那千子さん」

と、那千子に向けた目がきらりと光った。那千子は唇に薄笑いを浮かべただけだった。その薄笑いにちょっと目を注《と》めてから、婦長が言った。

「大先生、わかりました。三ヵ月位の医者の入院は、ままあることです。しかしまちがっても、院長が覚醒剤を使ったことは、誰にも知られないようにしてください。強度のノイローゼということで、至急入院させてください。ね、笹木先生。三ヵ月位の間なら、わたしと先生が力を合わせて、留守を守れますわね」

「クスリのことさえ秘密が守れるなら……」

どうやら笹木副院長は、婦長に引きまわされているようだった。

「むろんそれは、病院の存亡に関わることですからな、絶対に秘密は守って見せますよ。お二人には、決してご迷惑はおかけしません。いざとなれば、すべての責任はわたしが負います」

陶吉はきっぱりと言った。

「どうなさる？　笹木先生。大先生がああおっしゃっていられますけれど」

副院長は二、三度自分の膝をなでていたが、

「わかりました、大先生。とにかく、こういうことですね。院長は強度のノイローゼにおちいられた。その入院加療中、わたしは院長に代って病院を預る、それ以外のことは何も聞かされていない、はたはだ単純な、またどこにでもある事件、いや事件ともいえぬ事態が起きたということですね」

「そのとおりです。浜雄が病気になった、只それだけということです」

「なるほどわかりました。では、お引受けいたします」

笹木の一言に、

「ありがたい、引受けてくださるか」

と、両手をついて、陶吉は深々と礼をした。惇一は大変なことを見たような気がした。

精神病院への入院は決して容易なものではない。強制入院となれば尚更である。が、陶吉は既に電話で手筈を調《ととの》えていた。小樽に近い精神病院だった。陶吉には古い友人の精神科医が幾人かいた。式子が若い頃から麻薬中毒におちいっていたからである。陶吉の親しみやすい人柄に、誰もがたやすく友人となった。この度の精神科医もその一人だった。「今夜中でもかまわない。迎えに行ってもいいよ」と言ってくれ

て、間もなくその迎えの車が来る筈だった。

「大先生は素早いのね、万事なさることが」

既に病院と交渉がついていると聞いて、婦長は感歎したように言った。

一応の打ち合わせが終った時、さりげなく婦長が言った。

「ところで……あの時のクスリは何だったのかしら？」

「あの時のクスリ？」

陶吉が聞き咎《とが》めた。

「ええ、確か去年の六月頃だったと思いますけど、院長が疲れた疲れた、とおっしゃってましてね。わたしたちナースが心配したことがあったんですよ。手術の時でも、汗がいつもより多くなって……」

「ほほう、そんなことがありましたか」

「ええ。ところが、ある時から急にお元気になられましてね。徹夜だって平気さ、なんて生き生きとなさっているんですよね。そしてわたしに、小さい声で、実はねえ、試薬品を二、三本もらったんだ、とおっしゃいました。わたし、よくあるドリンクの一種かと、何気なく聞き流していたんですけど、あれはまさか、覚醒剤じゃなかったんでしょうね」

陶吉は珍らしくきびしい顔になった。

「いや、それが始まりじゃないのかな。どこから手に入れたのか、知りませんか」

婦長は黙った。それがすごく不自然に見えた。知っているのだと惇一は思った。

「誰です？　知ってるんですね」

「ええ。でも……それは、院長に直接お聞きになってください。聞きちがいということもありますし……」

婦長は悔いたような表情になった。その時、陶吉のうしろに控えていた那千子が、不意に言葉を挟んだ。

「そのひと、もしかしたら、女の人ではありません？」

婦長は否定も肯定もしなかった。困惑が一段とあらわになった。那千子が言った。

「やはり女の人ね」

甲高い声だった。陶吉がふり返って言った。

「女って、どこの誰だい？　まさかあの余里子じゃあるまいね」

先程、副院長と婦長を案内して来た余里子は、食堂に戻っている。

「困りますわ、大先生。何も今すぐその人の名前を出さなくても……」

「それはそうだが、わたしの知っている人かね」

言い終るか終らぬうちに、那千子が言った。

「テル子さんよね。比田原テル子さんね、そうでしょう婦長さん」

「困っちゃう」

と言った声音が、比田原テル子を肯定していた。

「ほんとかね!?　花岡さん！　ほんとに比田原が……」

「あの方、親切な方だから、時々ドリンクなんかくださるでしょう、わたしたちにも。そのドリンクだと思います」

しどろもどろに婦長が言った。

「なるほど、わかった。そりゃあドリンクですな。覚醒剤じゃありませんよ。ドリンクには確かにいっ時元気にさせるものがある。第一、比田原君はかりそめにも薬剤師ですよ、薬剤師。いや、あの人はドリンクが好きでね、な、惇一君」

惇一はいたしかたなくうなずいた。テル子がドリンクを飲んでいるところを見たことはない。と、けたたましく那千子が笑った。

「大先生、明日、比田原さんに、よくお聞きになるといいわ」

再び那千子が笑った。その時、玄関のほうでブザーの音がした。

「来たな」

陶吉がすぐに立ち上がった。婦長も副院長も、そして惇一も立ち上がった。が、那千子だけは婦長を見つめて坐っていた。

狸小路

大通り公園の池に水が入り、噴水が春の陽ざしを受けてきらめく。札幌としては珍らしく風のない日だ。大通り公園にはゴールデンウイークを楽しむ人たちで賑わっていた。

札幌の街を東西におよそ一キロに及ぶ大通り公園は、幅百メートルの緑地帯だ。並木あり、四季の花壇あり、彫像あり、噴水あり、芝生あり、出店があり、そして天に延びるテレビ塔がある。この大通り公園は谷野井病院から数百メートルの所にあった。

今、惇一は、初美と景子に誘われて、大通り公園のベンチに並んで腰をかけていた。足もとを鳩の群が忙しく餌を啄《つい》ばんで歩く。その鳩を、幼な児がよちよちと追いまわす。が、人に馴れた鳩の群は、幼な児の小さな足音に何の驚きも示さない。

「みんな幸せそうな顔をしてるわね」

景子が言った。初美が答えて言った。

「幸せそうに見えるだけよ。わたしたち三人だって、ほかの人から見れば、幸せそうに見えるわよ」

「幸せそうじゃなくて、幸せじゃないか。三人共それぞれ、狙っていた学校に入れたんだから」

惇一は言ってから、悪いことを言ったような気がした。みんな幸せそうだと言った景子の心の中に、何があるか惇一にはわかっている筈だった。院長の浜雄が、正月早々覚醒剤中毒で精神病院に運ばれた。以来今日まで、谷野井家は平穏な毎日に見えた。腕のいい副院長の笹木満が、その温厚な性格と優れた技倆でナースや患者たちにいよいよ慕われていた。気分にむらのある院長がいないことに、淋しさを感じている者はほとんどなかった。院長が留守の谷野井病院には、却《かえ》って明るい雰囲気さえ漂っていた。陶吉は時々、

「人間というものは、代役が利くもんだなあ。このまま浜雄が帰ってこなくても、何の支障もなさそうだ」

と、テル子に語っていることがある。しかし若い惇一にとっては、人間の代役が利くということ自体が大きな問題だった。が、人間の生活は、とにもかくにもいろいろなものを呑みこみながら、表面はおだやかに流れていくように思われた。

あの夜婦長は、もしかしたら、浜雄に覚醒剤を奨《すす》めたのは比田原テル子かも知れな

いと言いかけて言葉を濁した。が、テル子は、院長に奨めたものはカフェインの強いドリンクだったということでケリはついた。しかし惇一はあれ以来、

(もしかしたら覚醒剤だったのではないか)

という目で、比田原テル子を見るようになっていた。そしてそれがまた惇一をやりきれなくさせていた。人間というものは、「あいつが盗んだ」と聞けば、盗んだかも知れぬと思い、「あいつが殺した」と聞けば、そうかも知れぬと簡単に思いこむところがある。「あの人に限って、そんなことは絶対にしない」と言い切れる例は、はなはだ稀な気がする。人間は、それほどまでに信じ得ない存在なのかも知れない。自分自身がまた、そんな程度にしか信じられずに、生きているのかも知れない。惇一はそんなことを思ってもみる。谷野井家の浜雄と那千子の間にしても、何かで信頼関係が崩れたのではないか。那千子が頻繁にかつらで髪の色を変えるようになったり、外出が多くなったりした陰に一体何があったのだろうと思う。人と人の間は、すぐに揺ぐものなのだ。愛し合って結婚した筈の夫婦でさえ、生涯信じ合って暮らし通すことなどは、滅多にない。信じられぬことの淋しさが、式子や浜雄をクスリに追いやったと言えはしまいか。
二、三日前の夕方だった。谷野井薬局に電話がかかってきた。電話に出たのは比田原テル子だった。

「え？　中央署ですって？」

テル子の声が一オクターブ高くなった時、陶吉の顔色がさっと変った。惇一の胸も、はっととどろいた。結局その電話は、たまたま薬局の住所を尋ねに署に立ちよった客に代っての電話に過ぎなかったのだが、そうとわかってからも、三人は落ちつかなかった。似たような例は幾度もあった。パトロールだとわかっていても、警官が二人店の前にさしかかると、惇一は思わずどきりとする。それが実にいやな気分だった。おそらく初美にしても景子にしても、同じ経験をしているにちがいない。


景子が言った。

「わたしね、高校に入ったら、もっとうれしいもんかと思った」

「わたしもよ、景子。大学に入ったら、もう受験勉強はないし、制服もないし、のびのびとやれるなあって、楽しみにしてたけど……どうっちゅうことないんだなあ」

ジーンズの上下を着こみ、ベージュ色のTシャツを胸からのぞかせた初美の姿を、惇一は眺めた。高校時代、これが大っぴらに着て歩きたかった服装なのかと思うと、意外に初美が愛らしく感じられた。

景子の進んだ高校はミッション・スクールで、服装は自由だった。が、景子はなぜか、今日は中学時代の黒いセーラー服を着ていた。そんな景子も惇一には好ましかった。

「幸福って何だろうね」

初美が惇一に体を寄せるようにして言った。二人に挟まれた惇一は、心持ち景子のほうに身を寄せた。景子との間は二十センチほど離れている。

「そうだなあ。金があれば幸福、ということではなさそうだなあ」

惇一は、三月の二十日頃から四月にかけて東京に初めて帰省した。合格を母と弟と共に喜び合いたいためだった。一年ぶりに帰ったわが家は、驚くほど変りがなかった。古ぼけた箪笥《たんす》も戸棚もそのままだった。父の写真を飾ってある壁の色も、弟の机の傷も、まるで昨日見たかのように変りがなかった。

しかし、そこには平安があった。母の喜ぶ顔と、弟の讃歎する顔と、弾《はじ》けるような三人の笑い声があった。第一、警官の影に怯《おび》えるなどという生活は、そこには全くなかった。覚醒剤とか、麻薬という言葉が、ひそひそと交わされることもなかった。毛髪の色を毎日変える女もいなければ、食事時に一家が揃わないなどということもなかった。惇一は日焼けした畳の上に大の字になって、「家はいいなあ、実にいいなあ」と、幾度大声で言ったことか。同じ屋根の下に住みながら、何日かぶりに顔を合わせるなどという生活を、何年となくつづけている谷野井家は、確かにそれだけで幸せとは言えない気がした。

「でも……お金がないって、やっぱり困るんじゃない？　ねえ、景子」

初美が赤く塗った唇をちょっと尖《とが》らせた。何かの果実のように、その唇が光っていた。

「そうねえ、わたしたちはさあ、お金のないってことがどんなことか、よくわかんないのよねえ。わたし、ふつうぐらいのお金があればいいと思う。只、絶対言えることは、大金持のほうが、ふつうのサラリーマンより、すごく不幸な生活をしているような気がするってこと。自分の家を見てて、そう思う。うちも高額所得者になっているけど、幸せらしい幸せは、何もないもの」

淋しそうな景子の声だった。

「ほんとね、景子のいうとおりかもね。でも、世の中は、金儲け金儲け。いい大学に行くのも、いい会社に入って高給をもらうため。どこかおかしいよね、惇一さん」

惇一は黙ってうなずいた。自分も医学を目指して、どんな一生を考えているのか。金に困らぬ生活を母や弟にさせてやりたいという、只それだけの次元に重点を置いているような気がした。

「何を考えてるのよ、惇一さん」

惇一の右に坐っている初美が、足を組み替えて惇一の顔をのぞきこんだ。ベンチが少しきしんだ。景子も惇一を見た。何に驚いたか、足もとに餌を啄《つい》ばんでいた鳩の群

が、いっせいに飛び立った。言葉のない鳥たちが、一瞬に飛び立つことに、ふと自然界の不思議さを感じながら、

「いや、ぼくって何も考えないで生きていたと思ってさ」

と、惇一は頭を掻いた。

「何も考えていない？　そんなことないわよ惇一さんは。ねえ、景子」

と初美が景子を見た。景子は何も言わずに惇一を見ている。

「ぼくはさ、母や弟に楽な生活はさせてやりたいという、そんな低い次元で生きているような気がするよ。金だけ考えてるわけじゃないけど、若者らしい志なんて、持っていないんだ」

「若者らしい志？」

景子が首をかしげた。

「例えばさ、無医村で働きたいとか、アフリカやインドなどに……海外医療協会っていうのかなあ、そんな所に行って働いてみたいなんて、ちらっとも考えたことないんだなあ。つまり、人のことは考えていないわけ。そんなこと、今頃気がついたんだよ。驚いちゃった」

初美がうなずいて、

「みんなそんなもんじゃない？　わたしたち若い者は、核だの、原発だの、薄気味わ

るいものが増える中で、先ず希望なんて持てないんじゃない？　そりゃあボランティア活動をしたり、世の中の仕組みを考えて、真剣に取り組んでいる人はいるわよ。でも、わたしなんか考えるだけ無駄っていう気がするのよね。一度核戦争にでもなったら、それで万事終りじゃない？　そんなこと考えたら、どうしてもむなしくなっちゃう」

「景子はちょっとちがう」

二人の話を聞いていた景子が言った。

「わたしもね、以前は絶望的になって、家ん中、何もかもぶちこわしてやろうと思ったことがあった。だから、突っぱりの真似してみたけど、あれは淋しかった。誰とも話してないのと同じだもん。パパがお正月に入院しちゃった。あの時も絶望した。でも絶望って、何も生まれてこないのよね。そしたら、絶望なんてコンチクショーって思っちゃったの。ガリガリ勉強したの。そしたら、案外楽に高校に入っちゃった。わたし、今ね、こんな家に生まれたっていうことに、何か意味があるんじゃないかって、考えるようになったの。余里子さんにそう言われて、ほんとだなって思ったのよ」

「なるほど。景子はそこまで考えたの。大したもんだわ。絶望なんてコンチクショーだというセリフ、わたし気に入った。ね、惇一さん」

初美が言った。

「ほんとうだなあ。景子ちゃん、ぐんと伸びたみたいだ。一番危なっかしいのはぼくだよ。ぼくは一体、どんな医者になるんだろ。この間ある雑誌で、医者のざんげ話を読んだんだ。その医者は妊娠中絶で、ばくばく儲けていたんだな。で、いつの間にか患者の顔が金に見えてきたっていうんだよ。ぼくもそんなになるんじゃないかなって思っちゃって……」

「大丈夫よ。ね、景子。口の悪いグランドパアが、惇一さんだけは絶対に信用してるのよね。本気で谷野井病院の後継ぎになって欲しいと思っているらしいわよ」

「いやあ、ぼくはそんな……」

「でも、惇一さんには迷惑よね。谷野井の家ん中、目茶苦茶だもん」

「そう。わたしもそう思う。目茶苦茶より泥沼よ。メタンガスがふつふつ湧いてる泥沼よ。そんなところに引きこまれたら、惇一さんが気の毒だわ」

惇一はちょっと答に詰まった。

「そうよね、景子。グランドパアが惇一さんを信用してるのは確かだけど、いい人だか悪い人だか、わかんないのよグランドパアは。ほんとにわかんないわ、あの人。用心していなければ駄目よ、惇一さん」

景子もうなずいて、

「ほんとうね、惇一さんは東京にお母さんも弟さんもいるのにさ。まるで谷野井病院を押しつけるみたいなことを言うなんて、失礼よね。わたしね、初めのうちは冗談ごっこだと思っていたの。でも、そこがグランドパアの狡《ずる》いところというのかな。あるいはよく考えてのことかも知れないけれど。何となく真正面から惇一さんが断われないように、事を運びそうで心配なの。ね、お姉ちゃん」

「そう。そのこと。昨夜も景子と話し合ったんだけど、学資を出してもらったなんてことで、義理を感じちゃ駄目よ。お金は、もし気になればあとで返せばいいのよ。惇一さんは、学校を出たら自由にしたらいいのよ。いや自由にすべきなのよ。そのこと、どうしてもはっきり言っておきたかったのよ。景子、そうよね」

景子も大きくうなずいた。豊かな黒髪が美しくゆれた。

「ありがとう。いろいろ心配をかけて」

惇一は言ったが、ふっと淋しい気がした。確かに二人のいうとおり、惇一は自由であっていいのだ。それは惇一にもわかっている。が、そうであっても、二人から「いつまでも谷野井の家にいてちょうだい」と言って欲しいような気がしたのだ。

三人は近くのホテルのレストランで、遅い昼食を取り、そのホテルの前で三方に別れた。惇一は景子について行きたいような思いだったが、食事の時に、これから友だちと会う約束があると景子が言っていたのを思って、黙って別れた。初美と二人でぶらついてもいいような気もしたが、景子以外の誰と歩いても仕方がないような思いだった。

(自由か？)

胸の中で惇一は呟いた。確かに谷野井陶吉は惇一を気に入ってはいた。が、学資を出してくれている陶吉の言葉に従って、病院を受継ぐなどということには、何か複雑な負担を感じた。

谷野井薬局の近くまで来ると、子供連れの若い女性の客が店から出て来た。惇一はちょっとあわてた。憲法記念日の今日は、病院も薬局も休みの筈だった。昨日陶吉も、

「明日はどこにでも行って来な」

と言っていたのだ。

「大先生、すみません」

惇一は頭を掻きながら入って行った。

「何がすまんことがあるか。君に休みをやると言ったんだから、休んでいいんだよ。只、昼飯を食べていてね、何で役所が休むからと言って、吾々まで休まねばならんのかなと思うとね、不意に店を開けたくなったんだ」

陶吉は機嫌のよい笑顔を見せた。

「はあ」

惇一は不得要領な返事をして突っ立った。

「デパートだって、君、開いているだろう？　江戸時代の商人たちはね、一年中店は開きっ放し。正月の藪入《やぶ》りだけは別だろうが、庶民は、いちいち役所の指図どおりに動くもんじゃないんだ。戦国時代の堺の商人たちを見てごらんよ。立派な自治都市を築き上げて、いや、大した見識だった」

「はあ」

電話のベルが鳴った。惇一は駈け寄って受話器を取った。

「ああ、おれだ。院長だ」

浜雄の声が耳に飛びこんできた。入院以来四ヵ月、幾度か浜雄は電話をかけてきている。が、その電話に直接惇一が出たことはなかった。

「あ、院長先生ですか。ぼく惇一です。お元気ですか」

久しぶりに聞く浜雄の声は、やはり懐しかった。

「元気なわけないだろ、こんな所に入れられて。ところでいるかい？」

惇一と聞いても、さして何の挨拶もなく、大きな声ががんがん耳にひびいた。

「ああ、奥さんですか」

「奥さん？　そんな奴には用事はないよ。おやじさん。谷野井陶吉さんだよ」

惇一は、傍らまで来ている陶吉に、「院長先生からです」と受話器を渡した。つい一週間程前のことが思い出された。惇一は棚の品物を整頓しながら、その時のことを思った。

比田原テル子は滅多に昼食を取らない。昼食を取らぬことは健康法の一つだとか言って、食堂に顔を出すことはほとんどなかった。が、テル子が食堂に入らないのは、余里子と顔を合わせたくないからではないかと、惇一でさえ気づいている。

その日は何かの用事で余里子が外出をし、那千子が珍らしくキッチンを受持っていた。そして誰が呼んだのか、自分から来たのか、テル子がサンドイッチを食べながら、那千子と話をしていた。惇一は何か戸惑いを感じながら、比田原テル子の隣りに坐った。が、二人は惇一には目もくれず話合っていた。

「どうして奥さん、わたしが変な薬を院長にお勧めしたと思ったんです？」

「どうしてって……」

「わたし、薬剤師ですよ。免許状を取り上げられるようなこと、するわけないじゃありませんか」

やや凄味のある声だった。

「でも院長が、時々あなたからドリンクをもらったとか、言ってたことがありますから」

「ドリンクとね、覚醒剤とは、大変なちがいですよ。そんなこともおわかりにならない。それにわたし、院長ってあまり好きじゃありません」

「あら、お嫌い？」

「少なくとも、わたしのタイプじゃありません」

と、不意に那千子の顔に豊かな微笑がひろがった。テル子も微笑した。惇一には何が何だかわからなかった。そして次の瞬間、那千子はエプロンのポケットから一通の封書を取り出した。

「これを見てよ、比田原さん」

「あら、院長の？」

「そう。まるで小学生のような字でしょう」

「あら奥さん。小学生だって、もっとちゃんとした字を書きますわよ」

二人は顔を見合わせて笑った。惇一はそそくさとサンドイッチを口に押しこんで、その場を去ったから、その後のことはわからない。が、入院中の浜雄からの手紙が、あの二人の女性に笑われたことだけは確かなのだ。

だから今、浜雄が、

「奥さん？　そんな奴には用事はないよ」

と言った気持が、わかるような気がしたのだ。

受話器を持った陶吉が、

「何？　返事がこない？」

と聞き返した。途端に浜雄の声が、ちょっと離れた惇一の所までひびいてきた。

「そうですよ。ぼくが何度手紙を出してもですねえ、一通の返事もよこさんのですよ。あいつは」

陶吉は耳から受話器を三十センチも離して眉をひそめながら、

「どうしたんだい浜雄、この電話はこわれたのかな。お前の声、通りまで聞えそうだよ」

「声も大きくなろうというものです。入院中の亭主が手紙を書いても、返事もよこさない。そりゃあねえ、二度ばかり見舞には来ましたよ。でも、野良犬でも見るような表情で見下げられては、来てくれないほうがいい」

声は更にびんびんひびく。惇一はこの場を去ろうかと思ったが、電話中に客が来てはと、去ることもできない。陶吉にしても、惇一には初めから隠しだてをしていないのだ。むしろ聞いていて欲しいのかも知れない。邪魔なら邪魔だと、はっきり言う人だ。それにしても、返事を書かない那千子が悪いのか、あるいは返事の書きようもない手紙を浜雄が書いているのか、そうも思う。

「何だって？　離婚をしたい？　なるほど、そういう手もあるね」

惇一はぎょっとした。いらだった浜雄が、那千子と離婚したいと言ったことに対して、陶吉は悠然と、まるで賛成するかのように相槌を打っている。

「おやじさん、ぼくの電話ちゃんと聞いてるのかね。ぼくはあいつと離婚したいと言っているんですよ」

「ああ、聞いてるよ」

「何も驚かんじゃないですか」

「当節はな、三分に一組とか二分に一組とか離婚する時代だよ。そんなありふれたことにいちいち驚いていたら、寿命が持たんよ。離婚と言えば、婦長も近く離婚するらしいよ」

陶吉は天気の話でもするような調子で言った。

「え!?　婦長が？」

「うん。婦長も何分かに一組の仲間だ。驚くことはない」

「どうして別れるんですか？　もしかしたら副院長と……」

「理由はわからん」

電話の向うで、やや沈黙があった。が、すぐに浜雄がつづけた。

「おやじさん、ぼくが離婚したいと言うのに、どうして反対しないんですか」

陶吉は不意に声高に笑って、

「わしはお前が結婚したいという時に、反対した。今反対したところで、お前はわしの言うことなど聞かんだろ」

「冷めたいんだなあ、おやじさんは」

「お前はわしの言うことなど、聞かん男だ。あれほどうるさく言ったのに、クスリを使った男だからな。それより、そんな大きな声で電話をかけていたら、病院中に聞えるだろう。それでもいいのか」

「大丈夫大丈夫。ここはボックスの中だから」

浜雄の声が惇一に聞えたのはそこまでだった。ボックスの中とは言え、自分の声の大きさにやっと気づいたのだろう。陶吉の声だけが聞える。

「……何？　帰りたい？　帰ってどうする？」

浜雄が何か言っているらしい。いつの間にかじっと陶吉のほうを見つめている惇一のほうに向って陶吉がにやりと笑って見せた。人間七十歳にもなると、こんなにも動じないものかと、惇一は舌を巻く思いだった。

「わかる、わかる」

うなずきながら、陶吉は店の壁の時計を見た。電話はかれこれ、二十分に及んでいる。

「あのな、浜雄。お前のいうことはわかった。病院のほうが心配だということもわかった。しかしな、お前も医者だからわかるだろ。患者が退院するには医者の許可を必要とする。女房と別れたいということとは、またちがうぞ。お前が社会復帰して、二度と再びクスリを使わぬという決意が、誰の目にもはっきりと見えねばならん。少なくとも、親や女房子供が、どれだけ心を痛めているかわからんようでは、またぞろクスリの厄介になるだろう。お前は自分のことしか考えていない。病院にいながら別れるだの別れないだの、那千子さんに申し訳ないと思わんのか」

再び大声がひびいた。が、陶吉は、

「客が来た。切るぞ。大声の電話はもうごめんだ」

と、受話器を置いた。

「惇一君、君には、いやな思いばかりかけるな」

「いえ、あの……コーヒーでも……」

惇一はしどろもどろに答えた。と、また電話が鳴った。

「また浜雄かな」

言いながら陶吉が、ゆっくりと受話器を持った。

「帰さなきゃ帰さなくてもいいよ。警察に電話をしてやる。それでもいいな、おやじさん」

「何？　警察に電話をかける？　あ、いいよ。どこにでもかけなさい」

再び受話器を置いた陶吉を、惇一は息をのんで見つめた。

「大先生……」

問いかけようとする惇一に、

「あの馬鹿が、家に帰してくれなければ、自分がクスリを使ったことを、警察に電話するとさ」

「そんな！　そんなことをされたら、大変です！」

「ああ、大変さ」

陶吉はにやにやして、

「ま、惇一君も事情聴取で警察に呼ばれるな。向うの医者にも迷惑をかけるな。副院長や婦長もいやな思いをするだろうな」

「そして、新聞にも出ますよね」

「ああ、出る出る。三面に大きな見出しで、『谷野井病院長、覚醒剤汚染！』なんて書かれてね」

「景子ちゃんや、初美ちゃんが……」

惇一は足から力が抜けるような気がした。その惇一の顔を見て、陶吉が言った。

「惇一君、まあ心配するなってことよ。世の中、人間の心配するようには、滅多にならないんでね。ま、心配した以上の悪いことが起きることもあるがね。『一日の苦労は一日で足れり』と、キリストさまも言ってござる」

「しかし……」

「第一浜雄は、警察なんぞに電話はしないよ。いや、できない男だ。あいつは警察の前を通っただけで、小便をちびる男だよ」

陶吉は豪放に笑った。惇一も苦笑した。何だか陶吉のいうことが、本当のような気もした。そこへ比田原テル子が外出先から帰って来た。

「なあに？　どんなおもしろい話をしていたの」

素早く白衣に着替えながら、調剤室の中でテル子が言う。

「うん。浜雄がな、離婚したいそうだ」

ずばりと陶吉が言った。惇一はぎょっとした。

「あら？　それがおもしろいお話？」

調剤室から出て来たテル子は、両手を高く上げて、大きく伸びをした。こんもりと高い胸が形よくぴんと張った。

「そうか。浜雄の離婚話じゃ、おもしろくもないか」

「いいえ、そうでもないわ。だって、院長が離婚をしたら、独身になるということでしょう。わたし、あと釜《がま》に立候補しようかしら」

一瞬、陶吉はテル子を鋭く見、次の瞬間、またも大きな声で笑った。

「あんたが院長夫人か。これはおもしろい。な、惇一君」

惇一は少し腹立たしい気がした。人の離婚話を笑い話にしてしまう陶吉とテル子に、違和感を覚えた。が、一方、陶吉はこのようにして、何でも巧みにとぼけて見せるのかと、変に感心もした。もしかすると大人という者は、心の底に思っていることを滅多に口に出さずに生きていく者なのかも知れない。そしてこのようにバランスを取りながら、生きていくのかも知れないと思った。そんな不透明なものが大人の世界なら、何も大人の仲間入りをしなくてもいいような気がした。景子の純粋な目の輝きが、不意にいとしく思われた。

「ああそうそう。狸小路で景子ちゃんに会ったわ」

「景子一人かい」

「そう。中学校の制服を着て、中学生みたいな顔をして。何だかぼんやりと歩いていたわ」

「ふーん。ぼんやりとね」

陶吉の声がまじめになった。と、テル子が、

「お返しよ。うそ。元気潑溂。男の子を四、五人従えて、大きな声で、黙ってついて

来ればいいの、とか何とか言っていた」

(男の子四、五人!?)

　惇一はいやな気がした。あのホテルの前で、友だちと約束があると景子が言ったのは、その男生徒だったのだろうかと、淋しい気がした。陶吉が言った。

「テル子先生、あんたもわしの所に働いて何年経ったのかね。わしに似て、いささかワルになったたな。口から出まかせということを覚えた。その四、五人の男の子というのは、女子高校生たちだろう」

　テル子は手を打って、

「これだから谷野井陶吉先生は、隅に置けないのよね。黙って坐ればぴたりと当る」

　惇一はほっとした。景子の進学した高校は女子高だった。だから惇一は、約束の友だちというのは女生徒だと思っていた。そして、そのとおりだったのだ。

「今日は憲法記念日だったっけ」

　テル子が言った。

「そうだよ。ところで谷野井家の憲法を知っているかね、テル子先生?」

　ソファに向い合って坐った二人は、もう浜雄のことなど念頭にはないようであった。が、惇一は、警察に電話をかけるといった浜雄の言葉に怯えていた。

「谷野井家の憲法? そりゃあ知ってるわ。貞節であるなかれ、でしょ?」

「なるほど、おっしゃるとおりだ」

また電話のベルが鳴った。

「浜雄なら、いないと言ってくれ給え」

惇一は先程の、叩きつけるような大声を思いながら、受話器を取った。

「もしもし、わたしよ。あなた惇ちゃん」

このところ、電話の間遠になっていた式子の声だった。浜雄のあとの電話で、惇一は心が弾まなかった。が、

「あ、大奥さん、お元気ですか」

と、明るく言った。

「わたし、元気よ。ね、惇ちゃん、もしかしたらわたし、病院のほうが体に合うかも知れないわ。とても楽しいもの。散歩も許されているし、かなり自由なの」

「それはよかったですね。あ、大先生がここにおられますから、かわります」

「いいわよ、かわることないわ」

式子も浜雄と同じようなことを言った。惇一は妙な気がした。

「あの、何かご用でしょうか」

「あら、用がなくちゃ、電話をしてはいけないの」

「いえ、そんなことは……」

「あのね、惇ちゃん。わたし、あなたの声を聞きたかったのよ。わたしこの頃、何を読んでると思って？　聖書を読んでるの、聖書」

「はあ」

文学好きの式子のことだ。何を読んでいようと驚くことはなかった。

「あなた聖書を読んだことある？　ああ、あったのよね。教会へ行っていたと言っていたもの」

「はあ、でも、子供の時です。中学の時までですから」

「あなた、キリストという人、好き？」

好きとか嫌いとかいう言葉でキリストを思ったことはなかった。

「わたしね、できたら嫌いになりたいの。その嫌いなところを探すために、聖書を読んでるの」

「はあ……ちょっとお待ちください」

受話器を掌でおさえ、

「大先生、大奥さまからです」

そのまま話をつづけていては悪いように思われて、惇一は言った。

「留守だ、留守だ。どうせわしに出て欲しいと言ってるわけじゃないだろ」

話の様子で、陶吉は察しをつけているようだった。惇一は式子に気の毒な気がした

が、

「大先生は今お客さんで……」

「わかってますよ。比田原さんと話をしてるのでしょう」

かろやかに笑う声がした。

「ね、それよりイエスさまよ。イエスさまって無理な方ね。『責める者のために祈れ』なんて。そんなことできる人がいて？　無理よ、ほんとうに無理よ」

受話器の向うで、再び笑う声がした。

花の香り

谷野井家の庭の桜も、植物園の桜も散り、新緑の美しい季節となった。惇一の窓の向かいにそびえる植物園のポプラの緑が、きわ立って美しい。

日曜日で少し遅く起きた惇一は、思うともなく昨夜のことを思っていた。

急に陶吉から全員集合の声がかかって、昨夜八時食堂に集まったのだ。家族全員が集まるということは、谷野井家にとって珍らしいことだった。陶吉、余里子、那千子、景子、初美、そして惇一の六人が、ちょっと改まった顔で、テーブルについていた。陶吉がその一人々々を、うなずきながら見つめていたが、

「ほんとうは、家庭というものは、こうあるべきなんだな。一日に一度は全員顔を合わす。それが家庭というものなんだな」

誰も黙っていた。みんなはそんなことより、陶吉が何を話そうとしているのかを、早く知りたいと思っていた。景子が言った。

「それよりさあ、何のご用なの、グランドパア」

陶吉は大きく腕を組み、

「急《せ》くな、急くな。まあわしの話を聞きなさい。わしが言いたいのはだな、こうして家族が、一日一度顔を合わせることにしてはどうだろうということだ」

「なあんだ。そんなことを言うために全員集合の号令をかけたの、グランドパア」

初美は呆れたように言った。黒いTシャツ姿が、初美の白いのどを引き立たせている。

「いや、実はな、二、三日中に、院長が退院してくる」

陶吉は宣言するようにみんなを見渡した。

「あら、ずいぶん突然ね」

「まあ、いやだ」

初美と景子が口々に言った。那千子は紅茶のカップを口に運んだ。

「まあいやだ？ それはないだろう初美」

やんわりたしなめてから陶吉は、

「ま、無理もないか。もっと病院に入っていてもらいたい、そんな気持はわしにもある。歓迎する者はないと思ったからこそ、こうして集まってもらったわけだ」

惇一はなるほどと思った。不意に浜雄に帰って来られては、大方が嫌悪をあらわにするにちがいない。惇一にしても、決して喜ぶべきことではなかった。

「とにかく、医者が大丈夫だと言っている。浜雄も、二度とクスリに手を出さないと言っている。那千子さんも、浜雄の退院を賛成してくれた」

「大丈夫？　ねえおねえちゃん」

景子はつるりとした赤い唇を尖《とが》らせた。

「ほんとうね、グランドマアの例があるわね。グランドマアは、麻薬睡眠薬、麻薬睡眠薬と、何べんクスリに手を出したかしら。その度に入院させたり、家の中に監禁したり、わたしもう懲《こ》り懲りよ。パパのことだってもう信じられない」

初美はきっぱりと言った。陶吉はうなずきうなずき、

「初美の言うとおりさ。だがね、だからと言って、病院では退院していいと言っているのに、引取りを断るわけにはいかない。そこでだ、これからはだな。今日のように、夜は全員努めてここで顔を合わす」

「ははあ、なるほど、全員で院長の様子を監視するというわけですか、大先生」

余里子がにやにやした。陶吉はちょっと首をかしげて、

「愚策かね、余里子君」

と、顔を余里子に向けた。

「いいえ、愚策とは申しませんよ。家族全員が顔を合わすということは、単に顔の色や目の色を見たりするだけのことではなくて、精神的な安定や、満足につながるかも

知れませんからね」

「そうか。じゃ、あながち愚策というわけでもないか。みんなも知ってのとおり、クスリというのは妙なもんで、傍で使われていても気づかぬことが少なくない。この家は個室ばかりで、まるで下宿人同士の寄合世帯のようなもんだ。下手をすると一週間も顔を合わせないことだって、ざらにある。これじゃ、ちょっとした変化を敏感に感じ取ることはできない。なあ、那千子さん」

那千子は二、三度まばたきしただけだった。初美は、

「余里子さんね、家族が顔を合わせるのは、精神的な安定や満足につながると言ったけど、わたし、パパの顔を見るのはいやよ。あまり顔を合わせたくないわ。毎日顔を合わせるとこっちの精神のほうが参っちゃうわ」

と、ずけずけ言った。惇一は心の中でうなずいた。家族というものは、お互い遠慮のないものだ。いつ何時《なんどき》、誰の言葉がぐさりと胸に突き刺さるかわからない。そんな危険が特にこの家にはある。

テーブルの一点を見つめていた那千子が、顔を上げて陶吉を見、

「初美の言うとおりかも知れませんわ。顔を合わせて慰め合えるようなら……」

あとは口の中で何か言った。

「ま、初美の言うこともわかる。だが、そこを何とか怺《こら》えて、院長を立ち上がらせな

ければならんのだな、これからは」

ちょっと沈黙がつづいた。景子が言った。

「わかった。いや、頑張ってみるわ。家族なんだから、しようがない」

素直な声だった。が、初美は、

「わたしは、自信ないわよ。当分は顔を合わせたくない。言いたいことが胸元までこみ上げているのに、我慢しなければならないなんて、わたしにはできないわ。ママだってそうじゃないの」

と、年上のような言い方をした。那千子は苦笑して、

「ママは我慢できても、パパはわからないわ。ママの顔を見たら怒鳴るか、皮肉るか、嫌味を言うか、どうせそんな人ですもの」

「やれやれ……」

言いかけた陶吉の言葉をかき消すように、初美が言った。

「ママ、パパがクスリなんかに手を出したのは、ママにも責任があるんじゃない？」

「え？　わたしにも責任？　どうしてよ」

那千子の声が尖った。

「この際だから、はっきり言っておくけど、ママ、ママはどうして毎日髪の色を変えるのよ。やれ金色だ、栗色だ、黒だと……」

「ママのおしゃれよ。ママにだって、おしゃれする権利はあるでしょ？」

「権利があるかも知れないけど、趣味が悪いわ。舞台にでも出るような濃い化粧をしたり……わたし、お友だちに何度ママの悪口聞かされたかわからないわ。素っ頓狂ねえって、友だちが笑うのよ」

「厚化粧なら、初美だって高校生のくせに、ずいぶん塗りたくっていたじゃないの」

「あら、ママも気がついていた？　わたしね、ママの真似をしていただけよ。ママが悪趣味にいつ気がつくかって、真似してただけよ」

余里子が立ち上がって、みんなのカップに紅茶を注ぎ足し始めた。陶吉が「まあまあ」と、二人を両手で抑えるような仕種《しぐさ》をし、

「なるほど、親子というものは、すさまじいものですな。遠慮会釈《えしゃく》がない」

と、大声で笑った。初美がきっとして、

「グランドパア、遠慮会釈がないは、言い過ぎよ。景子は言いたいことが言えなくて、家庭内暴力のような真似をしたわ。わたしだって、ママのかつらのことなんか、とても口には出せなかった。でもね、わたし、ママだけを責めるつもりはないのよ。パパは第一、女癖が悪いわ。あの看護婦さん、この事務員さんと、年毎に噂が立ってるわ。ママがやり切れないことはわかるわ」

黙って聞いていた景子が、

「でも、おあいこじゃない？　ママにだってボーイ・フレンドがいるんじゃない？」

那千子がすっと立ち上がって、

「ママだって女よ。ボーイ・フレンドの二、三人はいるわよ。お食事したりするくらいの相手はいるわよ。でも定期的にホテルに泊るほどのご乱行じゃないわ」

ちらりと陶吉を見た目が鋭かった。陶吉は顔色も変えず、

「人間の世の中だ。何があっても驚くことはないよ。世のお偉方だって、家庭はこんなもんじゃないかな」

紅茶を注ぎ終った余里子が言った。

「そう。そうかも知れないわ。この頃の世の中はもっともっとひどいわ。親殺し、きょうだい殺し、夫殺し、妻殺しなど、よく新聞に出ているわ。家族だからって、仲よくやっているとは限らないのよ。みんな恨みを胸の中に溜めて生きている。怖いわ、人間の世界は」

聞いていて、惇一は本当に怖いと思った。今、惇一はそのことを思い出し、この家にあることの重さを改めて感じた。一人病人が出れば、家族は一つになると母が言っていたことがある。が、この家では、病人と言ってもクスリの中毒患者なのだ。中毒になったことで、既に憎しみを買っている。浜雄は二、三日中に帰って来るだろう。浜雄の帰宅が、惇一にも恐ろしいものに思われた。

二、三日中に帰る筈の浜雄が帰って来たのは、結局は一週間後の日曜日であった。病院の休みの日のほうが、患者たちに目立たずにすむということだった。

その日の朝、ちょっとした小競《こぜ》り合いがあった。惇一が食堂に入って行くと、初美と那千子が言い争っていた。那千子が金髪のかつらをかぶっていたのだ。

「ママ、少しはこの家の平和を考えてよ。パパが退院して来る日に、パパの嫌いな金髪じゃ、まるでけんか腰じゃない？」

「いいじゃない。わたし、けんかをするつもりなんだから」

抑揚のない声だった。

「けんかするつもり？」

「そうよ。あの人、帰ってきたらわたしと離婚したいと思ってるのだもの」

「パパとママがけんかをするのは自由よ。但《ただ》しわたしたち娘が、いやでも応でもそのけんかに巻きこまれるということ、お忘れにならないでね」

初美はわざとていねいな言葉を使った。キッチンのほうで余里子が言った。

「那千子さん、景子ちゃんがね、今日ママが金髪だったら、家出するって言ってたわよ」

「家出？」

「そう。昨夜言ってたわ。あの子は、家出すると言ったら家出するわよ」

余里子の声にも抑揚がなかった。

その余里子の言葉が利いたのか、陶吉と事務長のうしろから浜雄が車を降りた時、那千子は黒い自分の髪で出迎えた。浜雄は、惇一が想像していたよりずっと機嫌がよかった。先日のあの大声がうそのようであった。那千子の顔を見ると、

「や、すまんかったな」

と、片手を上げげたし、初美と景子には、

「心配かけたな。もう大丈夫だ」

と、二人の肩をぽんと叩いた。余里子には頭を低く下げ、

「お手やわらかに頼むよ」

と、肩をすくめた。睡眠薬をワインにまぜたのが余里子であることを、浜雄は忘れてはいないのだ。そして惇一にさえ、

「君の顔を見ると、ほっとするよ。仲よく頼むよ」

と微笑を見せた。惇一は不意に、浜雄が哀れに思われた。人間というものは、自己主張をしない相手には、却《かえ》ってその存在をかばいたくなるものだと思った。下手に自己主張されると、引っこめと言いたくなる。浜雄はどちらかというと、自分勝手に、したい放題のことをし、言いたい放題のことを言う。感情に起伏がある。何となく顔

を合わせたくない人間である。が、一歩引退《ひきさが》って見せられると、日頃の思いが失《う》せて、こちらの気持までやさしくなる。これが人間関係の機微かと思いながら、惇一は自分でも自然に明るい顔になっていた。

退院して数日は、浜雄は診察を半日だけにとどめた。院長がいなくても、病院は相変らずの繁昌を見せていた。副院長に、院長代理としての貫禄がついていた。

離婚が決まったという婦長の花岡ひろ子は、二つ三つ齢《とし》が若返って見えた。僅か数ヵ月留守をして帰ってきた浜雄の目に、病院も家の中もどこかが明らかに変って映った。その変ったひとつに、妻の那千子がいた。那千子は忘れたようにかつらをつけなかった。金髪のかつらも栗色のかつらも、顧みることはなかった。浜雄の目には不思議なほどに化粧も控え目になって、口紅をうっすらとつけるだけの那千子になった。

只陶吉が願ったような、夕食時に全員が顔を揃えることは、依然としてなかった。惇一は以前より、しばしば一人で夕食を取ることが多くなった。一人の時は、ほっとするが淋しくもある。初美と二人っきりになることもある。初美との食事は楽しかった。景子と二人っきりの時は、なぜか惇一はそそくさと食事をすませた。そしてその度に惇一は後悔した。浜雄と二人っきりになることはほとんどなかった。浜雄と那千子は常に同席するからだ。

(うまく行ってるんだなあ)

その度に惇一はほっとして、なるべく早く食事を切り上げることにする。やはり気のおけないのは、陶吉と一緒の時だ。陶吉と一緒なら、二人っきりであろうと、他の誰がいようと、惇一は安心していることができた。とにかく浜雄の退院によって惹き起こされるかも知れないと案じたことは、何事も起こらなかった。

北海道の春はとうに過ぎ初夏に移りつつあった。ライラックの季節に入り、植物園の正門に再び観光バス誘導の笛の音がひびくようになった。

（あれから一年が過ぎた）

惇一は去年植物園で、子供たちと遊んでいた景子を見かけた日のことを思い出した。

（案ずるより生むは易しか）

もはや谷野井家には、どんな事件も起きないような気がした。

その日は、六月に入って間もない土曜日だった。惇一は友人の西崎克郎のバイクの荷台に乗って、大倉山シャンツェのある宮ノ森に向かって走っていた。克郎も無事に二浪を終えて、惇一と共に北大の医学生になっていた。

夏草の少し伸びたジャンプ台の下の広場に、二人は寝ころんで青い空を仰いだ。白い雲が一筋、二人の真上にあった。

「ええなあ」

西崎克郎は関西訛《なま》りになった。克郎は日頃から、

「おれは九州で生まれて、東北、関西、東京と、転々としていたんや。転勤族の息子やからなあ」

などと出たらめを言っていた。が、確かに関西にいたことはあるらしく、わざと関西弁を使うことがあった。惇一が相槌を打った。

「ほんとうにいいなあ。きれいな雲だ」

郭公《かっこう》が近くの林で啼いている。克郎が言った。

「おれな、きれいな空や美しい景色を見ると、どういうわけか、もしかしたら、神さまってえ奴は、その辺にいるんじゃないかと思っちゃうんだよな」

「神さま？」

思いがけない言葉が西崎の口から飛び出したものだと、惇一は驚いた。お互いに忙しくて、近頃滅多にゆっくり話をする機会もなかった。それが今日、校門でばったり会って、

「どうや、一時間ばかりつきあわんか。ええ所へ案内したるで」

と、連れて来られたのが、人っ子一人いないジャンプ台の下の草原だった。どこか喫茶店にでも誘われるのではないかと思った惇一には、このことも意外だった。

「神さまという言葉が出て、驚いたか。しかし何や知らんけど、こんなきれいな空を見とるとな、ああ神さまは、人間にずいぶんとええ環境を与えていなはるなと思えてな。野原も山も緑、海は青いし……」

「なるほど」

「これが、空は真っ黒、海は鉛色、山は灰色なんてえふうに造られたってな、文句は言えんのだ、被造物としてはな。花を見ても果物を見てもきれいやし、うまいし、バナナかて西瓜《すいか》かて、りんご、ぶどう、みかんかて、皆第一級の作品や。じっと見とると、創造者は人間がかわゆうて、どもならんと思うて造ったものばかりに思えるんや」

克郎はそう言って、ふっと黙った。惇一は、克郎が生まれた時に、既に父親は女と逃げて、どこかへ姿をくらましていたという話を、思い出すともなく思い出していた。その話をした時、克郎は事もなげに言ったものだった。

「なあに、キリストさまだって、父親はいなかった。母マリヤは聖霊によって妊《みごも》れり……」

そんな冗談を言っていたが、克郎のこれまでの人生は、ひどく孤独な、傷を負った人生ではなかったかと惇一は今改めて思った。それは、神という言葉が克郎の口から出たためかも知れなかった。

「西崎君、君、神がいると思うかい？」

「いるかいないかわからんが、おれは、いると思って生きるほうが、人間可愛らしいと思うんよ」

克郎らしい答だった。

「それはそうと、佐川、あのオバちゃんどうした？」

「あのオバちゃん？」

「うん、いつかPホテルで会ったオバちゃんよ」

「ああ、あの人元気だよ」

「一つ屋根の下に暮らしてるんか」

「一つ屋根の下？……」

惇一は首をかしげてから、

「あそこの家はなあ、一人々々がマンション住まいみたいでさ、食堂だけが共同っていう感じなんだ」

「ふーん。何やいややな」

「家庭的というわけにはいかんな。ぼくは一年以上経《た》つけど、どの部屋にも自由に入るわけにはいかんよ。お隣りの家に行くという感じさ。それもたまにね。そうだ、あの奥さんの住んでいる部屋には、まだ一度も行っていないよ」

「へえー、一つ屋根の下にいてなあ。けったいやなあ」

克郎は再び仰向きになって、

「しかし、向うからは君の部屋にやってくることはあるんだろう？」

惇一は何となくどきりとした。

今朝、那千子が、「今夜、遊びに行ってもいい？　ちょっと話を聞いて欲しいの」

と言っていたからだ。が、さりげなく惇一は首をふって、

「人生って、そうロマンチックじゃないよ。女の子たちだって、高校と大学の受験があったし、ぼくだってそうだったし、奥さんはあちこち飛んで歩いているし……」

「なるほど、そうか。いや、そうかも知れないな。おれの友だちが根室に三年ほどいたんだけど、根室に行ったら花咲蟹をたらふく食えると思ったんだってさ。ところが、思ったほど食べないうちに、三年が過ぎたってさ。女はうなるほどこの世にいる。しかし、おれの手に抱きしめることのできる女は、三人どころか、只一人かも知れぬと思った。

克郎は笑った。つられて惇一も笑った。自分は三人といやしない」

「実はさ、君のあのオバちゃんね、あの人は一度見たら忘れられない顔だから、しっかりと目に灼きついて覚えてるんだがねえ。よくあのホテルに来るよ」

空を見ていた克郎が惇一を見た。克郎は、確かあのPホテルの楽団に、アルバイト

で時折顔を出していると聞いていた。器用な男でドラムも叩けば、ピアノも弾く。

「ああそう。そう言えばああいうところが好きかも知れないね。うちの奥さんは」

「それもさ、男が一緒なんだ。相手は時々変る」

「ほんとか？」

惇一は体を起こした。

「ほんとうさ。この何ヵ月か、特に足繁く来ていたが、このところぴたりと姿を見せないんでね。まあ、どうだっていいけどさ。君もいつぞや口説《くど》かれそうになっていたから、ちょっと心配で、耳に入れておこうと思ったのさ」

「ありがとう。ぼくなどまだ子供のうちだから、相手にもしていないだろうけど……」

言いかけると、克郎はふっと笑って、

「あのオバちゃん、年寄りの好みもあるんだね。七十近いおじいちゃまと二、三度やって来たぜ」

「七十近い？」

「うん、親子かな」

(大先生かな！)

「その人、頭は？」

「きれいなもんだ。総退却型っていうんだそうだな。頭のてっぺんから、うしろにかけてはあるな。しかし感じのいい男だよ」

　やはり大先生だと惇一は思った。

「それがさ、そのおじいちゃまは、またほかに若い女をつれてくる。もっとも食事だけして帰るんだろうけど、何となく目立つんだなあ」

　聞くまでもなく、それは比田原テル子に相違なかった。惇一は、その女の人は薬局に勤める薬剤師だと、のどまで出かかったがのみこんだ。克郎は時々小説を書いているという話だった。刺激になるようなことは、話さないほうがいいと思った。

「自然はきれいなのに、どうして人間世界は生臭いのかな」

　惇一は思わず呟いた。

「全くだ。人間の世界はいずこもドラマだな。生臭いドラマだよ。人間の業欲たかりや、女狂いや、そんな愚かさがなくなったら……つまらん世の中になるのかなあ」

　惇一はつまらなくてもいいと思った。今夜、部屋に訪ねてくるという那千子は、何を話しに来るのだろう。いつかの夜、惇一のベッドに寝そべっていた大胆な那千子の肢体を、惇一は思った。

　その夜八時きっかりに、那千子が惇一の部屋にやって来た。珍らしく和服だった。

惇一はほっとした。和服では、いつぞやのように挑発的な肢体でベッドの上に寝るようなことはなかろうと、すぐに思った。一方、ちょっと残念な気もした。

「お話って何ですか？」

窓辺に立ってカーテンをもたげ、僅かに暮れ残る空を見ている那千子に、惇一が言った。那千子はそれには答えず、

「あ、そうか。わたしの部屋は、このすぐ下なのよね。窓から見えるヤチダモもポプラも同じものなのに、階がちがうとちがう風景みたい」

と、ふり返ってにっこりした。

「はあ」

二階と三階では、木々の高さがちがうだろう。そう思いながら、どんな話を聞かされるのか、惇一は落ちつかなかった。

「どうぞ」

出された小椅子に那千子は素直に坐って、

「ねえ、惇一さん、あなた院長の電話聞いたでしょう。大先生にきた電話」

「ぼく、ほかの仕事してましたから……」

惇一は自信なく言った。

「いいのよ、かくさなくても。大先生が、浜雄の電話には耳が痛くなるっておっしゃ

ってたから、きっと聞えたと思うの」

「はあ」

惇一は頭を掻いた。

「婦長が離婚するって話、あなたも聞いたでしょう？」

「詳しいことは知りませんけど……」

「あれ院長と無関係と思って？」

「ええ、別に関係があると思いませんが」

「惇一さんね、あなたには知らないことがたくさんあるのよ。院長と婦長は、一時期関係があったのよ」

「えっ!?　関係が？」

驚く惇一に、

「ええ。そのほか何人かの看護婦、女子事務員……そして比田原さんとだって……」

那千子はじっと惇一の顔を見つめた。

惇一は那千子にじっと見つめられて、視線を外《そ》らした。あたたかい六月の夜だ。アカシアの甘い香りが、開けた窓から漂ってくる。

今、那千子は惇一の部屋に来て、夫の浜雄の女性関係を口にした。那千子の話によると、浜雄は幾人かの看護婦、そして事務員はむろんのこと、婦長の花岡ひろ子、薬剤師の比田原テル子とまで、関係を持っていたという。惇一は答えようがなかった。

「……ぼく……」

惇一は口ごもった。

「惇一さんは、こんな話聞きたくないというんでしょ」

那千子はのぞきこむように、惇一の顔を見た。椅子にかけたままなのに、和服を着た那千子の体の線がなまめかしく見える。惇一の掌が汗ばんできた。

「聞きたくないのとはちがいます。聞いても、ぼくには何もして上げられないので……」

惇一は窓の外を見た。夜の植物園が黒ぐろと深い。

「いいのよ、何もしてくれなくても。只ね、知っていて欲しいの」

「はあ」

知ってどうなるのか、と思いながら、惇一は知りたくもあった。

「惇一さんだって何も知らないより、知っておくべきよ。だって、大先生はあなたが初美か景子と……できたら初美がいいんでしょうね、一緒になって欲しいと思っているのよ。その家がどんな家かってこと、知っておいて損がないと思うの。とにかく、惇一さんが電話で聞いたとおり、院長はわたしと別れるつもりよ。そう仕向けたのは、わたしは婦長だと思うの」

那千子はほっと吐息を洩らし、

「あの人、わたしから浜雄を奪うつもりで、何年か前に、体の関係を持ったのよ。そして今度の入院中、ずいぶんと世話を焼いてくれたらしいわ。何しろ、うまくすると、谷野井病院の院長夫人になれるんですもの。でもね、比田原さんがちゃんと監視してるわ。大先生が知ったら、こりゃあ大変なことになるのよ。大先生は比田原さんを、絶対に誰の手にも渡さないわ」

惇一は相槌の打ちようがなかった。もし那千子の話が本当なら、目茶苦茶だと思った。要するに、谷野井家はその金や財産を狙われているのだ。色と欲の渦巻くのを見るような気がした。

黙っている惇一を、那千子は艶のある目で見つめていたが、

「信じられないという顔ね。無理もないわ」

と投げ出すように言った。惇一は、いつか比田原テル子が言った谷野井家の憲法なるものを思い出した。陶吉が、「谷野井家の憲法を知っているかね」と尋ねた時、テル子は言下に答えたのだ。

「貞節であるなかれ、でしょう」

陶吉はその時、

「なるほど、おっしゃるとおりだ」

と高笑いしたのだ。

あの言葉が言下に出たということは、つまりは冗談ごとではなかったのだ。

（それにしてもこの人は、なぜそんな内幕を自分に打ち明けようとするのか）

惇一の心は次第に重くなった。その惇一の心を見透かすように那千子は言った。

「ねえ、惇一さん。わたしだって、こんな家の恥、あなたに知られたくないわ。軽蔑されるだけですもの」

「軽蔑なんて、そんな……」

軽蔑より、呆れているのだと思いながら惇一は答えた。

「なぜお話するかというとね、あなたがそろそろ、何らかの答を出さなきゃならない時期だと思うからなの。こんな病院を押しつけられるのがごめんなら、はっきりとそうおっしゃればいいと思うの。でも、こんな病院だからこそ、受継いでもいいと思うなら、そうなさればいいと思うの。もちろんあなたがこの病院を引継ぐまでには、最低でも十五年はかかるわ。副院長、婦長、比田原さん、よからぬ思いの人たちが、それまでにこの病院をどんなふうにしてしまうか」

「…………」

「惇一さん、わたしこれでも、初美と景子の母親なのよね。わたし、こんな病院なんか、あの娘《こ》たちに継がせたくないの。安月給でもいいから、サラリーマンと結婚して、繰り返すことのできないこの一生を、自由に伸び伸びと生きていって欲しいのよ」

惇一は、おやと思った。那千子を見ていると、贅沢をしたくて浜雄と結婚したように見えるのだ。が、那千子は、安月給でもいいと、サラリーマンの生活を望んでいるのだろう。むろんサラリーマンだって、そう平穏な生活ではないことは那千子も知っているのだろう。それでも高額所得者の上位に、毎年ランクされている病院を継ぐよりは幸せだということを、那千子は知っているのかも知れない。とにかく意外だった。

「惇一さん、わたしの目から見ると、初美も景子も、あなたに好意を寄せているように見えるわ。姉妹《きょうだい》で傷つけ合うことにならなければよいと、わたし心配しているの。二人にとって、あなたは初恋の人よ。あなたも景子を好きでしょ。でもね、初恋は実らないほうがいいのよ。あなたたち、まだ若過ぎるわ。今離れたら、いつかお互いの存在がうすれていくと思うの。それが一番いいと思うのよ」

「…………」

冗談ではないと惇一は思った。この家を継ぐ継がないは別として、景子がたまらなく愛《いと》しく思われた。

「惇一さん、わたしね、つくづくと思うのよ。人間は誰しも好きな人と結婚したいわ。でもね、結婚という現実は、わたしに言わせれば惨憺たるものよ。一番好きだった筈の相手が、いつしか憎む相手に変っていく。わたしだって、浜雄が嫌いで結婚したわけではないわ。でもあの人、絶えず女をつくってわたしを苦しめたわ。そしていつしか、わたしなど女でないかのように軽蔑して……金色のかつらでも、銀色のかつらでも、かぶりたくなったわよ」

「………」

「だから、わたし思うの。一番好きな人と結婚しないで、二番目に好きな人と結婚すればいいと思うの。するとね、夫とうまくいかなくても、心の中に一番目の人が住んでいるわ。愛することのできる人が住んでいるわ。女にとって、もう誰も愛せないと思うことぐらい辛いことはないもの。ね、そうじゃない？」

惇一は、不意に、那千子が自分より年下の少女になったように思われた。那千子という人間は、一見驕慢にも見えるが、実は淋しい女なのかも知れない。そして少女の部分を残して生きている人間なのかも知れない。惇一はそう思いながら、大きくうなずいた。二番目に好きな人と結婚すべきだという那千子の持論は、那千子の不幸な結婚によって引き出されたものなのであろう。そうは理解できたが、しかし惇一は、景子をおいて他の女性を取ろうなどとは思えなかった。

那千子は、口の重い惇一を前に、低く声に出して笑ったが、

「惇一さん、大先生は相変らずPホテルにお出かけのようね」

と、新たな話題に入った。

「はあ」

今日、ジャンプ台の下の草原で、西崎克郎に聞いてきたばかりの話を思い出した。

「大先生って、怪物よねえ」

「カイブツ？　愉快の快の快物ですよね、大先生は」

惇一はそしらぬ顔で言った。

「いいえ、怪しき者の怪物ですよ」

「人間って、みんな怪しき怪物ですよ」

惇一は少し意地の悪い気持で言い、

「近頃奥様もPホテルに行かれますか」

と尋ねた。一瞬那千子の口が小さく開いた。息をのんだように見えた。が、次の瞬間、ドアをノックする音がして、初美と景子の顔がのぞいた。惇一は何となくはっとした。自分の椅子と那千子の椅子が、少し近過ぎるような気がした。いつの間にか那千子の坐っていた椅子が、惇一の膝にふれんばかりに近づいていたのだ。

「あら、ママ来ていたの？」

初美がにやにやした。

「そうよ、遊びに来ていたのよ」

那千子はゆっくりとふり返って言った。景子はむっつりと押し黙っていた。

「ママ、時々惇一さんのところに遊びに来るの?」

初美が近づいてきて、二人の顔を交互に見た。

「ええ来ますとも。わたしと惇一さんは仲よしですもの。週に一度は遊びに来るわ」

那千子は出たらめを言った。惇一はあわてて、

「うそです! 今日で二回目です」

と、生まじめな語調で言った。

「あら、ママが何遍来たって、よろしいのよ。ね、景子」

初美が声を立てて笑った。景子は返事をしなかった。那千子が立ち上がって、

「じゃ、わたし失礼するわ。惇一さん、わたしの言ったこと、よく考えておいてね。そして、できたら一日も早く、どこかに部屋を見つけてね」

と、優しかった。

「ママ! ちょっと待ってよ!」

黙っていた景子が、二人のそばをすりぬけようとした那千子に、鋭い語調で呼びかけた。

「なあに景子、怖い顔をして」

那千子は微笑を崩さなかった。初美は、

「ママ、そこの椅子にもう一度腰かけて。景子、坐らない？」

と、長い足を横ずわりにして、ジュータンの上に坐った。並んで景子も坐ると、那千子も椅子に戻らざるを得なかった。

「やれやれ」

那千子は苦笑して二人を見、

「なあに？　ママに何か用？」

と尋ねた。景子が言った。

「ママ、今惇一さんに、一日も早く部屋を探してって、言ったわね。それ、どういうこと？　ここから出て行って欲しいということ？」

「早く言えばそうね」

きっぱりと那千子が答えた。初美が言った。

「早く言っても、遅く言っても同じじゃない？　どうして惇一さんに出て行ってもらうのよ」

「それはね……あなたがただって、そう思わない？　惇一さんがこれ以上ここの家にいて、何かいいことがある？」

初美がうなずいて、

「ああそうか、ママは惇一さんに跡を継いでもらいたくないわけね」

「もちろんよ。惇一さんには惇一さんの道があると思うの」

言いかける那千子の言葉を、景子が遮《さえぎ》った。

「ママ、惇一さんはママだけの仲よしじゃないわ。わたしたちやグランドパアの仲よしでもあるわ。惇一さんが家の中にいることって、大事なことよ。一人で勝手に決めないでよ」

怒りを含んだ景子の声に、惇一はどぎまぎしながら、

「景子ちゃん、何もまだ決まっていませんよ」

と、口ごもるように言った。それには答えず、景子が言った。

「ね、ママ、惇一さんがいづらくなるようなこと、言わないでよ。惇一さんが可哀そうじゃない」

怒る景子に初美が茶化した。

「可愛いそうなのは、景子のほうかもね」

「知らないっ！」

景子は正直に赤くなった。

「ごめんごめん」

初美は景子をなだめてから、

「ママ、ママのいうこと、もっともだとわたしも思うわよ。惇一さんは将来、研究室

に残りたいかも知れないのに、その希望も何も聞かずに、どうじゃ、谷野井病院は繁昌してるよ、谷野井病院を継ぐのに何の文句があるかみたいなやり方って、失礼よね」

「初美、それはそうだけど、そんなことをいうと、大先生の悪口になってしまうわよ」

「悪口になったって、かまわないわよ。ね、惇一さん」

「いえ、ぼくは、学資を出して頂いているんですから……」

惇一は那千子を見た。景子が叫ぶように言った。

「お金を出してもらってるから、どうだっていうのよ。惇一さんが頼みもしないのに、無理矢理札幌に呼んだのはグランドパアよ。何も恩に着る必要はないわよ」

惇一を叱るような語調に、惇一は景子の真実な心を感じた。

「あ、そうそう」

と、いつの間にか椅子から下りて、自分もジュータンの上に坐っていた那千子が、三人の顔を順々に見て言った。

「ぜひ言わなければならないことがあったの。言いづらいことだけど……」

「言いづらいこと？」

「そう。パパのことなの」

「えーっ⁉　パパのこと？」

初美は悲鳴に近い声を上げ、

「まさか、またクスリを始めたわけじゃないでしょうね」

と、那千子を見据えるように見た。

「それが、そのまさかなのよ」

「ほんと⁉　ママ」

「ほんと。ほんとよ。でも覚醒剤じゃないの。夜眠れないって、時々眠り薬を服《の》んでいたのよね。眠り薬は前にも服んでいたし、気にも注《と》めていなかったんだけど、近頃ウイスキーと一緒に服むようになったの」

「なあんだ、それじゃ大したことないじゃない」

景子が安心したように言った。

「でもね、それも危ないことらしいのよ。ついこの間もアルコールで睡眠剤を常用していた内科医が、死んだと聞いたばかりだもの」

「でも、やめさせれば？　ねえ景子」

「あのね、やめさせればって初美は簡単にいうけど、あのパパがよ、そうたやすくママのいうことを聞くと思って？　四六時中監視するわけにはいかないのよ。睡眠剤を口に放りこむ位、一秒とかからないわ。水を飲むふりしてウイスキーを飲まれたって……」

「体に悪いこと、パパ知ってんの」

「知らないわけないでしょ。知っちゃいるけどやめられないっていうあれよ。もうパパが死んだって、ママの責任にしないでよ」

　惇一は、改めて那千子の大変さを思った。特別に煮炊きして作るものなら、防ぐこともできる。が、グラスにウイスキーを注ぎ、水を注ぐ。その僅かな時間でできることを、どうして監視し切ることができるだろう。

「大変ですねえ。それは奥さんの責任じゃない。院長が責任を持ってくれなきゃあ」

「そうなのよ。わたしね。今度こそあの人のために尽くそうと思って、かつらもやめたわ。濃い化粧もやめたわ。多分二人の仲は、今までにないほど平和になったわ。食堂でほとんど毎日一緒に食事もしてるわ」

「そうね。それはわたしたちも感じてるわ。そうそう、お風呂も一緒に入っているって……」

　初美は惇一の手前もかまわずに言った。惇一は思わず視線を泳がせた。

「そうよ。お風呂にも一緒に入ったわ。でも、この頃はパパが一緒に入るのいやがるの。お前はおれを裸にして、注射の跡があるかないか、検察官のような目で点検してるんだろうって」

那千子の声が不意に泣き声になった。と思うと、那千子は立ち上がって、

「一体、誰がわたしに協力してくれてるのよ。一体誰が味方してくれているのよ。パパがクスリを始めたら、悪いのはどうしてわたしなのよ。もういや、もう……」

那千子はドアを押して出て行った。惇一は追いかけようとしてやめた。初美と景子はその場を動かなかった。

黒い影

この二、三日、惇一は憂鬱だった。自分が思っているより、事態が切迫しているように思われた。大学は六年ある。そのためか、景子や初美とのことは、そうせっかちにならずに、ゆっくり構えてよいような気がしていた。が、那千子の話の様子では、院長の浜雄は、どこまでも何らかの薬物に頼らずには生きていけない弱い人間の様である。院長としての職分を充分にこなしていくことは、無理と思われる。とすれば、初美が若手の医師と結婚して、この病院を継ぐしかないだろう。そのためには、自分がこの家にうろうろしていては、何かと目障《めざわ》りなことになる。惇一はそう思わずにはいられなかった。

久しぶりに惇一は、夜の街に出て見た。ネオンサインの点滅する街空を見上げて、惇一は空が赤く染まっていることに改めて気づいた。夜の空は暗い筈だ。その暗い筈の夜空が赤い。妙に作られた世界を感じた。街にあふれている男と女も、神に創られた人間というより、どこか汚染された人工の匂いがした。それは惇一の憂鬱な気分がもたらす感覚であったかも知れない。

惇一はふと思い立って、Pホテルに行って見ようと思った。誰も知る者のいない街をほっつき歩くより、西崎克郎のアルバイトをしている楽団《バンド》を見てみたかった。アルバイトだから、毎晩西崎が出ているとは限るまい。が、とにかく妙に西崎克郎に会いたかった。

克郎の働くバンドは、Pホテルの地下にある大きなバアと聞いていた。地下への階段の途中で、惇一は立ちどまった。ズボンのポケットには、二、三日前に陶吉からもらった五万円がまだ手つかずに入っている、その一枚々々を指先でまさぐるようにして、階段を下りようとした時、うしろから大きな手が惇一の肩を叩いた。驚いてふり返ると、何とそこには陶吉が上機嫌の笑顔を見せて、

「珍らしい所で会うじゃないか」

と、惇一の腕を取り、

「誰かつれでもいるのかね。いなければ、一緒にどうだい」

惇一は急きこむように、

「ありがとうございます」

と声高に言った。

「よかったよ。君。実はね、わしも相手が欲しかったところだ」

階段をゆっくりと下りながら、

「ここにはよく、比田原君や那千子さんともやって来る」

事もなげに陶吉は言った。克郎の口から聞いた時は、妙にすえた匂いを感じたものだが、陶吉の口から出ると明朗である。何の罪の匂いもしない。惇一は、那千子の言葉のほうが信じられないような気がした。

百人は入るだろうか。ゆったりと作られたバアの席が七分方埋まっていた。盆を運ぶボーイのきびきびした立居振舞、ロングドレス、ミニスカート、和服姿等々の、ホステスの動きも華やかだった。陶吉は馴れた足取りで、馴染《なじ》みらしいホステスに手を取られんばかりに、片隅の席に着いた。惇一は頬がひくひくと痙攣《けいれん》するようで、腋の下がたちまち汗ばんだ。

「ま、惇一君、くつろぎ給え」

惇一の緊張した様子を見て、陶吉はにんまりと笑った。二人のホステスが陶吉と惇一の傍らにぴたりと坐って、運ばれて来たおしぼりを、それぞれに広げて渡した。ホステスの化粧の匂いが惇一には強過ぎた。押しつけるようにぴたりと坐られたのにも辟易《へきえき》した。ホステスの注いだビールのコップを、陶吉と惇一は、かちりと音を立ててふれ合わせた。惇一は三センチ程飲んで、コップをテーブルの上に置いた。ミニスカートの若いホステスが、その惇一を見てふっと笑った。それをカバーするように、和

服姿の少し年嵩《としかさ》のホステスが、

「とても純真そうね。学生さんですわね。息子さんですの」

と、陶吉の飲み干したコップにビールを注ぐ。

「千鶴子さん、だからぼくは君が好きなんだよ。お孫さんですかと聞かれても仕方のないところを、君は息子さんですかと聞いた。それだね、君がナンバーワンの秘訣は。嘘でもいい、それだけでお客は一ヵ月も二ヵ月も慰められているものだよ」

「あら、先生、先生は励まし上手ね。先生こそお客さまのナンバーワンよ」

千鶴子と呼ばれたホステスが明るい笑顔を向けた。

「実はね、今夜はこの息子とさしで話があるんだ。話が終ったらあとで遊ぶから」

陶吉が両脇のホステスに素早くチップを手渡した。二人はていねいに頭を下げ、

「じゃ、またあとで」

と、気持よく立って行った。惇一は、この陶吉の声音、仕種《しぐさ》、表情の、何とも言えぬ優しさに、何か名画の一シーンを見せられているような思いだった。

「実はな、惇一君、わしはあんたとゆっくり話し合いたいことがあったんだ。ここで会って、ちょうどよかったんだが、君は本当に約束の人はいないんだね」

「ありません。只……友だちがここのバンドで、時々アルバイトをしてると聞いてたもんですから、妙に会いたくなって……」

「バンド？　ここはね、ピアノの日もあればヴィオラの日もある。バンドは一週間に半分位かな。今夜は何の音もしていないが、もうすぐピアノが始まるかな」

あたたかい目で、陶吉は惇一を見、

「友だちの来ない日で、気の毒したな。思い切ってやって来たんだろうからな」

惇一は、先程の階段のところで、肩に置かれた陶吉の手のあたたかさを思い出した。陶吉はパイプに火をつけてから、惇一のほうにぐいと近寄って、

「実はね、初美からも那千子さんからも話を聞かされたよ。那千子さんは君に、一日も早く、谷野井家から出て行ったほうがいいと、言ったそうだね」

咎《とが》めている声ではなかった。

「すみません」

「すまない？　何も君が謝まることはないよ。君は只勧められただけなんだから」

「はあ、どうも」

それでも何となく惇一は気が咎めた。自分の進退については、誰よりも先に陶吉に相談しなければならないのだ。だが、複雑な人間関係を那千子に聞かされては、那千子の言葉をそのまま陶吉に告げていいかどうか、わからなかったのだ。

「惇一君、わたしが君を景子か初美の婿《むこ》にと考えたのは事実だよ。それは君のおやじさんとの友情から流れ出たところの、行き着くところだったんだなあ。戦場でみんな

が生き死にに鈍感になっていた。重い病人や重傷を負った者は、大事にされるよりは厄介視されるのが日常のことだったんだ。ところが君のお父さんは、抗《あらが》うようにわしの急性肺炎を助けてくれた。それがどんなに勇気の要《い》ることだったか、親切心の要ることだったか、経験した者でなければわからない。わしはそんな君のおやじさんの血の流れを、谷野井家にも欲っしていた」

思いがけなくしみじみとした述懐であった。

「しかしね、谷野井家の実態はどうだ。わたしは君には、初めから一切を見てもらおうと思っていた。こんな家でもよかったら、来てくれるかと思っていた。病院の名義も、君の名義に変えてもいいと思っていた」

「…………」

「だがね、またもや浜雄の奴がクスリに手を出したと聞いた。わしもいささか参ったな」

珍らしく弱々しく陶吉は笑って見せた。

「しかも式子が二、三日中に病院から帰ってくる。あいつは決してクスリから手を引かぬ女だ。式子がクスリに手を出したのは、わたしへの復讐からだからな。わたしの苦しみを見るためなら、式子は何でもやる女だ。惇一君、人間一度罪を犯すと、人は仲々許してくれんものだねえ」

「えっ？」

驚いて思わず聞き返した。

「いや、人間という者は、一度罪を犯すと、仲々許してもらえんもんだということさ」

と、陶吉は同じ言葉を繰り返した。

「罪……罪って、何ですか？」

その時ピアノの音が流れてきた。陶吉は惇一の問には答えず、ちょっと目をつむって、かすかにうなずきうなずき、ピアノの音に耳を傾けていたが、

「ショパンだ。『雨だれの曲』だな。ショパンの人生も大変だったよな。知ってるだろう？」

陶吉はやさしく惇一を見た。

「いえ、余り……」

「ショパンの恋人はね、フランスの女流作家ジョルジュ・サンドだった。男装をしたりしてね。ほら、『愛の妖精』を書いたひとだよ。感性の優れた女と、一つの屋根の下に暮らすというのは、大変なもんだろうな、芸術家にとってはね」

ちらりと惇一を見、陶吉は微笑した。

「式子も優れた感性の持主でね。むろんジョルジュ・サンドほどではないが……そし

てわたしはむろん芸術家ではないがね」

「…………」

惇一はむやみにのどが乾いて、ビールを飲んだ。

「わたしはね、惇一君、鈍感というのも一つの徳のような気がしたものだよ、式子と暮らしていてね」

バアの中は、いよいよ人が立てこんできた。ホステスやボーイの軽快な動きと、客の話し合う声に、バアの空気が一段と熱してきたようだった。美しい女の弾くピアノ曲に、耳を傾ける者はほとんどない。聞いてくれる者のいない所でピアノを弾くことに、惇一は痛ましさを覚えながら、陶吉が罪への問いかけをうまく外《そ》らしたと思った。その時陶吉はビールのコップに口をつけ、あおるように飲んで、

「惇一君、その罪の話をしようか」

と、真正面からひたと惇一を見据えた。ボーイが水割のコップを盆にのせてきた。どうやらいつもビールのあとは水割を飲むのだろう。

「やあ、ありがとう」

陶吉は例の親しみをこめた笑顔を見せて、ボーイに礼を言った。ボーイもうれしそうな微笑を見せ、一礼した。惇一はビールを頼んだ。惇一はまだウイスキーにはなじんでいなかった。

「こんな所でする話かどうかわからんがね、惇一君。いや、ここだから話せるような気がするんだ。式子は二、三日中に帰ってくるし、君にもまたいろいろ心配をかけることだろうから、真相を知っていてもらいたいんだ」

「真相……ですか」

惇一は思わず緊張した。

「いや、人間の世で、真相なんてものは、そう簡単に抉《えぐ》り出して見せることはできないかも知れんがね。君にはとにかく、ありのままを話してみるよ」

ウイスキーに口をつけ、宙の一点を凝視する顔になって、ややしばらく何かを考えているふうだったが、

「そうだ、あれはわたしが復員してから半年も経った頃だったろうな。確か夏だった。風呂に入って、ふと思い出したことがあって、体も洗わずにそそくさと風呂から出てね、茶の間に行ったら、式子が浴衣の裾をめくり上げて、太股に注射をしていた。何だ、ビタミン剤を打っているのか、わしが打ってやるよと言うとね、式子が言った。『ビタミンじゃありません、モルヒネです』と薄笑いを浮かべて言ったんだよ。馬鹿な冗談を言うもんじゃない、かりそめにも薬屋のおかみさんじゃないかと、その場はそれですんだ。君も知ってるとおりね、式子は文学少女で、七十近い今でも、少女という言葉がそう不似合じゃない。きれい好きな女でな、潔癖過ぎるところ

がある。惇一君、この潔癖というのが怖いよ。大体、少女のような女というのは、精神的にも潔癖だ。これが恐ろしいんだよ、惇一君」

「…………」

「それから十日も経って、また注射をしているところを見た。式子は、僅かな期間だが、小さな医院で看護婦をしていたことがあったから、わたしはその時も、おや、またモルヒネかねなどと、冗談を言っていた。怖いもんだねえ、ヤクというのは。すぐにぱっと気がつかないんだよ、家人には。どことなく変だなと思うところが、なかったわけじゃないんだが、もともと変った女だからね、表情が妙にうつろに見えても、体の動きに敏捷さが失われても、今日は気分がわるいのだろう位に思っていた。ところがある日、廊下で雑巾を持ったまま眠りこんだ姿を見た。そこで初めて、ビタミンじゃないことがわかったんだ。その時のわたしのショックは、思い出すだけでもぞっとする。薬剤師の女房が麻薬中毒だなんて。社会的にもたちまち葬られることだ。足から力が脱けてね、立っていられないほどだった。なんでこんな真似をしたんだとわたしも叱った。するとね、式子は、『わたし、あなたを許せないんです』と、上から見下すような語調で言ってね。わたしは思わず、はっとした。思い当ることがあったんだよ、惇一君」

陶吉はときどき声を低めながら話をつづけていく。

「惇一君、男ってのは大体が脛《すね》に傷を持ってる者なんだ。特に男女関係ではね」

そうかも知れないと惇一はうなずいた。

「式子はわたしの顔をじっと見てね、『わたしね、聞いたんです。あなたと楠崎さんたちのこと。……あなた、まさか覚えがないとは言わないでしょうね』と言ってね。わたしはぞっとした」

惇一には何のことか、わからなかった。怪訝《けげん》な惇一の顔を見て、陶吉はつづけた。

「これだけじゃ、何のことかわからないね。実はわたしにも話し辛い話なんだ。惇一君、君には経験させたくない話なんだが、戦争ってのは、ありゃ恐ろしいもんだよ。鉄砲の弾丸が飛んでくるから恐ろしい、爆弾が落ちてくるから恐ろしい、むろんそれもある。が、人を殺すことに何の罪悪感も覚えなくなる。人間にとって一番恐ろしいのは、本当はそこじゃないのかな。おれたちの戦友の中には、入隊した時とは全く別の人間になった奴がどれほどいたことか。親切そうに見えた人間が、いつのまにか酷薄に変ってしまった奴がいる。よく笑う奴が、全く無表情になった例もあった。わたしもねえ、ややそんな気味があったのかも知れないね。とにかく些細なことで、式子を抱けなくなってしまったのだ」

惇一は思わずあたりをうかがった。が、誰も男二人の話に耳を傾ける者はいなかった。陶吉はちょっと黙っていたが、再び口をひらいた。

「惇一君、それはね、実に些細なことだったんだよ。戦地から帰って、初めて式子を抱こうとした時だ。式子がね、『あなたの体、きれい？　戦地に行ってきてもきれい？』と聞いたんだ。その途端にわたしは式子を抱けなくなってしまったんだ。幾度抱こうとしても、『きれい？』の言葉が二人の間に立ちはだかってね。わたしも男だ。少年少女のように、きれいというわけにはいかないさ。こうして快々《おうおう》として楽しまぬ日がつづいた。わたしはね、まだ若い式子を余程離縁して上げようかと思った」

惇一は改めて式子の顔を思い浮かべた。手首の細い、青白い小さな手をひらひらと振って、病院へつれて行かれた式子を思った。

「ちょうどそんな頃だよ。定山渓で小さな温泉宿をしている兵隊友達の楠崎に会ったのは。楠崎にわたしは、ついそんな話をしてしまってね。楠崎はひどく同情してくれた。そして私に、『相手が奥さんでなければ、大丈夫かも知れないじゃないか』と言って、楠崎の家に呼んでくれた。この楠崎が豪傑でね。女を三、四人呼んでくれて、男はおれたち二人で、雑魚寝《ざこね》をした。彼としては、これしか起死回生の手はないと思ったんだろうね」

惇一の目に、数人の女の間に寝ている陶吉のその時の姿が見えたような気がした。

「惇一君、人間の体って、一体どうなっているのかねえ。楠崎が一人の女を抱いて、ことに及ぼうとする姿を見た時、わたしも傍らの女を抱いて、何の苦もなく……思いを遂げたんだよ。わたしはありがたかったねえ。生き返った思いだった。何しろ式子との間には浜雄がいた。これで別れないですむと思った。そして翌日、家に戻って、勇躍式子を抱こうとした。が、やはり駄目だった。『あなた、きれい？』というあの時の言葉が一層鋭く胸にひびいたわけだよ。以来今日まで式子を抱いていないんだ」

惇一はうなずいた。うなずきながら、何十年もの間、相抱くことのない夫婦の心の葛藤を思った。

「悪いことはできないもんだね、惇一君。これは楠崎君の妻君が旅行で、実家に帰っての留守中のことだったが、これが洩れたわけさ。そしてことの始終《しじゆう》を、その妻君から式子は聞かされたわけさ。それからだよ、式子がヤクを打ち出したのは。式子に言わせると、わたしへの憎しみを忘れるためだったと言うんだがね。いつのまにか、わたしを苦しめるためのヤクになってしまった」

惇一は答える言葉を知らなかった。楠崎に誘われて雑魚寝をし、女を抱いたことが、式子を裏切ることになることを、その時陶吉は思わなかったのだろうか。それが惇一には不可解だった。戦地から帰って、「きれいな体か」と問われた言葉が胸に刺さった以上、陶吉には言うに言えぬ軍隊時代の黒い影がある筈だ。

（とにかく恐ろしいことだ）

世の中には深い落し穴が至る所にあるようで、それが惇一には無気味だった。

一つ向うのボックスで、男がホステスを抱き寄せ、その白い耳に唇を寄せていた。偶然陶吉もその二人に目を注《と》め、にやりと笑い、

「惇一君、イヤリングというのは、文字どおり嫌リングかも知れないな。あんな大きなイヤリングがぶら下っていては、耳たぶも思うままにはならん」

惇一は、陶吉が自分などとはちがった世界に住む大人の男であることを、改めて思った。

「とにかくさ、惇一君、そういうわけでね、人間一度犯した罪は、仲々許してもらえないものさ。こっちにしても許せないものだしな。ま、以上がわが家にヤクの入ってきたいきさつだ」

「なるほど、そうでしたか」

と、惇一は深くうなずいた。

「そうそう、浜雄の奴も可哀相なんだ。小学生の頃、日曜日の朝にね、友だちと近所のグラウンドによく野球に行った。その途中にパチンコ屋があってな。パチンコ屋の前に、店のあくのを待っている客がむらがっていた。すると浜雄の友だちが、『あれ？　あれお前のおっかさんだろ』と指さした。それが式子でね。式子は目立つ女だからね、浜雄は顔から火が出る思いだったそうだ。式子はパチンコ屋でヤクの売人と連絡を取っていたんだな」

惇一は思わず吐息が出た。式子が帰って来て、どんな明日が始まるのかと思った。

置手紙

　式子が退院してきてから、早一ヵ月が過ぎた。大学はむろんのこと、小学校まで夏休みに入っていた。

　今、初美と景子、そして余里子と共に、惇一は札幌の近くの大浜海水浴場に来た。更衣室から出ると、砂の上を歩く素足のうらが、ひりひりと熱い。すぐにサンダルを履いて、四人はなるべく人の少ない砂浜のほうに歩いて行った。子供たちのあげる歓声が賑やかだ。

「ここがいいわ」

と、余里子が立ちどまった。惇一の持ってきたビニールの敷物を広げ、四人は海に向かって腰をおろした。景子は真っ赤な海水着を着、初美は黄色い海水着を着ていた。余里子までがグリーンの海水着に着替えていて、惇一は目のやり場に困っていた。知らぬ女性の水着姿とはちがうのだ。肉づきのよい初美の白い肩、やや浅黒いが、弾《はじ》き返しそうな景子の太股、そして肌理《きめ》の細かな余里子の胸の辺りまでが、むやみと惇一を刺激するのだ。

「ぼく、少し泳いでくる。いいですか」

無言でビーチパラソルを立て終った惇一が、ややぶっきら棒に言った。

「いいわよ。荷物があるから、誰か一人残っていれば」

と余里子が言った。サングラスをかけたその余里子の表情まで生き生きしていて、こんなに魅力的な顔をしていたのかと驚きながら、

「じゃあ」

と、ちらりと景子を見、惇一は海に走った。

「待ってよう」

大きな声で叫び、惇一の後を追ったのは初美だった。その二人を見送ってから、景子がゆっくりと立ち上がった。

遠浅で泳ぎやすい海だった。モーターボートが一隻、惇一の近くを大きな音を立てて、威嚇するように走り去った。

「無礼者っ！」

と、初美が大声で叫び、空を仰いで笑った。何の心配もない明るい笑顔だった。惇一は平泳ぎで悠々と沖へ向かった。その後を景子が鮮かなクロールで追った。景子は小学校の時からプールに通って、正式に訓練を受けていたから、泳ぎは初美よりうま

い。初美は、背の立たぬ所で泳ぐ自信はない。

「こら！　戻れ！　戻れと言ったら戻らぬか！」

初美がふざけて叫ぶと、惇一はくるりと向きを変えて、初美のほうに近づいてきた。景子はそ知らぬ顔で、一人沖へ向かって行く。初美は胸の深さの所に立っていたが、惇一が近づくと、

「駄目よ、わたし一人を除《の》け者にしちゃ」

と、妖《あや》しい目を見せた。

「除け者だなんて……」

惇一は苦笑した。

「泳ぎ教えてよ、惇一さん」

「去年上手に泳いでましたよね」

「そう？　上手だった？　でも何だか自信がないのよ」

と、初美は泳ぎ始めた。ぷりぷりと張り切った腰が惇一の目の下にあった。

(おれはどうかしている)

惇一はちょっと景子のいる辺りに目をやってから、初美と並んで泳ぎ出した。二、三分程泳いで、初美が足を底につけた。

「ねえ、グランドマアをどう思って？　何か変りはない？」

惇一はどきりとした。式子が退院して来てから、人々は息をひそめて式子の様子をうかがっていた。式子は、人を見れば人なつっこい笑みを浮かべて、時候の挨拶をていねいにする。が、入院前にはなかったことだ。多分式子は、入院中療友に毎日気を遣って、天気がいいとか悪いとか、挨拶していたにちがいない。それともう一つ気づいたことは、以前よりしばしば食堂に顔を出すことだった。そして食事が終っても、なかなか席を立とうとしなかった。余里子が、

「お部屋でお休みになったら？」

と勧《すす》めても、

「いやよ。一人でいるのはいやよ」

と、テーブルにしがみついて動く気配を見せなかった。

式子は店にも度々顔を出した。比田原テル子を完全に無視し、陶吉にも声をかけず、しかし二人の様子をじろじろと見ていることが多くなった。惇一が店にいると、

「惇ちゃん」「惇ちゃん」

と、すぐに惇一を傍に呼びたがった。その外はさして気になるところはないが、それがまた却《かえ》って惇一を不安にさせた。

那千子の話では、浜雄が強い睡眠薬を服《の》むようになっても、幾日も気づかなかったという。だから、気づかぬことが、即ち安心してよいこととは言えないのだ。それど

ころか、気づかぬことで疑心暗鬼を生んだりする。

今、不意に、初美が海の中に突っ立って、式子の名を口にした時、惇一はその不安を衝《つ》かれたような気がした。

「ぼくはぼんくらだから……」

つい、視線は景子のほうに走る。景子はどれか、幾人かの人に紛《まぎ》れてさだかではない。

「ぼんくら？　本当ね、あんたみたいにぼんくら、見たことないわ」

と、初美は鼻先で笑った。

「え？」

惇一はちょっと、むっとした顔になった。

「きっと景子だって、そう思ってるわよ」

「え？　景子さんも？」

「そう。女心が少しもわからない」

言うや否や、初美はぷいと背を向け、浜のほうに向って泳いで行った。

（そうか、おれはぼんくらか）

初美の言った意味が、自分にもわからないわけではないと思いながら、惇一は再び泳ぎ始めた。多分初美は、はっきりと意思表示をして欲しいと、言っているにちがいない。今までも、時折それを促《うなが》すような初美の言葉に出会ってきた。しかし惇一は、うっかり動けないのだ。自分の気持を口に出した時、その時は初美、景子、自分の三人の運命が決まることになる。

今のように、院長が夜強い睡眠薬を服む程度なら、まだ院長としての診察も可能である。式子も平穏無事のように日を過ごしているから、それ程大きな危惧を谷野井病院の将来に抱くことはない。副院長もしっかりしている。婦長も、離婚してからは一層仕事に身が入ると言って、生き生きしているようだ。惇一自身も、只《ただ》勉学に励んでいればよい身分だ。店の仕事を手伝うと言っても、たかが知れているし、近頃は陶吉に、

「車の免許は、一日でも早いうちに取るべきだよ」

と言われて、夏休みを幸い、毎日自動車学校に通っている。最初は免許取得にかかる費用を思って、

「卒業してから取ります」

と言っていたが、陶吉は、

「金が腐るほどあるんだ。使わせてくれよ」

と、屈託なく言ってくれたのだった。やはり、陶吉の傍は居心地がよかった。

惇一は景子を迎えに五十メートル程沖のほうに泳ぐと、景子が戻って来た。が、惇

一を見ても、にこりともせずにすれちがった。惇一はあわててターンをし、

「景子ちゃん」

と声をかけた。景子はそのまま抜手を切って行く。

(何を怒っているんだろう?)

惇一は首をかしげる思いだったが、景子に追いついて、並んで泳いだ。横目でちらりと見ても、景子は知らぬふりをしている。その怒っているような横顔が、妙にいとしい。幾度目かの視線を流した時に、ようやく景子と視線が合った。合った途端に景子がにこっと笑った。惇一の不安な思いが一度に消えた。惇一も笑った。

「どうしたの、景子ちゃん? 何を怒ってるの?」

足の立つ所に来て、惇一は尋ねた。

「怒ってる? 怒ってなんかいないわ」

「だって、ぼくを見ても、にこりともしないじゃないか」

「あらいやだ。わたし、一心に泳いでいたのよ。真剣だったのよ。海はやっぱりプールとちがって怖いわ。プールの波は死んでるけど、海の波は生きてるもん。ああくたびれた」

景子は無邪気に手を差し伸べた。惇一は一瞬ためらったが、エスコートして浜に向って歩き出した。多分余里子と初美がこっちを見ているにちがいないと思ったが、そ

れでも構わぬと不意に開き直る思いになった。何《いず》れにせよ、自分が選ぶのは景子なのだ。初美ではない。惇一は改めて自分に言い聞かす思いだった。

景子を抱きかかえんばかりにして浜に上がると、余里子と初美が、ビーチパラソルの下で何か熱心に話し合っているのが見えた。近づく二人を目で迎えながら、余里子が言った。

「心配したって、仕方がないわよ。今始まったことじゃないんだもの」

「だって……」

初美が景子を見、

「景子、どうする。グランドマアがまたおかしいらしいわ」

と、吐き出すように言った。二人は、惇一が景子を抱きかかえるようにしていたことなど、目にもとめていないようだった。

「グランドマアが？　また？」

景子は固い表情になった。惇一はなるほどと思った。惇一が谷野井家に来た頃、グランドマアはこの家の癌《がん》だと、誰もが言っていた。そうか、大奥さんはこうしていつも家人を脅《おび》やかしていたのか。ほっと吐息をつきながら、惇一はビーチパラソルの陰に腰をおろした。タオルのローブを景子は体にかけて水を拭きとり、

「で、何を始めたのよ？」

やり切れない思いが、その声にあった。

「まだ確たる証拠はないけれどね」

余里子は缶ジュースを二人に手渡しながら言った。

「最初は暑いせいで、疲れているのかと思ったのよ。食堂の椅子からいつまでも立ち上がろうとしないし、食欲もあまりないし。でも何だかちがうのよ。わたしの勘では……」

余里子は声をひそめ、

「また麻薬よ」

と更に声をひそめた。

「麻薬って、モルヒネ？」

景子も声を低くした。余里子はうなずいた。四人は顔を見合わせた。惇一は、何か得体の知れない無気味なものに襲われた感じだった。

「それで余里子さん、グランドパアにこのこと言ったの？」

初美が咎《とが》めるような語調で尋ねた。余里子は頭を横にふって、

「大先生には、言うにしのびないのよ」

「どうして？」

初美と景子が同時に言った。

「だって近頃、大先生、ちょっと気が弱くなってるみたい。がたっと倒れるんじゃないかって、そんな感じなの」

陶吉は余里子の伯父なのだ。余里子は陶吉に対して、親身な感情が働いている。初美がせせら笑うように言った。

「そんなのグランドパアの自業自得じゃない？　ひどいよグランドパアは。外の女と遊ぶのが忙しくて、自分の奥さんには何十年手を出さないっていうじゃない。ママに聞いたわ」

（ちょっとちがうな）

と、惇一は思った。式子に触れたくても触れられなくなった陶吉の傷手は、一体誰が回復してやれるのか。そう思った時、また初美が言った。

「勝手な男は復讐されるべきよ。この頃わたし、グランドマアの同情者になってきたの。自分の結婚生活が、式子おばあちゃまのようだったら、と思うとね。でも、ヤクは困るのよね、ヤクは。こっちの生涯にかかわることだもの」

「しかし、まだ復讐のつもりでヤクをやってんのかしら？　中毒だからやってんじゃないの。自分がいい気持になれるから。復讐というより、呆《ぼ》けてるんじゃないの？」

景子は考える顔で言った。

（そうかも知れない）

と惇一は思った。これではまた病院に帰すということになるのだろうか。

（それとも、家内監禁にして、禁断症状の治るのを待つより、仕方がないのだろうか）

惇一も憂鬱だった。

折角海に来ながら、泳ぐ気も失われ、余里子の運転で、早々と四人は家に帰った。

と、那千子が待ちかねたように、玄関から飛び出してきた。

「余里子さん、パパがどこに行ったか、知らない？　部屋に寝てるとばかり思ったら、パパいないのよ」

初美が笑った。

「パパは子供じゃないわよ。三時間や五時間いなくたって、ちゃんと帰って来るわよ」

そう言った初美の目の先に、那千子は一通の封書を差し出した。「浜雄より、みんなへ」と、封筒には書かれてあった。

食堂のテーブルを囲んで、那千子、初美、景子、余里子、惇一の五人が坐っていた。テーブルの上には、浜雄の書きのこした便箋が一枚、投げ出されたように置かれてあった。みんなの手を一巡した浜雄の手紙を、惇一も読んだ。

「みんな、さよなら。

　ぼくは世の中がいやになった。どうしてヤクが悪いのだろう。どうして警察に挙げられねばならないのだろう。ヤクはタバコや酒と同様嗜好品なのだ。ぼくは犯罪者じゃない。中学生がシンナーを嗅ぐのと似たようなものだ。

とにかく、もうさようなら。何もかもさようならだ。

　みんなに。　　　　　　　　　　　　　　　　　　　　　　浜雄より」

　今読んだばかりのその手紙を反すうしながら、惇一は陶吉の留守が気になった。確か惇一が大浜へ出かける時は、

「わしは留守番をしているから、たまには一日ゆっくり遊んで来な」

と、機嫌よく送り出してくれたのだ。その肝腎な陶吉がいない。式子は自分の部屋に引き籠《こも》ったままだ。むろん那千子がいるにはいたが、自分が留守番をすると言った陶吉が、那千子にも告げず、外出してしまっていたことに、惇一は不安な思いになった。

　初美も同じ思いらしく、

「何が安心していなよさ。こんな大事な時にグランドパアがいないなんて」

　さすがの余里子も緊張した顔で、

「こんな時、何が一番先になされたらいいのかしら。まさか警察に捜索願を出すわけ

にはいかないし。と言って、下手に心当りに電話をかけるわけにもいかないし、こういう時は大先生の采配を仰がなくちゃねえ」

と、大きな吐息をついた。初美は手を伸ばして、浜雄の置手紙をもう一度読み返していたが、

「それにしても、お粗末よねえ、この手紙。これが、大のおとなの言う言葉かしら。覚醒剤や麻薬が、中学生のシンナーと同じだなんて、いったいどうなっちゃってるのよ」

那千子が答えて、

「ね、わかるでしょ。あの人っていつもこうなのよ。覚醒剤に手を出したら、どんなことになるかなんて、全然考えてもみないのよ。症状によっては人間が奇妙なお化けに見えたり、虫に見えたりするわけでしょう。それで殺人を犯すことだってあるわけよね。その恐ろしさが、何もわかっちゃいないのよ。ね、初美」

「そう。冗談じゃないわ。わたし、虫とまちがえられて、パパに殺されるなんて、ごめんだわ。景子だって、そうでしょう?」

景子は黙って初美の顔を見、那千子の顔を見ていたが、

「ママもお姉さんも、いったい何を言ってるの。この手紙、見たらわかるでしょ。これ、パパの遺言じゃない。パパはどこか死場所を探しに行ったのよ。今頃どこで何を

しているか……可哀相に。パパの命のこと、お姉さんもママも……」

言葉が途切れた。惇一は思わず大きくうなずいた。が、初美は切り捨てるように言った。

「何が可哀相よ、景子。パパはおとなよ。病院の院長よ。おとなのくせに、自分の行動がどんなに反社会的かなんて、ちっともわかっちゃいないんだから。可哀相なのは、むしろわたしたちよ。こんなパパを持つなんて……」

「だって、パパは病気なんでしょ」

「病気？　ヤクをやって入院するのは、ふつうの病気とは、ちょっとちがうわ。まちがわないでね、景子。パパのは甘えよ。酒や煙草と、ヤクを同じ次元で考えるなんて、呆れるわ。全く罪の意識がないんだから。わたし、パパなんて死んだってかまわないわ」

「初美、それはいくら何でも言い過ぎよ」

那千子がさすがにたしなめた。

「ママ、何が言い過ぎよ。もしパパが、自分の好きなだけヤクを打って、幻覚を見て、そしてまかりまちがって、人を殺しでもしたら、どうするのよ。そんなことになるより、死んでくれたほうが、どんなにいいかわからないわ。いったい何のために医者になったのよ」

惇一は初美の言葉にもうなずきたくなる思いだった。

「初美、それは今ここで言う言葉じゃないわ。ママは……」

言いかける那千子を初美は鋭く遮《さえぎ》って、

「ママ、わたしね、ママだって、ほんとうの話、一日に一度や二度は、ああ、パパが死んでくれたらって、きっと思ってると思うの」

「まさか、そんなこと……」

「いや、思ってるにちがいないわよ」

「やめて！　お姉さん！　パパが……パパが……」

谷野井家に来てから、もう幾度か聞かされた会話だと思いながら、惇一は耳を傾けていた。と、その時、

「おや、ご一同、もうお帰りですかな」

と声がして、入口にパイプをくわえた陶吉が姿を現わした。

「どこへ行ってたのよ、グランドパア。パパが家出したのよ。パパが大変なのよ」

席についた陶吉に、初美が書置きを突きつけた。陶吉はパイプをくわえたまま、浜雄の手紙を読んだ。一読して、みんなの顔を見、再び読んで、手紙をテーブルの上に置き、

「浜雄も哀れな奴だなあ。何十年生きて、もしこれが最後の手紙だとしたら、全く哀

れな話じゃないか。しかしな、あいつは死にはしないよ。いつか、わしは、あいつは警察の前を通っただけで小便をちびる奴だと言った。死ぬなんて、そんな恐ろしいこと、考えただけで気を失なうような、弱虫だよ」

陶吉はいつものように声を上げて笑った。陶吉が言えば、そのようにも惇一には思われた。今の今まで、浜雄がどこか海のほとりをうろついているような気もすれば、山中の峻《けわ》しい崖の上に立っているような気がした。が、陶吉が笑うのを見ると、すぐ近くの喫茶店でコーヒーでも飲んでいるような、そんな気もした。

陶吉の言葉に、みんなが少し落ち着きを取り戻したようだった。

「みんな、さて、どうしたものかと、心配しただろう。わしはちょっと、ウエスタンまでコーヒーを飲みに行っていて、留守番をずるけてしまった。すまんすまん。那千子さん、どうするかね」

声音にいたわりのひびきがあった。

「はい、すみません。わたしがついていながら、昼寝をしているとばかり思って……」

那千子が素直に謝まった。

「いや、あんたの責任じゃないよ。ところで、警察には届けても仕方がない。親戚や知人に電話をしたところで、下手に騒がれてはこれも厄介なことになる。どうだね、

二、三日さりげなく様子を見ていては。急に旅に出たいと駄々をこねて、稚内（わっかない）のほうに行ったと言うことにしてはどうかね」
大方の者に異議はなかったが、景子は顔をきっと上げて言った。

「パパを探さないの。世間体なんてどうだっていいから、警察に言えば？」

「景子の気持はわかるよ。只なあ、ヤクのことが曝《ば》れれば、やばいことになるんでなあ」

陶吉は大きく腕組みをした。と、その陶吉の頰に一筋涙が流れるのを、惇一は見た。思いがけない涙だった。惇一の目にも、熱いものがこみ上げてきた。先程の陶吉の言葉、

「哀れな奴だなあ」

という声音が、今再びはっきりと甦ってくるのだった。


「今日で三日目よ」

調剤室で調剤を終えた比田原テル子が、白衣のポケットに片手を突っこみながら、店に出て来て言った。陶吉はソファに横になって新聞を見ているふうであったが、

「まさか二日位で帰って来もしまいさ。いくらあいつでも」

と、笑って見せた。惇一は店に小さなテレビを持ちこんで、つけっ放しにし、どん

なニュースも見逃すまいと、気を配っていた。浜雄が家を出なければ、大浜に泳いだ翌日の昨日、惇一は東京に夏休みに帰る予定になっていた。が、浜雄が行方知れずになっては、予定どおり帰京するわけにもいかない。陶吉は、

「惇一君、浜雄のことなんか心配することはないよ。久しぶりにゆっくりおふくろさんのおっぱいでも飲んで来なよ」

と言ってくれたが、浜雄の身がやはり心配でならなかった。ついこの間まで、絶えず店に顔を見せていた式子は、このところ食欲もないまま、自分の部屋に籠《こも》って、布団の上に横になっていることが多い。式子には浜雄のことは知らせてはいなかったが、式子のことだけでも大変なのだ。そんなこんなで、谷野井家の空気が沈んでいた。が、陶吉だけは却《かえ》って饒舌にさえなっていた。店のテレビを見ながら、

「おい、惇一君惇一君、今映っているあの女の人、ありゃあ昔はきっといい女だったよ。いい女ってのは、六十過ぎても色気があるもんだ。わしの初恋の人によく似ている」

などと、どこまでが本当の話か、口から出まかせのことを言う。しかし惇一は、そんな陶吉に、ふっとあの時の涙を思い出すのだ。あの涙は、父親の涙だったと惇一は思う。誰からも打ち捨てられたような浜雄のために、心から暖い涙をこぼしてくれる人間は、陶吉しかいないのではないか。そう思うと、早くに死んだ自分の父が言い様

もなく懐しくも思われた。

「ちょっと道庁の庭でも散歩してくるかな」

テル子へとも、惇一へともなく大きな声で言って、陶吉は出て行った。コマーシャルに若い女の子が映った。ショートパンツから、日焼けした太い足がのぞいている。テレビの受像というのは、昼となく夜となく、不意に女の素肌を大きく映し出す。惇一たち若い者にとって、ありがたくもあり迷惑でもあった。ふと景子の顔が浮かんだ。と、比田原テル子が言った。

「惇一君。大先生、何しに道庁の庭に行ったかわかる?」

「散歩でしょう」

「単純でいいわ、惇一君は。わたしね、院長があの池の傍に現れはしないかと、出かけたと思うわ。昨日も行ったでしょう?」

なるほどと、惇一はうなずいた。いつか浜雄は、覚醒剤をあの道庁の池の端で、売人から手に入れたことがある。

「ま、ちょっとこっちにいらっしゃいよ」

午後四時を過ぎると、患者はほとんど来なくなる。手招《てまね》きされて、惇一は持っていた小さな英語の辞書を、ズボンのポケットに捩《ね》じこんで、テル子の前に坐った。

「あのね、惇一君。まじめな話だけど……院長がたとえ無事に帰って来ても、谷野井病院をやっていく力はないと思うの」

そうかも知れないと惇一も思う。

「すると、いきおい今の副院長に万事を委せるということになるでしょう?」

「はあ」

「院長がふらふらでいられては、副院長は不満よね。院長になりたくなるでしょう?」

「はあ」

初美と景子の顔が浮かんだ。

「でもね、大先生としてはやはり病院を人手に渡すのは、忍びないと思うのよ。でね、惇一君のことなんだけど……」

「ぼくのこと?」

「ええ。大先生があなたにこの病院を継いで欲しいと思った頃は、院長はまだヤクに手を出していなかった。だから院長が六十頃まで院長をして、そのあとあなたが受け継ぐ。それでよかったのよね。でも、こうなっちゃ、そうはいかないの。今すぐ跡を継ぐ人が欲しいわけ。それには、一番いい手は、初美ちゃんが三十過ぎのしっかりした医者と、結婚してくれることなの。わかる?」

「わかります。が……」

「わかればいいのよ。わたしが見るところでは、初美ちゃんも景子ちゃんも、どうやらあなたのこと好きみたい。それで、谷野井病院としては、絶対に初美ちゃんとはあなたが一緒になって欲しくないの。あなただって、景子ちゃんのほうが好きなんでしょ？」

惇一は思わずうなずいた。が、内心、結婚という問題を考えるのに、当人たちの意志よりも、病院の都合が優先するということに、素直にうなずけないものを感じた。これがもし、景子より初美のほうに心を惹かれていたとしたら、大変な悲劇になるわけだ。親の都合で結婚する、家の都合で結婚する……そんなことが基本にあるのが、この谷野井家なのか。惇一は何か淋しい気がした。

「景子ちゃんが好きなら好きでかまわないの。でもこの際、初美ちゃんに対して、はっきりした態度を取って欲しいの。人間ってね、自分が少しでも好意を持たれていると思うと、希望を持つものなのよ。初美ちゃんも惇一君が自分より景子ちゃんを好きだと、思っているかも知れないわ。でもね、あなたが少しでも好意を見せると、もしかしたら……なんてうぬぼれてしまうかも知れないのよ」

テル子はじっと惇一を見つめた。

「わかりました。で、ぼくはどうしたらいいんですか」

惇一としては、絶えずヤクの問題に巻きこまれそうなこの家は、今となっては決して居心地はよくなかった。絶えず不安だった。が、不安であればあるほど、その不安に耐えてきた景子や初美への同情も深くなる。ましてや院長の行方不明という只中で、この家を見捨てるようなことはできなかった。

「さあね、それは惇一君がよく考えて決めてちょうだいよ。実はね、惇一君、わたし、大先生と相談して、ある人を初美ちゃんに紹介しようと思ってるのよ。見合なんていうもんじゃなく、偶然の出会いをつくって上げようと思ってるのよ。近い中にその偶然が、生まれるかも知れないわ」

惇一の目に、ふっと初美が一人の男性と肩を並べて、遠く去って行く姿が浮かんだ。少し淋しかった。そして、苦々しかった。

(結婚と病院と、一体どっちが大事なのだろうか)

惇一はさりげなく、今始まったテレビのニュースに目をやった。

浜雄が家を出て、三日目の夜も過ぎようとしているのに、どこからの電話もなかった。夕食の時に惇一と顔を合わせた景子も、那千子も、そして初美さえも、口が重くなっていた。

(もしかして……)

誰の胸にも、浜雄の死顔がよぎっているにちがいないのだ。陶吉は晩酌の酒を、い

つもより長い時間をかけて、ちびちびと飲みながら、

「親不孝者奴《め》が」

と舌打ちをし、

「しかしなあ、考えてみると、親不孝というのは、親孝行なのかねえ、余里子さん」

などと語りかけたりする。

「そうかも知れませんね」

余里子はいつもの調子で、陶吉の話相手になる。

「親が本当の人間になるためには、な、余里子さん、上出来の息子や娘を持っていては、これは叶《かな》わぬことかも知れないよ。殺してやりたいほど親不孝な息子だと思った時、親は、はっと自分自身に返るんだな」

「何を言ってるの、グランドパア」

初美がもの憂く、横から相槌を打った。黙りこんでいた初美が口をひらいたことに、陶吉はほっとしたように言った。

「いや、そうだよ。わたしの息子には、自慢できるものが何一つありませんとな、世間様に頭を下げて歩けるようにならなければ、人間本当の一人前になれないんだな」

景子と初美の目が合った。初美が言った。

「親を一人前にするために、何もヤクまで使う必要はないわ。そんなことより、パパ

今頃、どこでどうしているのかしら」

その時だった。食堂の電話のベルが、けたたましく鳴った。一瞬みんなが顔を見合わせた。いち早く惇一が立ち上がった時、

「わしが出る」

と陶吉が、ちょっとよろけて受話器を取った。

「もしもし……誰だ？　浜雄か？」

陶吉が声高になった。

「おう！　浜雄か、元気か？　何？　……何だ、お前泣いているのか。……うん、うん」

受話器を手でおさえた陶吉は、

「浜雄だ！　生きていた」

と告げた。みんなは思わず陶吉の傍に駆け寄った。惇一も再び立ち上がった。

「何？　苦しい？　何だお前、いつもとちがって声が低いぞ。……何？　クスリが切れた？　……金もない？　……うん……うん……、なんだって、引ったくりに遭った？　え!?　大阪？　金がなくて、よく大阪から電話をかけられたな。……何、東京の友だちの家？　うん、わかった。住所と電話番号」

陶吉はメモに鉛筆を走らせる。みんな固唾《かたず》をのんで、その鉛筆の動きを見た。

「……よし、わかった。明日、わしと、那千子さんが行く。……何？　恥ずかしい？　馬鹿を言え。みんな待ってる。その友だちに挨拶をしようか。……え？　誰もいない？　留守に長距離電話をかけているのか。明日、那千子さんと一緒に行く。よかった。とにかくよかった。元気を出すんだぞ」

陶吉は受話器を置いた。が、その場を離れようとはしない。その肩が小刻みに震えている。さりげなく振る舞っていても、陶吉は浜雄が自殺したものと、覚悟していたのだった。惇一はその陶吉を思いやって、何か叫び出したい思いだった。

二分、三分、電話機の前に突っ立っていた陶吉が、再び受話器を持った。どこにかけるのかと思った。

「おう！　浜雄だな。寝冷えをするなよ。……わかった」

再び受話器を置いて、陶吉は自分の席に戻った。

「生きていたよ、あいつ。あいつは自殺なんか出来る奴じゃない。そう思っていたんだ。ありがたいもんだなあ、生きていてくれたとは」

景子の目に涙が盛り上がった。が、那千子の表情が固かった。初美は、

「白けるわねえ。何さ、只の三日も家から離れていられやしない。大笑いじゃない。大笑いだわ」

言ったかと思うと、テーブルに顔を突っ伏した。本当に笑っているのかと見えた。

が、不意にその声は慟哭《どうこく》に変った。喜びの涙か、悲しみの涙か、その二つの入り混じった涙か、惇一はその場にいるのが辛かった。

翌日、陶吉と那千子は一番の便で、千歳から羽田に飛んだ。そしてその日の最終便でわが家に帰って来た。みんなの待っている食堂に入って来た浜雄は、僅か三日間でひどく憔悴《しょうすい》していた。が、みんなの顔を見ると、妙に卑屈な笑顔を見せた。その表情は少年のように頼りなげでもあった。みんなは只、

「お帰りなさい」

と口々に言い、

「パパ、東京に、ナイターを見に行ったんだって?」

と、景子がふざけて言った。

「大変な三日間だったわ」

乾いた声で那千子が言った。

「それは誰にとってもね」

初美が言った。余里子が、

「院長、これからは、置手紙なんて、ふざけっこはやめにしようね。あなたは小さい時から、時々人を驚かすのが、上手だったわね」

「まあな」

やっと浜雄の声に戻った。浜雄の置手紙を「ふざけっこ」に置き換えた余里子の機転に、浜雄は何とか面目を保つことができたのだ。景子が顔を上げて、

「でも、置手紙って、ずいぶん人を心配させるよね。わたしも今度、ふざけっこに置手紙を書いてみようかな」

と、いかにも屈託なさそうに言った。

「馬鹿ねえ、景子、今からふざけっこの予言をしていたら、誰も心配しないわよ」

「そりゃそうだ、初美の言うとおりだ」

陶吉がおどけて笑った。谷野井家の人たちは意外に心が暖いと、惇一はうれしかった。しかし、この優しさがまたしても次の事件を生むのではないかと、惇一は不安でもあった。

それから一ヵ月が過ぎた。

やがて九月になろうとするその日、浜雄と那千子は札幌を離れた。浜雄が道北に転地療養することに決意したのである。

浜雄が覚醒剤による幻覚で、初めて精神病院に入院したのは今年の正月早々であった。五月に退院したが、間もなく睡眠薬の常習者になった。睡眠薬と思って気をゆるしているうちに、浜雄はまたしても覚醒剤に取りつかれていたのである。覚醒剤が浜雄に家出をさせたと言えた。が、浜雄には、一人で三日と家を離れていることができ

なかった。クスリと金を入れたバッグが奪われたこともあって、浜雄は神妙に家に帰って来た。が、覚醒剤を断ち切ろうとはしなかった。

その浜雄に陶吉は懇々と説諭した。

「いいか、浜雄。覚醒剤はお前もよくわかっているとおり、人格を破壊させるクスリだ。お前はこのわしを怪しい奴だ、警察を呼べと騒ぎ立てた。またクスリをつづけていたら、今度は誰が、何に見えるようになるかわからんのだ。景子が毛虫に見えたり、初美が狐に見えたりしないでもないのだ。もしお前が、どうしてもクスリをつづけるというのなら、わしにも覚悟がある。刺しちがえて死んでも、わしはかまわん」

陶吉は厳しく迫った。浜雄もクスリを断つことに同意せざるを得なかった。道北の某精神病院を、浜雄の主治医から紹介された。札幌を遠く離れての入院に、浜雄は難色を示した。が、那千子が浜雄に言った。

「わたしが病院の近くに住みます。そして時々見舞に行けばいいでしょう」

そのことを聞いた時、惇一は驚いた。夫婦というものはわからぬものだと思った。那千子にそんな愛があるとは思えなかった。浜雄は、那千子が同じ街に住むということで、他愛なく同意した。そのことも惇一を驚かせた。

その浜雄と那千子が、道北の病院から迎えに来た体格のいい男と共に、車でわが家を離れて行った。その車が見えなくなるまで見送っていた陶吉は、近頃それが癖の、

「哀れな奴だ」

を、低く呟いた。

浜雄の再入院は、谷野井家をまた明るくした。惇一も、何かのびのびと手を伸ばせるような気持だった。とにかく、よかれ悪しかれ、浜雄は谷野井家の中心なのだ。その中心が絶えず揺れていては、家庭の安らぎはない。

だが、そう思ったのも束の間だった。浜雄が道北の病院に入院して、一週間程経った朝だった。店のシャッターを開けに、惇一が廊下を歩いて行くと、廊下の真ん中に式子がぺたりと坐りこんでいた。

「どうしました？　大奥さん」

惇一が近づくと、何やらうつむいていた式子が、顔を上げてにっこりと笑い、

「惇ちゃん、いいもの上げるわね」

と、惇一のほうに手を伸ばした。異臭が漂っている、と気づいたのはその時だった。何げなく差し出した惇一の手に、泥団子のようなものが置かれた。途端に、惇一はそれを廊下に投げつけた。それは人糞だった。

「大先生！　大先生！」

悲鳴にも似た声で、惇一は陶吉の部屋に走った。

「何だね」

ぱっと中からドアが開いた。

「大変です！　大奥さんが……廊下に坐りこんで……」

惇一のただならぬ顔に陶吉は大きくうなずいて、足早やに先に立った。惇一もあとを追った。言い様もない強い衝撃に、くずおれそうな思いだった。

あのポプラの上が空

「あれから一年になるわねえ。グランドマア、どうしてるかしら」

初美が窓に寄って、向いの植物園の木々に目をやりながら言った。

「一年て早いのねえ、お姉ちゃん」

思いの深い景子の声だった。

(そうか一年か!)

二人に並んで、惇一も窓に寄っていた。近頃、初美と景子は、週に一度は惇一の部屋に来る。二人にとって、惇一は何もかも話し合える存在だからかも知れない。

惇一は一年前の式子の姿を思い出した。それは目に焼きついて離れない式子の姿だった。浜雄が道北の病院に入院して七日目の朝だった。式子は廊下に坐りこんで、

「いいものをあげる」と言って、惇一の手にのせたのは、式子自身の糞《ふん》だったのだ。

惇一は思わずその糞を廊下になげうって、陶吉の部屋に向って叫んだ。急いで出て来た陶吉に、飛んで来たのは式子の投げた糞であった。糞は陶吉の胸に当った。式子は

けらけらと笑って、

「源氏物語よ、源氏物語」

　と、うれしそうな声で言った。そのあと陶吉がどうしたかは、惇一は知らない。陶吉が、

「惇一君、すまん、この場を外してくれないか」

　と言ったからだった。惇一は、はっとして浴室に走った。陶吉は妻の浅ましい姿を、誰にも見せたくなかったのだと、惇一は思う。が、それにしても、惇一が駆け去るうしろで、異様な悲鳴が上がったのは何であったか。惇一はその悲鳴が、あの時の式子の姿と共に、忘れられないのだ。式子はあの翌日、再び病院に送られた。

　あれから一年が経った。道北の精神病院に入院した浜雄は、二ヵ月前、十ヵ月ぶりで退院して来た。入院の際陶吉に、

「もしお前が、どうしてもクスリをつづけるというのなら、わしにも覚悟がある。刺しちがえて死んでもかまわん」

　と迫られたことがあったためか、退院後の浜雄は、まじめに病院で働いているようだった。今、谷野井家は、一応平穏な生活がつづいていた。とは言え、誰の胸にも式子のことがあった。口に出すまいとしながらも、ふっと出してしまうことがある。あの式子の浅ましい姿を見たのは、陶吉と惇一だけだったが、しかしその状態は、誰か

らともなく家族に伝わった。従って式子のことが口に出る時、奇妙な親近感がお互いの胸に流れた。

「ねえ、お姉ちゃん、人間呆けると、自分のウンチを壁に塗りたくったり、人に投げつけたりすること、珍らしくないんだってね。老人ホームの人が言ってたわ。グランドマアは、クスリであんなふうになったのかしら、呆けてあんなふうになったのかしら」

景子が言った。

「その両方かもね」

初美が冷淡に言った。

「その両方か。わたしも、いつかそんなおばあちゃんになってしまうかも知れないのね」

憂鬱そうな景子の声だった。九月に入っても、珍らしく暑い日である。時折吹き過ぎる風が、丈高いポプラの梢を撓《たわ》めていた。

「景子、グランドマアのこと、言ってみてもしようがないのよ。何せ歴史が古いんだから。グランドパアが戦争から帰って、すぐに始まったっていうんでしょ」

「お姉ちゃん、何があったかわかんないけどさ、グランドパアが戦争から帰って来て、グランドマアがヤクを始めたというのは、つまり戦争がなかったら、何も起こらなかったということじゃない？　戦争って、怖いのね」

「当り前よね、惇一さん。戦争って、要するに人を殺しに行くわけだから。人を殺したり、殺されたりして、おんなじ人間でいるわけにはいかないでしょ。ね」

「うん」

惇一は大きくうなずいた。もし自分が、もう少し早く生まれていて、学徒出陣などで戦争に行っていたとしたら、何人かの人間を殺していたかも知れない。貴重な青春時代の、最も強烈な思い出が、人を殺したことにつながったかも知れない。とすれば、自分が人を殺さないのは、二、三十年遅れて生まれただけのことによるのかも知れない。惇一は、戦地から帰って来て式子を抱けなくなったと告白した陶吉に、新たな同情を覚えた。陶吉が戦地から帰って初めての夜、式子を抱こうとして、「あなたはきれい？」と言われたのは、女性関係のことを陶吉が咎められたのかと、惇一は思ったことだった。が、陶吉は、何か残酷な自分の所業を思い知らされたのかも知れない。そして妻に対する不能者となった。陶吉も式子も、戦争の犠牲者なのだと惇一は気づいた。

「話は変るけどさ」

と景子が言った。

「わたしの友だちがね、一学期限りで、高校やめたいんだって。どうしてだと思う？

十問以内に答えて」

「親が死んだのね」

「ううん、ちがう。第二問」

「親の事業がうまくいかなかった」

「ううん。親は金持。第三問」

「じゃ、勉強がいやになった」

「ううん。彼女は勉強がよく出来る。第四問」

「わかんないわよ。金があって、成績がよくて……やめることないじゃないの」

「と思うわね、誰だって」

惇一は黙って二人のやり取りを聞いている。只聞いているだけで楽しいのだ。二人も惇一に語りかけるつもりで話し合っている。余りべらべらと意見を言わないところが大きな器に見えて、二人は惇一が好きなのだ。

「一昨日ね、木曜日の晩にね、わたし、彼女と話してきたの。どうして学校やめるのって言ったら、その友だちね、うちはラブホテルを経営してるっていうのよ」

「ふーん、ラブホテル？」

「うん。それだけならまだしも、女の人を何人も雇って、いかがわしいことをやらせているんだって。あんた、自分がどんな金で育てられているか、考えたことがある？

っていうのよ。わたし、そんなこと考えたこともないって言ったら、幸せだよ景子は、って彼女言ってね、親という者は、子供を育てている金がどんな金か、よく考えてみる必要があるっていうのよ。わが子に毒を食わす親はいないけど、毒のような金で子供を育てる親はいるって、そう言ってぽろぽろっと涙こぼしてさ、家を出るって言ってたわ」

「ふーん。悩みもいろいろあるのよね。ヤクで悩まされているわたしたちのような悩みもあれば、そのひとのような悩みもあるのね」

「うーん、貧乏の悩みも辛いけどなあ」

　惇一は呟くように言って、

「そんな悩みには気がつかなかったなあ」

　と、二度三度うなずいた。

「ヤクをやる親なんて恥ずかしいけど、ほかにもいろいろな親がいるのね。人間が人間として生きるの、よほど覚悟しなきゃって、彼女の言葉聞きながら思ったわ」

　何となく三人は黙りこんだ。いつの間にかポプラの上に、夕焼雲がゆっくりと流れていた。

「オレンジ色の雲ね」

　初美の声が不意に優しくなった。

惇一、初美、景子の三人が、惇一の部屋から揃って食堂に下り立って行った。珍らしく陶吉と浜雄がウイスキーを飲んでいた。浜雄が帰って来てから二ヵ月、ほとんど毎晩のように酒を飲んでいるようだった。だが陶吉と二人で飲んでいるところにぶつかったのは、初めてのような気がする。外科病院なので、浜雄の食事はどうしても八時になることが多かった。

浜雄と那千子が道北から帰って来て、変ったことが一つあった。それは那千子が、余里子と共に厨房に立ち、掃除も料理も小まめにするようになったことである。今、薄紫のエプロンをかけて、浜雄と陶吉の前に紅鮭のマリーネを運んで来た那千子の姿を、惇一は美しいと思った。浜雄が病院の仕事に、那千子が家政に励む姿は、いかにも新らしい出発を決意した夫婦のように見えて、惇一の気持も落ちついていた。それは初美にしても景子にしても同じだった。

三人が入って来たのを見て、陶吉が例によって機嫌よく言った。

「よう、うれしいじゃないか。これで家族全員揃ったというもんだ」

「全員?」

浜雄が聞き咎め、

「おふくろがいないじゃないですか」

陰気な声だった。

「式子か。式子はいないと思っている人の傍にいるよ。いるということは、そういうことだ。お前が入院している時も、おれの傍にお前と那千子さんがいた」

浜雄はウイスキーのグラスを口に当てた。惇一はふっと、式子が入院する時の、

「嫌い、嫌い、比田原さん嫌い」

と言った声を思い出した。あの時惇一は、式子にとって憎いのは、陶吉よりも比田原テル子かも知れぬと思ったことだった。陶吉はそんな式子に、

「わかった、わかった」

と、優しく背中をなでてやっていた。

「思っている人間の傍にいる。なるほど、おやじさんはうまいことを言う。どんなに目の前にいたところで、思ってくれなきゃ、いないのも同然だ」

ちらりと視線が、斜め向いに坐っている那千子に走った。うつ向いていた那千子には気づかなかったが、余里子がその視線を素早く捉えていた。

「……ねえ、余里子さん、わたしの友だちが学校をやめるんだって」

先程話していた友だちのことを、景子が再び話し始めた。陶吉も浜雄も、景子の言葉に耳を傾けた。

「と、いう訳でさ。彼女は、毒のような金で、育ててはもらいたくないんだって。余

里子さんはどう思う？」

「なるほど、毒のようなお金ね」

余里子の目が優しくなった。余里子が意見を述べる前に、陶吉が言った。

「近頃はあまり言わなくなったがね、景子、わしら薬屋は、薬九層倍と言ってね、よく悪口を言われたものだよ。確かに儲け過ぎることは、それ自体に問題があるだろうな」

「医者も儲け過ぎじゃない？」

黙って紅鮭のマリーネを突ついていた初美が言った。

「そうでない部分もあるが、儲け過ぎの部分があるかも知れないな」

陶吉が笑った。那千子がつづいて言った。

「汚ないって言えば、政治家に流れる金なんて、ずいぶんと汚ないんじゃない？　むろんその政治家にもよりけりだけど」

陶吉がうなずいて、

「そうだなあ。土地ころがしなんていうボロ儲けもあるし、詐欺まがいの悪徳商法も大手をふってるしなあ。こんな世の中じゃ、景子ちゃんの友だちのように、家出したくなる子がいても、無理はないわな。子供という者は潔癖なもんだ。ま、子供の時から変に物わかりがよくなっては大変だ」

景子はちょっと頭を傾けてから、

「余里子さん、わたしね、余里子さんならどうするか、聞きたいの。自分の親が女の人たちを雇って、いかがわしいことをさせて儲けていたら、どうするの、余里子さん」

「これは大問題ね。そうねえ……宿題にさせてよ、景子ちゃん」

「宿題？」

「そう。わたしね、人間って、もともと罪深い者だと思ってるの。どんな人間だって、罪を犯さないで生きていける人なんて、ないと思うの。だからね、金儲けにしても、景子ちゃんのいう毒の部分が、多かれ少なかれ、あると思うのよね。むろん自分自身にもね。だから、すぱっと審《さば》くというわけにはいかないのよ、残念ながら」

「なあんだ、がっかりだな。わたし、余里子さんなら、そんな汚ないことをする親のもとなんか、飛び出すと思った。じゃ余里子さん、人間は何をしても仕方ないというわけ？」

陶吉が野菜サラダの赤いトマトをフォークに刺しながら言った。

「景子ちゃんの話は、おとなには耳の痛い話ですな。おとなというのはね、景子ちゃん、情ない話だが、とにかく金が欲しい、地位が欲しい、名誉が欲しい、権力が欲しい、女が欲しい、こういうように出来ているんですな。むろん、そんなおとなばかりじゃないが、これがおとなの主流ですな」

「ふーん、それがおとなの主流？　ま、毎日新聞見てたらわかるけど……とにかく余里子さんは審いちゃいけないと言う、じゃ子供たちは親に食べさせてもらっている以上、何も言っちゃいけないということなの？　それじゃまるで、餌をもらって食べている家畜並じゃない。そんなの嫌だわ、わたし」

浜雄は聞いているのかいないのか、ウイスキーを流しこむように飲んでいた。

「浜雄君、少しピッチの上がり過ぎですな」

たしなめてから陶吉は、

「なあ、余里子さんや、おとなは子供に尋問されたら、形なしですな。何も答えられない」

「そうなんです、大先生。宿題にさせてもらうより、仕方ないんです。でもね、景子ちゃん、わたしが高校生だったら、そのお友達と同じように、家出したかもね。あるいはもっと思いつめて、死んで親に抗議したかも知れない。でもこの齢になると、自分には審けないという思いが強くなってね。進歩か退歩かわからないけど……」

「ふーん。それなら安心だわ」

景子はやっと微笑を見せた。さっきから腕時計をちらちらと見ていた那千子が、

「話の途中ですけど……」

と、エプロンを外しながら立ち上がった。

「実はね、今日、高校時代の同窓会をやってるの。行く気はなかったんだけど、さっき電話がかかってきてね、九州にいるお友だちなんだけど、あなたに会えると思ってやって来たのにって……その人が来るって知らなかったのよ、わたし」

ぶどうをつまんでいた初美が顔を上げて、

「ばっかねえ、すぐに行けば？　同窓会終っちゃうじゃない」

「ううん、定山渓に一泊なんですって」

「呆れたママね。定山渓なら、車で一時間はかかるわよ。早く行きなさいよ。わたし、車呼んで上げる」

初美は急き立てた。

「でもね、退院してからパパを一人にしたことなかったから……」

那千子はちらりと浜雄を見た。

「ぼくは一人になったって、かまやしないよ。いや、一人のほうがせいせいしていいよ」

浜雄は憎まれ口を叩いた。景子が言った。

「ママ、パパは大丈夫よ。パパはおとなよ、ね、お姉ちゃん」

「でも……」

那千子が陶吉を見た。

「大丈夫だよ、那千子さん、一晩ぐらい心配はないよ。もしなんなら、惇一君に泊まってもらうから。なあ、惇一君」

「はあ」

惇一はどぎまぎした。

「いや、わしが泊まってもいいよ。久しぶりに親子で飲み明かそうじゃないか」

陶吉は楽しそうに言った。

「ママ、早く早く。車が来るわよ。早く着替えて」

惇一は、道理で今夜の那千子の髪はきれいにセットされていて、化粧もいつもより濃いと思った。

那千子が追われるように出て行くと、浜雄が言った。

「九州からの友だちだって？　そいつは一体女か男か」

吐き出すように言って、浜雄は自分の部屋に戻って行った。

惇一が眠りについたのは、二時をまわっていた。勉強は人々が寝静まってからのほうが、能率が上がった。試験があってもなくても、学校が休みであってもなくても、コンスタントに勉強するのが、惇一は好きだった。枕に頭をつけると、たちまち深い眠りに襲われた。いつの間にか川とも小道ともつかない一筋の白い線が、野原の中に延びていた。その線をまたいだり、飛んだりしている女がいる。近づいてみると、式子だった。式子の手にバラ色の花があった。

「惇ちゃん、これ上げる」

言われた途端に惇一は後ずさりした。あの日の異臭が漂ってきたのだ。はっとして、惇一は目が覚めた。時計を見ると七時半だった。いつもより三十分ほど遅かった。と、その時、枕もとの電話がけたたましく鳴った。朝の電話は珍しかった。東京の母に何か異変でもあったかと、素早く受話器を取ると、余里子の声が耳に飛びこんできた。

「惇ちゃん！　大変よ。すぐに院長の寝室に来て！」

ただならぬ声に、またしても院長がクスリによる幻覚を見たのかと思った。急いでTシャツを着、ジーパンを穿くと、二階の浜雄の部屋に駆けつけた。浜雄のベッドの傍に陶吉と余里子が立ち、初美と景子が浜雄に取りすがっていた。入って来た惇一を見て、陶吉が言った。

「死んでいる」

「えっ!?　し、死んで……」

「うん、浜雄は死んだよ。今、副院長が来る筈だ」

副院長の家は、谷野井病院のすぐ近くだった。

「おれは心不全だと思う。昨夜、浜雄の酒量がいつもより過ぎていたようだ」

陶吉は静かに言った。余里子が惇一の傍に来て、ささやくように言った。

「六時半頃、病院から患者の容態がおかしいって、電話がきたのよ。院長の部屋に電話をしたけど、何の応答もないと、大先生が駆けつけたら、もう駄目だったの」

その時副院長が急いで入って来た。

「一体どうしたんです!?」

「ああ、ご苦労さん。とんだことになってしまった。心不全じゃないかと……思うんだがね。昨夜の酒量が多かった」

陶吉の言葉に、副院長は浜雄の瞳孔を懐中電灯で照らした。とその時、惇一は部屋隅のサイドテーブルの下に、三粒程ころがっている錠剤を見た。それを拾って、惇一は陶吉に渡した。

「大先生、これがサイドテーブルの下に……」

陶吉はちょっと厳しい顔をして惇一を見、かすかに首を横にふった。他言するなという表情であった。

「浜雄が死んで、もう三ヵ月目か」

調剤室から調剤を終って出て来た陶吉が、ソファに寄りかかって呟いた。昨夜降った雪が、日が上がってもまだ融けない。

「惇一君、浜雄の奴、今年の雪は見ることができなかったんだなあ」

浜雄の葬式は盛大だった。札幌の医師会長が葬儀委員長で、市内の医師の大半が葬儀に参列した。薬剤師会の会員たちも陶吉を慰めるべく、集まってくれた。弔辞が幾本も読まれた。浜雄は高度の技術を持った外科医だったと讃えられ、ゴルフの上手な明るい人柄だったと、ほめられもした。理解のある父親、美しい夫人との睦まじい夫婦仲、素直で快活な娘たちに囲まれた一生は短かかったが、幸せでもあったと惜しまれ、羨まれもした。そんな弔辞を聞きながら、惇一は何かひどく淋しかった。睡眠剤に覚醒剤に、押し流された哀れな一生だったと悼む者は、誰もいなかった。

惇一が、浜雄の死の真相を陶吉から聞いたのは、浜雄の死後十日程過ぎてからだった。

「惇一君、実はな、浜雄は心不全で死んだんじゃないんだ。クスリを服んだんだ。ブロバリンをね。多分百錠は服んだ筈だ。那千子さんは、毎晩奴が近頃ブロバリンを酒と一緒に服んでいることに気づいていた。そしてな、冗談のように、一瓶服めばおさらばだ、簡単なものさ、とよく言っていたのを、自分の胸ひとつにたたみこんでいたんだな。むろん本気じゃないと思っていたからだろう。副院長も、只の心不全ではないとみたが、わたしが心不全だと言ったら心不全にした。警察が入ったら、いろいろと調べられて面倒だからな。君が拾ったあの錠剤はブロバリンさ。景子たちは何も知らないことだ」

「はあーそうでしたか。それで余里子さんは？」

「あのひとは、わたしと一緒にブロバリンの瓶など片づけたりしたひとさ。第一、あのひとには、何ひとつ、隠せやしないよ」

「そうですか。じゃ、比田原先生は？」

「わたしは、彼女には心を許していない。来年の春には、彼女も結婚するだろう。病院のためには、あのひとはいないほうがいいひとだ」

あの日のそんな陶吉との会話を思い出しながら、惇一はいつまでこの家に自分はいるべきかと思った。

「この雪はまだ、根雪にはならないな」

「はあ、多分……」

「たとえ雪は二メートル降っても、惇一君、春がくれば融けるよ。だがね、人間の心に積った雪は……悲しみは、苦しみは、恨みは、春が来たからと言って、融けやしない」

惇一は答えようがなかった。

「浜雄の胸の中に、一体何があったのか、親のわしにもわからん。だが、融け難い何かがあった。それがあいつの命を奪った」

「…………」

「思えば式子も哀れな奴さ。もしあいつが、わたしが戦地から帰って来た時、抱こうとしたわたしに、あんなことを言わなければ、二人はけっこう仲のいい夫婦で一生を終ることができたかも知れん。審き心というものは怖いもんだ。恐ろしいもんだ。浜雄と那千子さんも似たものだろう。だが、この許すということが仲々むずかしい。わたしは死ぬ時に、たった一人でも許さぬ人間がないようにと、願ってきた。だがねえ……どうなるものかねえ」

惇一は厳粛な思いで陶吉の話を聞いた。

昨日惇一は、景子と初美の三人で話し合った。窓から葉の散ったポプラの見える惇一の部屋で、話し合ったのだ。

「惇一さんは、このまま、この家にいてくれるんでしょう？」

初美が言った。

「いてもよければ」

惇一が答えた。

「いないほうがいいわ」

景子が言った。惇一はぎくりとした。いつまでもいて欲しいと、景子には言って欲しかった。

「どうしてよ、景子。わたしはいて欲しいわよ」

景子は黙ってうつ向いた。

「ねえ、どうしてよ、景子」

詰るように言う初美に、

「初美さん、景子さんを責めないで下さい」

と、口ごもるように惇一は言った。

「お姉ちゃん、本当にわたしの気持聞きたい？　じゃ言うわ。わたしにとって、惇一さんはなくてはならない存在なの」

真剣な声だった。惇一ははっとした。

「でもね、わたしね、お姉ちゃん、本当に惇一さんがわたしにとってなくてはならない人かどうか、知りたいの。惇一さんが目の前にいるから、もしかして惰性でそう思っているかどうかと、不安なの」

「それで？」

「それでね、惇一さんが大事だから、三年は離れてみたいの。三年離れていても、本当に惇一さんがなくてはならない存在なら、わたし惇一さんに、お嫁にもらってと言いたいの。こんな気持おかしいかしら」

　そして景子は言った。

「惇一さん、わたし、空を仰ぐことが好きなの。空って、仰ぐものなのよね。見上げるものなのよね。わたしいつも、あのポプラの上が空だって、思っているの。空は意外と近くにあるのよね。わかる、わたしが何を言いたいか」

　そう言った景子の目が清かった。父親を失った景子が、何かを見つめ始めていると思った。そうだ、空は意外に近いのだと惇一は思ったのだった。

あとがき

心理学者河合隼雄氏の「子どもの本を読む」を読んで、いたく心を刺された言葉に出会った。

〈両親が暴力をふるってくる子供に向って、自分たちがこれまで何でもお前の欲しいものは与えてやってきたのに、何が不足で暴れるのかと尋ねた。それに対して子供は、「うちには宗教がない」と答えたのである〉

僅か二行程のこの一文が私の心を突き刺してやまなかった。それが胸にあって、この小説をつらぬく一つの縦糸となった。

どの家にも、人に知られては困る恥部がある。暗部がある。が、一見さりげなく無事をよそおって人々は生きる。「うちには宗教がない」などと、突きつめては生きていかない。たまたまこの谷野井家の恥部は麻薬であった。覚醒剤であった。だが本当

の恥部は法に関わるクスリの問題であったかどうか。小説の中に明確な答は出してい
ない。なぜなら、読者が作中人物と共に、何が自分の問題かを探し当てて欲しいから
である。

「イン・ポケット」誌に二十ヵ月連載したが、担当者の宍戸芳夫氏、挿絵の楓久雄氏
にあたたかい友情を頂いた。また出版に際して高柳信子氏に様々な配慮を煩わした。
心より感謝申し上げる。

一九八九年夏

三浦綾子

解説

高野斗志美

最近のエッセイ集『心のある家』（講談社、一九九一・一二）におさめた文章のひとつ「育ての親の愛」で、三浦綾子さんは、小学校の教員であったころの思い出を書いている。旭川の啓明小学校につとめていた時である。担任のクラスにいた五十数名の児童に、一冊ずつ「お手紙ノート」をもたせ、家庭との連絡帳にした。一人ひとりの生徒について、学校での生活ぶりを父兄に伝えたのである。返事をくれる親もいたし、返事のない親もいた。だが、堀田（旧姓・編集部注）綾子先生は「お手紙ノート」をかかさずに書きつづけた。〈私の青春の日の証明〉と三浦さんはそのノートのことを呼んでいるが、数年前、M君の母親からノートのコピーがおくられて来たのである。それを手にしたときの望外なよろこびを、社会人として立派に生きているM君の現在にかさねてあざやかに記したのがこの一文である。

『氷点』で一挙に作家となった三浦綾子さんは、貯水池から解き放なたれた奔放な水のような勢いで書きつづけ、現在にいたっている。その水源はつきることがない。天が与えた才能とはこのことを言うのかと思う。

しかも、テーマは一貫している。〈人間はいかに生きるべきか〉という問いかけがそれである。その問いに全身をかけ、いちどもしりぞいたことがない。そしていま、現代文学はあらためて、人間の在るべき姿を問う地点に追いつめられ、ことばの再生にむかいはじめている。この推移をみるとき、三浦綾子さんの文学者としての姿勢に脱帽しないわけにはいかない。人間の再生がテーマである。

だいぶ前のことになるが、〈原罪とはなにか〉についておたずねしたことがあった。そのときの言葉がいまも頭にはっきりと残っている。三浦綾子さんはこう言ったのである。「それは的《まと》をはずれた生きかたのことだと思います」。

まったくのはなし、この作家は、的《まと》をはずれた生きかたをしている人間がひきおこすドラマを描きつづけてきた。それがあきらかにしていくのは、すべてを自己中心に考え、他人を自分のための道具にあつかっていく生きかたの空しさである。いうまでもなく、自己中心の生きかたは、近代という歴史をせおい、それを内面化した個人主義とかたくむすびついているから、その在りかたを問うことは〈近代〉そのものとの対決にこの作家をみちびいていくことになった。たいへんにきつい仕事である。だが、三浦綾子さんは、自己中心に生きていく人間の姿を見つめぬくしたたかな眼と、見たものを人びとの前にありありと提出できる表現のあざやかな力においてそのむつかしい仕事をのりこえてきている。なみたいていの力量ではかなわぬことである。

ところで、的を見うしなった人間だけが作品に登場するわけではない。的を見うしなうことなく、ひたむきに生きていこうと努める人びとのドラマもまたこの作家は力をこめて描きあげようとしている。自己中心の生きかたではなしに、他人とともにあって苦楽をわかちあおうとする人間の原型としては、たとえば『塩狩峠』や『愛の鬼才』などの伝記作品の人物があげられよう。しかし、三浦綾子さんのほとんどの作品に、真実の心のままに生きようと努める人間がかならずといってよいほど姿をあらわすのである。ことわっておくが、このことは、善き者の典型と悪しき者の典型を対立させるという単純な小説構成を意味しない。二つの者の関係は複雑である。また、悪しき生きかたをたどっている者が強い魅力をはなつ個性の持ち主であったり、善き生きかたを求めている者が心弱い人間であったりして、登場人物は多彩というほかはない。それらの登場人物がおたがいに作りあげていく関係のひろがりと深さ、つまり人間関係のもつれあう複雑な迷路のなかで、人びとは的を見うしなったり発見したりしながらそれぞれの人生を生きていくのである。

三浦綾子さんの物語作者としての抜群の技法は、人間関係を〈物語〉へと構成していく巧みさにあるといってよい。人間集団を〈関係〉の構図でとらえ、その全体を〈謎〉化していく技法と〈謎解き〉のあざやかさという点で、このひとは推理小説の面白さを存分に味わわせてくれる作家である。短編・中編の作品群を読むときにその感をいっそう深くさせられるのである。

さて、とおまわりをしたが、冒頭に紹介した「お手紙ノート」に話をもどしたい。

三浦綾子さんの小説が、的を見うしなった者と的を求めようとする者の葛藤を軸にして構成されていることについてはいま述べたとおりである。そのことにかかわって言うと、的を求めて生きようとする者の心をもっとも純粋な形で表現しているのが〈子ども〉であると三浦綾子さんは考えているようである。あたりまえだと言われるかもしれない。子どもはもともと純粋であり、悪意を知らず、美しい白紙みたいな心のままで生きているのだと、おおくの大人は考えているからである。

だが、そういう観念によって子どもの心の在《あ》りようを世のつねの親や大人はどれだけ分っているのであろうか。もし徹底して子どもの純粋さと共に生きようと考えるのなら、そのことによって親や大人は、まず、自分の生きかたそのものを変えなければならず、社会の制度そのものを作りなおしていかなければならないのではないのか。そのことをつきつけられているのが現代である。現代の日常である。三浦綾子さんが問題にしているのは、子どもの純粋な心を傷つけ、すこやかな成長をさまたげ、出口のない場所に追いこんでいく社会のありかたである。自己中心の生きかたがあらゆる価値を支配してしまっている現代社会の深いゆがみであり、そのゆがみを支えている大人の日常性にほかならない。

小学校の教員として、かつて青春の日に三浦綾子さんが心にきざみつけたのは、子どもの純粋さであり、無垢であったろうし、またそれゆえにきわめて率直に泣き、笑い、くるしみ、よろこぶ子どもの姿であったといえる。子どもの日々を愛し、成長を信じ、かれらの明日を祈るように見まもる体験がこの作家の青春にきざみこまれているのはうたがいえないのである。自伝作品があきらかにしているように、堀田綾子先生が戦後に教職から去るのは、敗戦の衝撃によってであったが、そこには、軍国主義思想の崩壊といっしょに自分の価値観を根もとから一挙に砕かれつくした自失の状況にくわえて、聖戦のイデオロギーをおさない児童の心身に教えこむことを至上の職務と信じてきた自己への裁断があった。国家の大義名分に裏切られた青春は、同時に、戦中の日々をつうじて子どもを裏切りつづけてきたのである。被害と加害の深く入りくんだ自己喪失のこの極点から堀田綾子の戦後、ニヒリズムと自虐の彷徨の季節は始まっていることはあきらかである。

三浦綾子さんが子どもを見つめるとき、いま述べたような痛切な戦中体験がいつもよみがえるのではあるまいか。そのことがあって、ふたたび子どもを裏切ってはならぬというきびしい決意が、子どもに向かうときにこの作家のまなざしには秘められているように思われるのである。

『氷点』の陽子はいうまでもない。『積木の箱』をはじめ『水なき雲』などの作品を思いだすまでもなく、三浦綾子さんの作品世界では、登場人物としての子どもが果している位置と役割がとても大きい。子どもの視線をとおしてしだいに浮きあがってくるのは、日常の表層からはうかがい知れぬ人間生活の深層の暗部である。そこにひそむ自我の葛藤のドラマであり、出口のない迷路の夢魔である。大人の世界を見つめていく子どもの眼によって、現実の見えざる深層がいわば構造化され、眼にみえるものとなって読者の前におかれていくという手法は、この作家がくりだす小説の方法を特色づけるものである。

ことわるまでもないが、作品の視点人物がすべて子どもであると言っているのではない。三浦綾子さんの作品世界については、これからもいろんな角度から語られていくであろうが、魂の純粋性と無垢性のうつくしい原点として作品のなかに〈子どもの眼〉がおかれていることを見のがすわけにはいかないであろう、そのことをつよく述べているのである。

子どもの心は人間にとって魂が成長していく原点であると考えられる。この場合、原点というのはたんなる出発点ではない。そこにたくわえられている記憶は、人間が生きていくとき、いつのまにか未来からの呼びかけに変容をとげ、現在の生の在りかたをはげます力になる。そのような意味で、子どもの心を魂の原点と考えるということである。

三浦綾子さんの作品は、とくに長編小説の場合、主人公の一生の足どりを幼年期から年代記ふうに時代と社会にふかくかかわらせながら追うという形がとられている。たとえば、『天北原野』や『泥流地帯』や『嵐吹く時も』などがその典型であって、それらを読むとき、人間の一生というものは、たんに生きるということではなく、〈人間に成っていこう〉とねがう切実な日々の足どりとその持続そのものであることを思い知らされる。言いかえるならば、そこに、純粋と無垢を持続しつくし、その日々を明日へむすびつけるために、よく生きぬこうとしている素朴でかしこい人びと、無名の人びとの真に劇的な人生が語られているということである。むろん、苦難がある。過誤がある。苦悩がある。危機がある。だが、主人公たちがついにたどりついていくのは人間の高さである。そこにいたるまでの魂の遍歴を本格的な物語の形式で描きあげている点で、これらの作品は近・現代文学史にすぐれた位置をしめるのである。

さて、的をはずれ見うしなった人びとのドラマを描くとき、三浦綾子さんが舞台とある。

してえらぶのは、家族と家庭である。心のきずなをうしなった現代人の〈人間関係〉をその限界状況においてもっとも劇的に問うことができるのが〈家族〉であるからであろう。〈子どもの眼〉もまたそこに設定されていて、家族の解体を見つめながら、子ども自身が、あるいは若い世代自身が、その解体から何を人間のためにとり戻してこなければならぬかを問われ、考えぬかなければならないのである。『あのポプラの上が空』もおなじである。

いうまでもなく、三浦綾子さんは、文学者である前になによりも一人のキリスト者である。その文学的想像力が源泉としてもつのはバイブルである。バイブルを読みぬいていく日々の持続があって、はじめて、三浦綾子さんの文学にむかう想像力と言葉があることは説明するまでもない。〈的をはずれた生きかた〉とは〈神を見うしなった生きかた〉、つまり人間を世界の中心におく思考システム、その傲慢な在りかた全体を指摘している。原罪を指摘しているのである。

だが、それを告発することだけに三浦綾子さんの文学はおわっていない。原罪の状況をその内がわから破りぬき、踏みこえていく者たち、現代の若い世代の純粋な心に希望をたくし、かれら無名の無垢な魂のかぎりない成長を祈りつづけているところに、愛と祈りの作家といわれる三浦綾子さんの文学の終りない優しさを私たちはたしかめるのである。

この作品は一九九二年十月に講談社文庫より刊行された
『あのポプラの上が空』を改訂し文字を大きくしたものです。

|著者| 三浦綾子　1922年北海道旭川市生まれ。旭川市立高女卒。教職に就くが敗戦により辞職。'46年肺結核を病み、13年の闘病生活を送る。その間キリスト教の洗礼を受け、三浦光世と結婚。'64年朝日新聞社1000万円懸賞小説に『氷点』が入選、作家生活に入る。『積木の箱』『塩狩峠』『細川ガラシャ夫人』『海嶺』『ひつじが丘』『銃口』他、罪と救済をテーマに多数の著書を遺し、'99年、77歳で逝去。

あのポプラの上《うえ》が空《そら》　新装版《しんそうばん》

三浦綾子《みうらあやこ》

講談社文庫
定価はカバーに
表示してあります

2021年6月15日第1刷発行

発行者——鈴木章一
発行所——株式会社　講談社
東京都文京区音羽2-12-21　〒112-8001
電話　出版（03）5395-3510
　　　販売（03）5395-5817
　　　業務（03）5395-3615

KODANSHA

デザイン—菊地信義
本文データ制作—講談社デジタル製作
印刷———豊国印刷株式会社
製本———株式会社国宝社

Printed in Japan

ISBN978-4-06-523818-9

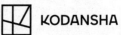

講談社文庫刊行の辞

二十一世紀の到来を目睫に望みながら、われわれはいま、人類史上かつて例を見ない巨大な転換期をむかえようとしている。

世界も、日本も、激動の予兆に対する期待とおののきを内に蔵して、未知の時代に歩み入ろうとしている。このときにあたり、創業の人野間清治の「ナショナル・エデュケイター」への志を現代に甦らせようと意図して、われわれはここに古今の文芸作品はいうまでもなく、ひろく人文・社会・自然の諸科学から東西の名著を網羅する、新しい綜合文庫の発刊を決意した。

激動の転換期はまた断絶の時代である。われわれは戦後二十五年間の出版文化のありかたへの深い反省をこめて、この断絶の時代にあえて人間的な持続を求めようとする。いたずらに浮薄な商業主義のあだ花を追い求めることなく、長期にわたって良書に生命をあたえようとつとめるところにしか、今後の出版文化の真の繁栄はあり得ないと信じるからである。

同時にわれわれはこの綜合文庫の刊行を通じて、人文・社会・自然の諸科学が、結局人間の学にほかならないことを立証しようと願っている。かつて知識とは、「汝自身を知る」ことにつきていた。現代社会の瑣末な情報の氾濫のなかから、力強い知識の源泉を掘り起し、技術文明のただなかに、生きた人間の姿を復活させること。それこそわれわれの切なる希求である。

われわれは権威に盲従せず、俗流に媚びることなく、渾然一体となって日本の「草の根」をかたちづくる若く新しい世代の人々に、心をこめてこの新しい綜合文庫をおくり届けたい。それは知識の泉であるとともに感受性のふるさとであり、もっとも有機的に組織され、社会に開かれた万人のための大学をめざしている。大方の支援と協力を衷心より切望してやまない。

一九七一年七月

野間省一